KB237668

소년 소녀 비행클럽

SHOUNEN SHOUJO HIKOU CLUB
Copyright©2009 by KANOU Tomoko
All Rights Reserved.
First original Japanese edition published by Bungei Shunju Ltd., Japan 2009.
Korean translation rights in Korea reserved by Sallim Publishing Co., Ltd.,
under the license granted by KANOU Tomoko, Japan
arranged with Bungei Shunju Ltd., Japan through Shinwon Agency., Korea.

이 책의 한국어판 저작권은 신원에이전시를 통한
Bungei Shunju Ltd.와의 독점 계약으로 ㈜살림출판사에 있습니다.
저작권법에 의해 한국 내에서 보호를 받는 저작물이므로
무단전재와 무단복제를 금합니다.

소년 소녀 비행클럽

가노 도모코 지음 | 김소영 옮김

살림Friends

차례

1. 비행클럽의 성립

1.

비행클럽의 활동 내용. 하늘을 나는 것을 목적으로 한다.
이하, 하늘을 날기 위한 조건.

1. 어디까지나 '자신이' 비행하는 것을 취지로 한다. 예를 들어 페트병 로
  켓 등은 무척 매력적이기는 하지만 본 클럽의 활동 내용으로는 적합하
  지 않다. 종이비행기, 모형비행기, 무선조종 헬리콥터 종류 역시 모두 마
  찬가지다.
2. 당연한 소리지만 '낙하'는 '비행'이 아니다. 따라서 낙하산점프나 번지점
  프 따위는 제외한다.
3. 항공기와 헬리콥터를 이용한 비행은 제외한다. 왜냐하면 이런 교통수

단에서는 바람을 느낄 수 없기 때문이다. 놀이공원의 놀이기구 종류는 논외로 한다. 원심력으로 빙빙 도는 물체로는 '비행'이 불가능하다고 생각하기 때문이다.

만일을 위해 덧붙이자면, 예를 들어 디즈니씨의 '스톰라이더' 같은 극장형 체험비행 종류도 당연히 제외한다.

4. 가장 이상적인 비행을 이야기하자면 피터 팬의 비행이다. '자신의 힘으로' '아무런 도움도 받지 않고' '자유자재로 공간을 이동한다.' 또, 도구를 이용한 예로는 『해리 포터』 시리즈나 『마녀 배달부 키키』 등이 있지만, 마법사가 아닌 이상, 또 마술 빗자루가 현실에 존재하지 않는 이상 그다지 참고는 되지 않을 것이다.

5. 현 단계에서 모든 조건을 충족시키는 '상업적 비행'이 몇 가지 존재한다. 하지만 이들은 모두 고가의 요금을 지불해야 하며 비행 장소도 멀어서 중학생의 동아리 활동으로는 그다지 현실적이라고 할 수 없다. 또한 인력비행기의 제작 역시 마찬가지다.

이상에 입각하여 당 비행클럽에서는 당 클럽이 규정하는 비행을 실현하기 위해 온 힘을 기울인다.

부장 사이토 진

부부장 나카무라 가이세이

다 읽은 뒤, 나는 얼떨결에 옆자리의 친구를 쳐다봤다.

아니, '봤다' 같은 귀여운 행동이 아니다.

'잠깐, 이게 뭐야. 진짜로 뜬구름 잡는 소리잖아.' 하는 마음의 소리라고나 할까, 어쨌든 속으로 외친 말을 조물조물 동그랗게 뭉쳐서 친구를 향해 있는 힘껏 내던진 것이다.

한 방 맞은 상대, 오모리 주에리는 '엥, 나도 몰라. 나한테 왜 그래.' 하는 표정으로 나를 마주본다. 텔레파시를 이용한 훌륭한 대화가 오간 셈이다.

그런데 이 상황에서, 주에리는 속눈썹을 말아올리는 기구로 사정없이 동그랗게 만 속눈썹을 깜박깜박하며 아무 잘못도 없다는 얼굴을 하고 있다. 네가 그럴 입장은 아니지. 어쨌든 이 '비행클럽'이라는 정체도 알 수 없고 뭐가 뭔지도 모를 진짜 수상한 동아리 활동에 나를 끌어들이려는 장본인이니까.

나와 주에리의 역사는 아득히 유치원 시절까지 거슬러 올라간다. 아니, 기억하고 있는 게 그 무렵부터라는 거지, 우리는 소위 말하는 어머니들의 공원 나들이가 시작된 이후부터 계속되어 온 관계다. 집도 가깝고 초등학교 때도 몇 번인가 같은 반이어서 가족을 빼면 가장 긴 시간을 함께 보낸 사이다.

하여튼 그애는 민폐 공주였다. 초등학교에 입학한 해 여름방학, 개학이 이제 며칠 안 남은 시점에 주에리는 나에게 울며불며 매달렸다. "아직 숙제를 다 못했어!" 몇 시간 뒤, 주에리는 내 프린트를 통째로 베끼고 간식을 부스러기 하나 남기지 않고 깨끗이 먹어치운 뒤 룰루랄라 집으로 돌아갔다. 다음 해. 주에리가 이번에는 "자유연구 같이 하자."며

졸라 댔다. 나팔꽃을 양달과 응달에서 키워 보고 생육의 차이점을 기록하는, 초등학교 2학년생치고는 상당히 훌륭한 주제였기 때문에 나는 두말 않고 승낙해 버렸다…… 그만, 무심결에.

양달에서 키우기를 선택한 주에리는 물주는 것을 까맣게 잊어버리는 바람에 7월에 이미 소중한 나팔꽃을 말려 죽이고 말았다. 결국 응달에서 키운 내 비실비실한 나팔꽃 관찰기록은 학교에서도 늘 하는 진짜 별 볼일 없는 연구가 되고 말았다. 게다가 그마저도 주에리는 내 기록을 통째로 베꼈다.

학년이 더 높아지자 '날마다 공책에 연습'을 해야 하는, 베낄 수가 없는 성실을 요구하는 숙제가 주어지기 시작했다. 그러자 주에리는 산수 문제만 베껴 써 넣고 풀이는 한 칸 비워 버리는 짓을 태연하게 저질렀다. 작문은 아예 젬병이라 우리 집에 원고지를 싸들고 와서는 내 얼굴을 빤히 들여다본다.

"있잖아, 뭘 써야 돼?"

얼른 놀고 싶은 나는 하는 수 없이 도와준다.

"얼마 전에 했던 축제 이야기를 쓰는 건 어때?"

그러면 이번에는 "어떤 식으로 써야 돼?" 하고 묻는다.

"얼마 전에 친구랑 함께 축제를 보러 갔습니다. 노점에서 사과사탕을 샀습니다……. 뭐 이렇게 쓰면 되잖아."

"어, 잠깐만, 잠깐만. 얼마 전에 친구랑……."

내가 말한 그대로 받아쓰고 있다. 완전히 내 작문이다.

하나에서 열까지 의존하는 주에리도 분명 나쁘다. 하지만 그것을 다

받아주고 있는 나는 더 나쁘다. 잘 알고 있다. 하지만 어릴 적부터의 버릇이라 쉽게 고쳐지지 않는다.

주에리는 소꿉친구라고 말하지만 나는 '웬수'라고 생각한다.

아마도 평범한 반 친구로 알게 된 사이라면 우리는 절대 친해지지 않았을 것이다. 흥밋거리에서부터 성격, 패션 취향까지, 달라도 너무 다르니까. 나는 초등학교 6년 동안 청바지만 고집했다. 주에리는 소풍 가는 날마저도 팔랑대는 치마를 입었다.

본인한테 말한 적은 없지만 내가 그때그때 은근히 지켜주지 않았더라면 주에리는 분명 여자애들 사이에서 따돌림을 당했을 것이다. 자신을 '주주'라고 부르질 않나. 코맹맹이 소리를 내며 '귀여운 척하는' 말투를 쓰질 않나. 청소나 반끼리 협력해야 하는 작업을 할 때면 누가 봐도 티 날 정도로 대놓고 편한 일만 고르질 않나.

다른 아이들이 성질내기 전에 내가 먼저 혼쭐을 내서 간신히 분위기를 무마해 왔다. 특히 고학년 때 같은 반이었던 것은 생각하면 할수록 주에리에게는 천만다행이었다.

초등학교 6학년이 되자 부모님이 '혹시 합격하면 봉 잡는 것'이라며 사립중학교 시험을 권하기에 나는 진학 학원에 다니게 됐다. 얼마 뒤 그 사실을 알게 된 주에리가 왜 말 안 했냐며 난리법석을 피우는 바람에 결국 같은 중학교 시험을 치게 되었다.

결국 우리는 사이좋게 미역국을 마셨고, 걸어서 15분 거리에 있는 공립중학교에 나란히 입학하게 됐다. 정말이지 뭐랄까, 한심스러운 과거다.

중학생이 되자마자 변화가 찾아왔다.

내가 아니라 주에리에게.

주에리가 사랑에 빠진 것이다.

쉬는 시간에 복도에서 장난을 치던 남자애들 중 한 명이 주에리와 쿵 하고 부딪쳤다. 그 아이는 비틀거리는 주에리를 돌아보며 "미안." 하고 상큼하게 사과를 했대나 어쨌대나.

"그래서?"

"그게 다야."

상큼하게 사과하더니 곧장 뱅그르르 돌아서서 가 버렸다고 한다.

겨우 그까짓 일로, 고작 그만한 일 하나로 좋아졌다는 거다. 이 얼마나 간단하고 인스턴트 같은 사랑인가.

반은 기가 막혔고 또 반은 어이가 없었지만 코딱지만 한 호기심은 솟았다. 그 전까지 주에리가 꺅꺅 대던 상대들은 모두 텔레비전 속에 나오는 남자애들뿐이었기 때문이다.

쇼프로그램에 그룹으로 나와 노래 부르고 춤추는 남자애들 중에서는 우리 또래인 애들도 있다. 그들이 마치 여자애들처럼 귀엽고 멋있다는 사실은 나도 인정한다. 하지만 주에리는 거기다 한 술 더 뜬다.

"같은 나이인데 어쩜 이렇게 다를까?"

바보처럼 소란을 피워 대는 남자애들을 바라보며 주에리는 진심으로 심각하게 그런 대사를 내뱉는다. 후우우, 하고 땅이 꺼져라 한숨까지 내쉬며.

'너 있잖아, 그렇게 따지면 우리 반 남자애들도 할 말 많을 거 같은데?'

생각은 그렇게 하지만 실제로 입 밖에 낸 적은 없다. 생각하는 대로 다 말해 버리면 여자들의 우정 따위는 달걀 껍데기보다 쉽게 깨질 테니까.

여자들끼리 대화할 때 내가 가장 난감해 하는 질문이 있다.

"있잖아, 좋아하는 사람 있어?"

초등학교 4학년 무렵부터 빠지지 않고 나오는 질문.

"그런 거 없어." 하고 대답하면 상대는 "거짓말. 야마다(예를 들면)? 스즈키(예를 들면)?" 하면서 어찌나 끈질기게 물어보는지.

이런 질문에 주에리는 자니즈(일본의 유명 아이돌들이 소속된 연예프로덕션 사무소-옮긴이)의 누구라고 당당하게 대답한다. 나쁘지 않은 대답이다. 그 대답으로 간혹 이야기꽃이 피어나기도 한다. 하지만 열심히 떠들면 떠들수록 비웃음거리가 되거나 "거울 좀 보고 말해." 같은 제삼자의 비아냥거림을 들을 위험도 있다.

이런 때를 대비해서 내가 준비해 놓은 대답이 있다.

"오구마·오구마(大熊·小熊, 큰곰·작은곰-옮긴이) 콤비 중에 작은 쪽"

지나치게 메이저도 아니고 또 지나치게 마이너도 아닌 개그맨 이름을 꺼내면 대부분 먹혀들어 간다.

"뭐? 못 생겼잖아."

그러면서 다들 웃지만 최소한 비웃지는 않는다.

"어, 그런가. 귀엽잖아, 진짜 아기 곰 같아."

거짓말은 아니다. 실제로 잘생긴 연예인을 보고 멋있다고 생각한 적은 있지만 난 성격상 딱히 잘생긴 사람을 좋아하지는 않는다. 물론 귀엽다는 말도 좋아한다는 뜻은 절대 아니지만.

어쨌든 그 개그맨 이름을 꺼내는 것이 제법 무난한 대답이라는 사실을 학습한 뒤로는 그것이 내 십팔번이 되었다.

어머, 이야기가 심하게 옆길로 새 버렸네.

어쨌든 주에리는 사랑에 빠졌다. 텔레비전 속 연예인을 보며 괴성을 질러 댄 것이 가벼운 감기라면, 이번에는 지독한 독감 같은, 처음 하는 진짜 사랑이었다.

거의 몇 초 만에 첫눈에 반한 주에리는 한 번 흘끗 본 것만으로 명찰에 적힌 상대의 이름과 몇 학년 몇 반이라는 정보까지 야무지게 확보하고 있었다. 사랑에 빠진 소녀의 힘이여, 무시무시하도다! 어마어마한 동체시력이다. 사랑에 빠진 소녀는 정보탐사능력도 비약적으로 확대되는지, 목표물이 야구부원이라는 사실까지 어느새 꿰고 있었다.

상대인 나카무라는 한 학년 선배였다. 하다못해 같은 학년이면 또 모를까, 얼핏 생각하기에도 접점이라고는 없었다.

대체 어디서 얻은 정보인지는 모르지만 주에리의 말에 따르면 선후배 커플의 경우 대부분이 동아리 활동을 통해 만난다고 한다.

"그럼 야구부 매니저 하면 되겠네?"

주에리의 '연애스토리'에 일찌감치 지치기 시작한 나는 살짝 심드렁하게 말했다.

"벌써 시도해 봤어." 주에리가 발끈하며 말했다. "그랬더니 잔심부름은 1학년이 하면 되니까 여자 매니저는 필요 없다는 거야. 우리 둘 다

야구를 정말 좋아한다고 고문 선생님한테 그렇게 하소연을 했는데.”

“잠깐만. 우리 둘이라니?”

절대 흘려들을 수 없는 말이라 다그쳤더니 주에리는 놀란 토끼 같은 표정을 지었다.

“구 짱, 응원해 준다고 했잖아?”

…… 그렇게 말한 적은 없다. 주에리가 “응원해 줄 거지? 응? 부탁이야.” 하며 워낙 졸라 대기에 “그래, 그래.” 하고 대답했을 뿐이다. 야구부의 여자 매니저가 되어 주에리와 함께 땀내 나는 연습복이나 빨고 뙤약볕 아래에서 공이나 주우러 다니고, 합숙에 따라가서 몇 십 명이 먹을 카레를 만들고, 레몬 꿀 절임이나 만드는(이건 어디까지나 만화 같은 데서 얻은 이미지일 뿐 실제로는 어떨지 모르지만) 짓거리를 하겠다고는 절대 말한 적 없다.

아니 애초에, 제 방 청소 한 번 해 본 적 없는 주에리가 매니저를 어떻게 해낸단 말이냐고요.

생각은 그렇지만 어쨌거나 물 건너 간 일 같기에 이야기를 재촉하기로 했다.

“그래서? 매니저 역할을 거부당했는데 그럼 어떻게 할 거야? 선배가 야구하는 동안 계속 뒤에 숨어서 지켜볼 거야?”

주에리는 뾰로통한 표정을 지었다.

“그런 스토커 같은 짓은 싫어.”

“그치, 게다가 우리도 동아리에 들어가야 할 테고.”

우리 학교는 동아리 활동이 필수다. 초등학교 때 매주 한 번, 한 시간씩 하던 형식뿐인 동아리가 아니다. 운동부 같으면 대외시합, 문화부 같으면 그 분야 콩쿠르에 참가하는 본격적인 활동을 해야 한다. 사실상 강제적이다. 귀가 동아리 같은 건 있을 수도 없다. 예를 들어 야구 같으면 어느 시니어 구단에 들어가 있다든가, 수영이나 체조 같으면 어디어디 단체에 소속되어서 전국대회를 목표로 한다든가, 엄연한 사실이나 실적을 증명하지 않는 이상, 동아리 활동은 면제받지 못한다.

물론 나한테는 그런 사실도 실적도 없다. 덧붙이자면 주에리 역시 없다.

운동부에는 그다지 들어가고 싶지 않다. 체육계의 상하 관계라든가 기합을 받는다든가 하는 것은 나에게는 한없이 벅찬 세계다. 뭐, 다 내 상상일 뿐이지만 뙤약볕 아래서 열사병으로 쓰러질 수도 있고. 어쨌든 그런데 문화 관련 동아리는 겨우 세 개뿐이다. 방송부와 미술부 그리고 브라스밴드부. 브라스밴드는 어설픈 운동부보다 훨씬 체육계에 가깝다고 들었다. 무거운 악기 운반에 피땀 어린 연습, 거기다 뙤약볕 아래에서 응원까지 해야 하니……. 절대 무리다. 그렇다고 나머지 두 종류의 동아리도 딱히 끌리지는 않는다. 그리기와 만들기 성적은 그만그만한 수준이었지만 사실 좋아하지도 않고 잘하지도 못한다. 방과 후에 죽어라 그림만 그리다 때가 되면 전시회에 출품까지 해야 한다니……. 끄응, 신음 소리만 나온다. 그렇다고 방송부……. 뭐, 방송극인지 뭔지를 만들어서 점심시간에 내보낸다고들 하던데. 그것도 뭔가 굉장히…… 성격에 안 맞는다. 배포된 자료를 보니 과거 상연 목록은《로미오와 줄리엣》《은혜 갚은 학》《신데렐라》. 그나마도 모두 뮤지컬 편집?

우웩.

이 일을 어쩐다지. 머릿속이 핑크빛으로 변해 버린 주에리는 그렇다 치고, 당장 신입생인 나에게는 가장 큰 골칫거리였다.

"…… 그래서 말인데." 진지하게 고민하는 나에게 주에리가 얼굴을 쓱 갖다 대더니 말했다. "같이 비행클럽에 들어가자."

"비행클럽?"

혹시 그거, 숨어서 담배 피우고 술 마시고, 머리카락 노랗게 물들이고 죽도 들고 학교 창문 깨고 돌아다니는 그런, 비행(非行)?

주에리가 꾸벅하고 끄덕였다.

"그래, 하늘을 나는 비행클럽."

"아, 그 비행(飛行)."

머릿속으로 한자를 변환하고 나니 조금 안심이 되었다. 하지만 금세 고개를 갸웃했다.

"근데 그게 뭔데?"

"학교 동아리 활동이지."

"그런 것도 있었나?"

"있어, 봐봐."

주에리가 손가락으로 가리킨 곳은 배포된 자료 맨 마지막이었다. 굉장히 발견되기 싫다는 듯 조그만 글씨로 '비행클럽(인가신청 중)'이라고 적혀 있었다. 설명이라고는 한 줄도 없었다.

"…… 뭔가, 아주 수상쩍은 냄새가 나는데."

환절기 특별 프로그램으로 가끔씩 나오는 '특종! 아마존 밀림에서 미확인동물 발견!'이나 '순간포착! 오사카 성 상공에 UFO 출현!' 같은 자극적인 문구만큼이나 수상쩍었다.

"그런 거 아니야. 왜, 나카무라 선배도 소속되어 있는데."

그게 무슨 보증수표라도 되니.

"잠깐. 나카무라 선배는 야구부 아니야?"

"둘 다 활동해."

"와, 그래도 되는 거야?"

대체 그런 정보는 어디서 다 입수하는 건지.

"그나저나…… 신청 중이라는 소리는 아직 정식 동아리가 아니라는 뜻이잖아? 그런 건 미안하지만……."

역시 미술부가 무난하겠다, 생각하며 나는 넌지시 거절 모드로 들어갔다. 그러자 절대 놓치지 않겠다는 듯 주에리는 내 팔을 꽉 붙들었다.

"정식 동아리 될 수 있대. 인원이 다섯 명만 되고, 고문 선생님만 생기면."

"다섯 명?"

"부장 있지, 나카무라 선배 있지 그리고 구 짱이랑 나."

거기서 주에리가 말을 끊기에 잠깐 기다려 봤지만 더는 말이 없었다.

"그럼 나머지 한 명은?"

"한 명 정도는, 어떻게 될 거야."

"흠, 과연 그럴까……."

"된다니까."

힘주어 단언하기는 하는데 대체 무슨 근거로 하는 말인지는 알 길이 없다.

"애초에 말이야……, 거긴 대체 뭘 하는 동아리야?"

"말했잖아. 하늘을 난다니까."

주에리가 초조한 듯 발을 동동 굴렀다. 방금 내가 한 질문이 그렇게 멍청한 질문이었나?

"아니 그러니까 대체 어떻게?"

설마 빗자루를 타고 날아다니는 건 아니겠지?

그렇게 말을 이으려는데 주에리가 붙잡고 있던 내 팔을 와락 잡아당겼다.

"그러니까 그런 자세한 질문은 직접 가서 하면 되잖아."

그게 그렇게 자세한 질문인가…….

영문도 모른 채 나는 2학년 2반 교실로 끌려갔다. 방과 후 교실은 아무도 없이 텅 비어…… 있을 줄 알았는데 창가 맨 끝자리에 등을 똑바로 펴고 앉아 있는 남학생이 보였다. 독서 중인 모양이었다.

주에리는 활짝 열린 문 앞에 서더니 "시, 실례합니다." 하고 말하며 내 등을 확 밀었다.

상대는 보던 책에서 천천히 얼굴을 들었다. 안경 안의 눈동자가 반짝하고 빛났다(빛난 것처럼 보였다).

"…… 너희들, 동아리 가입 희망자야?"

지극히 평범한, 표정 없는 목소리로 말했다.

이것이 우리와 하느님의, 전혀 드라마틱하지 않은 만남이었다.

2.

"…… 너희들 이야기는 다치키 선생님한테서 들었어."

탁, 하고 책을 덮으며 안경 쓴 선배가 말했다. 변함없이 무표정한 목소리였지만 왠지 굉장히 거만하다는 느낌이 들었다.

"앉아."

선배는 근처 의자를 가리키며 그렇게 말하더니 책상 안에서 스테이플러로 철한 용지 두 묶음을 꺼냈다.

"난, 부장인 사이토야. 2학년 2반. 너희들은?"

"아, 사다라고 합니다. 1학년 1반."

"오모리예요. 저도 1학년 1반."

우리가 얼른 대답하자 사이토 부장은 우리 앞에 용지를 한 묶음씩 놓더니 턱으로 가리키며 말했다.

"읽어."

'거만함'이라는 단어의 표본 같은 사람구나 싶어서 나는 무심코 상대를 빤히 쳐다봤다.

가장 먼저 눈에 들어온 것이 그 독특한 헤어스타일이었다. 머리카락이 뻣뻣하고 숱은 많은 데다 곱슬기마저 있었다. 게다가 머리를 자른 지 한참 된 듯한 느낌이었다. 그 때문에 머리가 상당히 커 보였다. 비율이 외계인 아니면 어린아이 같았다. 살짝 시선을 내려 보니 이번엔 참 특이한 안경을 썼구나, 하는 생각이 들었다. 묘하게 네모로 각이 져 있으면서도 가늘고 길쭉했다. 예를 들자면 '오리너구리'라 불리는 700계신칸센(1999년 운전을 개시한 도카이도·산요 신칸센의 4세대 차량-옮긴이)의 눈(라이트)과 비슷한 느낌이랄까. 그 안경 안쪽에서 옆으로 가늘게 찢어진 눈이 사람을 위협하듯 빛을 뿜어내고 있었다.

"읽어."

관찰하는 시선을 느꼈는지 다시 한 번 그가 말했다. 들으면 들을수록 참 거만한 명령조 말투다.

하는 수 없이 받은 용지를 들여다봤다.

비행클럽의 활동 내용. 하늘을 나는 것을 목적으로 한다.
이하, 하늘을 날기 위한 조건.

1. 어디까지나 '자신이' 비행하는 것을 취지로 한다. 예를 들어 페트병 로켓 등은 무척 매력적이기는 하지만 본 클럽의 활동 내용으로는 적합하지 않다. 종이비행기, 모형비행기, 무선조종 헬리콥터 종류 역시 모두 마찬가지다.
2. 당연한 소리지만 '낙하'는 '비행'이 아니다. 따라서 낙하산점프나 번지점프 따위는 제외한다.

…… 이하 생략.

이게 뭐야, 하는 말밖에 안 나오는 내용이었다.

마지막 페이지에는 가입신청서가 붙어 있었다.

"필기도구는 있지?"

비행클럽 부장은 무표정하게 말했다.

엥, 뭐지, 이대로 가입하는 분위기야? 이런 정체 모를, 결국 뭘 하는지도 모르는 동아리에?

"음, 이거. 사이토 선배 이름, 어떻게 읽어요?"

우선 최선을 다해 화제를 돌려 보기로 했다.

"진, 이라고 읽어."

무뚝뚝한 것도 정도가 있다 싶은 짧은 대답이다.

그나저나 은근히 대단한 이름이다. 신(神)이라고 쓰고 진이라니. 당신은 누구? 하느님? 굉장히 거만하십니다만.

"저기, 좀 물어보고 싶은 게 있는데……."

옆에서 주에리가 불쑥 끼어들었다. 좋았어, 뭐든 좋으니 무조건 시간만 벌라고.

…… 내가 도망갈 시간을.

주에리는 눈을 깜박거리며 말했다.

"나카무라 선배는 안 계세요?"

참 상큼하고 시원스러울 정도로, 가입 목적을 숨기지 않는 녀석 같으니라고…….

"가이세이는 야구부랑 겹쳐서 여긴 잘 안 와."

사이토 선배는 쌀쌀맞게 말했다. 옆에서 주에리가 "엥" 하고 중얼거렸다.

나는 쭈뼛쭈뼛 물었다.

"그럼 이 동아리는 선배 한 사람?"

“그리고 너희들 둘하고.”

어느새 코 꿰인 건가?

위험하다. 이건 굉장히, 위험하다. 이 사람, 상당히 위험한 사람이다.

본능이 강렬하게 외친다.

“사이토 선배는 나카무라 선배와 친하세요?”

무슨 일이 있어도 절대 기죽지 않는 주에리가 약간 가라앉은 목소리로 물었다.

“뭐, 딱히 친하지는 않아. 집이 가깝고 오래 알고 지냈다는 것뿐이야.”

“그럼 소꿉친구라는 거네요.” 주에리의 목소리가 금세 활기를 띠었다. “동아리 창단을 함께해 주다니, 나카무라 선배는 정말 마음씨가 곱네요.”

보아 하니 마음을 긍정적으로 먹기로 한 모양이었다. 그런 주에리의 손목을 붙잡고 나는 삐걱 하는 소리를 내며 의자에서 일어났다.

“사이토 선배. 저기, 잠깐, 실례하겠습니다.”

“뭐야?”

살짝 놀란 듯한 목소리였지만, 표정에는 전혀 변함이 없었다.

“그게 그러니까, 화장실.”

“둘이 손잡고?”

지극히 당연한 질문이다. 하지만 딱히 둘러댈 핑계도 없었다. 초조해진 나는 “우린 실과 바늘이거든요.” 하는 말도 안 되는 소리를 우물대며 주에리를 끌고 2학년 2반을 나섰다.

우선은 정말 화장실로 갔다.

“진짜, 어쩔 건데, 주주.”

나도 모르게 초등학생 시절의 별명이 튀어나왔다. 남들 앞에서 말하기 창피한 애칭이라 이제 안 쓸 작정이었는데.

“그래도 구 짱.”

“그래도는 뭐가 그래도야. 아까 그거 읽었지? 그 사람 봤지? 정상이 아니야, 뭔가 위험한 사람이라고.”

“위험…… 할까?”

주에리가 씨익 웃는다. 실수를 얼버무릴 때 늘 짓는 표정이다. 이 얼굴을 보면 괜히 더 부아가 난단 말이지.

“척 보면 몰라? 위험하지. 하늘을 난다는 소리를 아주 진지하게 하잖아. 애초에 저건 동아리도 아니야. 혼자서 책만 읽고 있잖아. 생활지도 시간에 동아리 활동은 필수라고 했어. 저런 걸로 되겠어? 저 사람, 저걸 1년 동안 해 왔다는 거야? 그럼 힘든 운동부에 들어가서 죽어라 고생하고, 소질 없는 음악이나 미술을 하고 있는 사람들은 뭐가 돼?”

내가 계속 몰아붙이며 다가서자 주에리는 점점 구석으로 밀려갔다.

“왜 나한테 그걸 물어…….”

“주주 네가 들어가자고 한 동아리잖아. 나까지 끌어들여서.”

“알았어. 그럼, 교무실에 가자.”

벽까지 바싹 몰려 있던 주에리가 궁색하게 말했다.

“교무실?”

“다치키 선생님이라고, 2학년 2반 담임선생님인데 비행클럽 고문이라고 해야 하나, 아니라고 해야 하나.”

“고문이야, 아니야?”

“그게 그러니까 있지, 규정 인원이 다 모이면 고문이 되어 줄지도 모르는 선생님. 담임선생님이니까 사이토 선배가 정말 위험한 사람인지 선생님한테 물어보면 되잖아.”

“…… 그런가.”

주에리치고는 모처럼 제대로 된 의견처럼 들렸다.

교무실은 좋아하지 않는다. 아직 입학한 지도 얼마 안 돼, 모르는 어른들만 잔뜩 있는 장소다.

그런데 주에리는 미닫이문을 열자마자 내 등을 확 밀었다.

‘왜 밀어.’

‘물어보고 싶은 게 있다며.’

‘이게 다 누구 때문인데.’

입구에 버티고 서서 속닥속닥 입씨름을 하고 있자니 바로 앞에 있는 게시판에 뭔가 기록하고 있던 남자선생님이 “뭐야?” 하며 우리를 돌아봤다. 담임과 주요과목 선생님 말고는 아직 거의 아는 선생님이 없었다. 하지만 백 와트 전구처럼 번쩍번쩍 빛나는 머리는 눈에 익었다.

교장선생님이다.

“아, 그게, 저기, 다치키 선생님께 좀 물어보고 싶은 게…….”

아주 진땀을 빼며 겨우 말하자 백 와트 교장선생님은 “물어보고 싶은 게 아니라 여쭙고 싶은 거. 이제 초등학생도 아닌데 경어 쓰는 법을 익혀야지.” 하고 나무라더니 안쪽을 향해 외쳤다.

“다치키 선생님.”

무슨 일인가 하는 얼굴로 다가온 사람은 배짱이라고는 없어 보이는 인상에, 왜소한 체구를 가진 남자였다.

"저기, 여, 여쭤보고 싶은 게 있어서…… 비, 비행클럽 일로."

딸꾹질하는 것도 아니고 이 한심한 꼴이란. '비행클럽'이라는 말을 듣는 순간, 다치키 선생님의 얼굴은 확연히 티가 날 정도로 어두워졌다.

"아, 그, 그 이야기는 복도에서……."

앞장서서 걸어 나가더니 교무실과 살짝 거리를 둔다.

"너희들, 신입생이지…… 혹시 거기에 들어가려고?"

쭈뼛쭈뼛하는 인상으로 다치키 선생님이 물었다.

"아니요, 저…… 방금 부장 선배한테 설명을 들으러 갔는데……."

으음, 뭐라고 말해야 되지. 내가 말을 끊자 곧바로 주에리가 끼어들었다.

"사이토 선배, 위험한 사람이 아닐까 얘가 걱정을 해서요."

이런 푼수, 그렇게 직설적으로 물어보면 어떡해.

아니나 다를까, 다치키 선생님은 쓴웃음을 지으며 말했다.

"위험하고 그런 거는 없어."

그야 담임선생님이니까 당연히 그렇게 말하겠지 싶었지만 역시 말은 끝까지 들어봐야 한다.

"…… 아마도."

엥, '아마도'라고요?

"그럼 어떤 사람이에요?"

굉장히 태평한 목소리로 주에리가 물었다. 선생님은 한동안 진지하게 고민했다.

"뭐, 한마디로 말해서 괴짜지. 너희들, 동아리 활동 목적은 읽어 봤어?"

"읽어 봤어요."

내 목소리 톤이 아무래도 낮아진다.

"그걸 읽었다면 짐작은 할 거라고 생각하는데…… 뭐, 전교생 중에 딱 한 명, 저 혼자만 정당한 이유 없이 기존 동아리에 가입하지 않았다는 사실만으로도…… 입학하자마자 마음에 드는 동아리가 없다면서 혼자 멋대로 동아리를 만들었는데 그게 하필이면 비행클럽이라는 사실만 봐도……."

"이상한 사람이네요."

나와 주에리의 목소리가 겹쳤다. 다치키 선생님은 신음 소리를 냈다.

"솔직히 말해서 그 녀석 생각을 모르겠어. 어쨌거나 이대로는 좀 곤란한데……."

"곤란하다니요?"

내가 고개를 갸웃거리자 다치키 선생님은 머리를 북북 긁었다.

"내신서 말이야. 동아리 활동이나 학생회 활동을 얼마나 열심히 했느냐 하는 것도 상당히 중요한데 이대로 가다가는…… 저 녀석도 참, 자존심은 엄청나서 분명 수준 높은 학교에 진학하려고 할 텐데, 그런 주제에 싫어하는 과목은 또 아주 철저하게 손을 놔 버리지, 최소한 내신만이라도 좋게 써 주고 싶은데……."

사이토 선배의 진학 문제야 어찌 되든 딱히 상관할 일은 아니지만…….

"다시 말해서, 이대로라면 우리 내신까지 곤란해진다는 말씀이세요?"

선생님은 말이 없다. 아, 어른들은 역시 약았어.

"아 몰라, 말도 안 돼. 주주, 사이토 선배한테 못하겠다고 말하자."

"그거, 네가 말해 줄 거야?"

"내가 왜?"

"그럼, 하나, 둘, 셋에 같이 하자."

"왠지 몰라도 그거, 결국은 나 혼자 말하게 될 것 같은 기분이 강하게 드는데."

"너무해."

"내가 널 십 년 넘게 겪어 왔잖아."

옥신각신하는 우리를 본 체 만 체, 다치키 선생님은 이제 볼일 끝났다는 듯 교무실을 향해 발길을 돌렸다.

그때…….

"다치키 선생님."

우리 바로 옆에서 점잖은 목소리가 울려 퍼졌다.

돌아보니 긴 머리를 뒤로 묶은 여자가 서 있었다. 어머나, 이런 미인이. 배는 풍선처럼 빵빵하네.

"아, 야지마 선생님."

다치키 선생님은 순간 눈에 띄게 겁먹은 표정을 지었다.

"말씀드렸던 일, 생각 좀 해 보셨어요?"

“아, 그게, 뭐라고 해야 하나……”

아무리 봐도 야지마 선생님이 훨씬 어려 보이는데 다치키 선생님은 박력에서 완전히 눌리고 있었다.

“시간 없어요.” 조바심이 난 듯 야지마 선생님이 말했다. “곧 출산휴가에 들어가야 돼요. 브라스밴드부 일, 확실히 해 두고 싶어요. 부탁드립니다, 고문이 되어 주세요.”

아하, 그렇게 된 거구나, 상황파악이 됐다.

들자 하니 브라스밴드부는 웬만한 운동부보다 훨씬 힘들다고 한다. 무거운 악기를 운반해야 하는 데다 피나는 연습, 거기다 땡볕 아래에서 응원까지 해야 하니……. 학생들이 한다는 건 고문 선생님 역시 같이 한다는 뜻이고. 한마디로 방과 후건 쉬는 날이건 인정사정 안 봐 준다는 뜻이다.

하기 싫은 거겠지, 다치키 선생님. 그 마음 충분히 이해가 간다. 나도 못하겠다고 생각했으니까.

하지만 의욕이라고는 없어 보이는 이 다치키 선생님이 혹시라도 고문 자리를 받아들이면 브라스밴드부도 조금은 편해질지 모른다. 선택지 중 하나로 고려 좀 해 볼까…….

우선은 강 건너 불구경이나 하자 싶어 보고 있는데 갑자기 우리한테 불똥이 튀었다.

“저 애들이.” 다치키 선생님이 별안간 우리를 손가락으로 가리킨 것이다. “저 애들이 비행클럽에 들어오고 싶다고 해서 말이죠. 신입생을 한 명 더 데려올 테니 고문을 맡아 달라고 하지 뭡니까. 마침 그 이야기를 하던 참인데. 그, 왜 부장인 사이토가 우리 반이잖아요. 문제도 됐었고 설득도 안 되고 해서 슬슬 걱정하던 참이었거든요. 진학할 때 곤란해지는 것 선생님도 아시잖아요. 그래서 뭐, 우선 내가 담임이니까 책임도 있고. 그래서 받아들인 참이에요, 지금 막. 그러니까 저기. 죄송하지만……."

선생님이 거짓말을 하다니. 아주 그냥 술술 나오시네.

하도 기가 막혀서 대꾸도 못하고 있자니 야지마 선생님은 실망한 듯 풀죽은 표정을 지었다.

"그렇다면 할 수 없네요…… 얼른 다른 사람을 찾아봐야죠."

그러더니 야지마 선생님은 실내화를 딱딱거리며 교무실로 들어가 버렸다.

"선생님."

나와 주에리가 동시에 소리쳤다. 둘이 나란히 비난의 눈길을 보내자 다치키 선생님은 "뭐, 뭐, 어찌 됐건, 사이토한테 가 봐야지."

아주 작은 소리로 그렇게 말하고는 우리 등을 떼밀었다.

"…… 저는 안 들어갈 거예요. 내신 망치는 거 싫어요. 멀쩡한 동아리에 들어가고 싶어요."

계단을 올라가며 필사적으로 말했다.

"이제부터 멀쩡한 동아리로 만들면 되잖아…… 어떤 활동을 하는지는 잘 모르겠지만. 뭐, 고문으로서 협조할게, 가능한 한."

벌써 고문 되신 거예요? 근데, 가능한 한?

하나하나 다 마음에 걸려 하는 나를 재촉하듯 다치키 선생님은 몸시 빠른 걸음으로 걸었다. 꾸물대다가는 뒤에서 야지마 선생님이 쫓아오기라도 할 것처럼.

뭐, 우리도 사이토 선배를 한 번 더 봐야 하긴 하지만.

물론 확실하고 단호하게, 가입을 거절하기 위해서다.

2학년 2반 문을 연 다치키 선생님은 "어이," 하고 말을 걸었다. "너도 있었어? 부상은 좀 어때?"

"일상생활에는 아무 문제 없어요."

안에서 필요 이상으로 커다란 목소리가 들려왔다. 목소리도 말투도, 사이토 선배와는 전혀 딴판이었다. 그 목소리를 듣는 순간, 옆에 있던 주에리가 얼음처럼 굳었다.

"…… 하지만 야구는 아무래도 닥터스톱(원래는 권투에서 경기를 더 진행할 수 없을 정도로 선수의 부상이 심할 경우 의사가 심판에게 말해 경기를 끝맺는 일―옮긴이)이 나와서 당분간 쉬어야 되거든요. 그래서 그동안은 사이토랑 함께 있으려고요. 뭘 하는지는 잘 모르겠지만."

이어서 흥, 하고 콧방귀를 뀌는 소리. 이 소리의 주인공은 사이토 부장이겠지.

"그래? 마침 잘 됐네. 여기 두 친구는 동아리 신입부원이야."

다치키 선생님이 우리를 소개하듯 옆으로 물러섰다. 그 순간, 주에리가 한 옥타브는 가뿐히 넘어가는 상기된 목소리로 말했다.

"시, 신입생 오모리 주에리라고 합니다. 자, 잘 부탁드립니다."

"어, 여자가 들어오는구나." 소문으로만 듣던 나카무라 선배가 서글서글하게 대구했다. "나도 잘 부탁해. 너는?"

"사다 미즈키입니다."

어쩔 수 없이 나도 대꾸했다. 마음속으로는 머리를 쥐어뜯으면서.

돌이켜보면 이때가 바로 비행클럽이 실질적으로 발족된, 기념할 만한 순간이었다.

3.

"…… 너, 볼펜 있어?"

네모난 안경 너머로 사이토 부장이 똑바로 나를 쳐다보며 물었다. 주에리는 얌체같이 나카무라 선배 옆에 앉아서는 "선배, 부상이라니, 무슨 말이에요오?" 하며 말을 걸고 있다. 참 적극적이네, 생각하며 나는 대답했다.

"음, 샤프펜슬이라면 있어요."

"안 되는데." 사이토 선배가 가차 없이 말을 끊었다. "이런 건 나중에 글을 고치지 못하도록 볼펜이나 만년필로 쓰게 되어 있어."

'이런 거'란 내 눈앞에 있는 가입신청서다. 위압적인 사이토 선배의 태도만 봐서는 신용장이나 유언장이라도 쓰는 분위기다.

"어쩔 수 없네, 내 거 빌려 줄게."

무슨 대단한 은혜라도 베푸는 것처럼 말하기에 "고맙습니다." 하며 머리를 숙였다. 당신 뭐야, 하느님이라도 돼?

빌려 주신 은혜로운 볼펜으로 용지에 반과 이름을 써 넣었다. 이름은 혹시 몰라서 한자 옆에 읽는 방법까지 친절하게 적어 뒀다.

31

나카무라 선배가 흘끔 들여다보더니 말했다.

"어, 미즈키라, 이름 귀엽네."

그 말을 들은 주에리가 부랴부랴 말했다.

"구 짱, 나도 그 볼펜 좀 빌려 줘."

"빌려 주지."

사이토 선배가 이번에도 거만하게 말했다.

"이 이름에 왜 별명이 '구 짱'이야?"

신기하다는 얼굴로 나카무라 선배가 물었다. 나는 속으로 주에리에게 '쯧' 하며 혀를 차 줬다.

사이토 부장은 다 쓴 가입신청서를 손에 들더니 무슨 당연한 걸 묻느냐는 식으로 말했다.

"구라게(海月, 해파리)의 구지 뭐야. 너랑 같은 바다생물 친구인 거지."

엥, 그런 건 그리 빨리 안 맞혀 주셔도.

내 이름은 사다 미즈키(佐田 海月)다. 확실히 글만 봐서는 귀엽다. 부모님도 우쭐대며 말했다. "달밤의 바다야, 뜻도 음도 예쁘지?" 하고.

나도 정말 그렇게 생각했고, 내 이름이 참 좋았다…… 초등학교 2학년 때까지는.

3학년에 올라갔을 때, 선생님이 나누어 준 비상연락망을 본 어떤 아이 부모님이 아이한테 괜한 소리를 했다고 한다. "야, 네 이름, 구·라·게."라며 놀리기에 진심으로 '얘 뭐래는 거야? 바보 아니야?' 하고 생각했다. 그래서 집에 돌아오자마자 오늘 멍청한 남자애가 그렇게 놀리더라고 엄마에게 일러바쳤다. 그러자 엄마는 살짝 미안한 얼굴을 하더니 이렇게 말했다.

"아아, 그거 있잖아. 이름 만든 직후에 몇 명이 그러긴 하더라. 뭐, 그렇게 읽을 수도 있다네. 그래도 미 짱은 뜻이 다르니까 괜찮아. 달밤의 바다니까. 알았지, 괜찮아, 괜찮아."

…… 전혀 괜찮지 않았다. 이후 내 별명은 구라게가 됐고 그게 줄어들어 구 짱이 됐다.

글자만 보면 귀엽다고도 할 수 있지만 실제 억양은 누룽지처럼 납작해서 요만큼도 안 귀엽다. 내력부터가 최악이다.

"오오, 해파리가 한자로 이렇게 쓰는 거였구나."

한없이 천하태평한 어조로 나카무라 선배가 말했다.

그러고 보니 소문으로만 듣던 나카무라 선배를 처음 보는 건데. 첫눈에 반했다기에 얼마나 멋진 스포츠맨일지 사실 조금 궁금했었는데.

덩치는 뭐, 좋은 것 같기도 하고. 역시 체육계구나, 하는 느낌이었다. 게다가 성격도 좋아 보이고…… 사이토 선배와 비교해서 그런지는 모르지만. 그래도 말이지…….

촌스러워. 까까머리야. 못생겼어. 눈썹은 아예 송충이야.

새삼 사랑이란 신비하다는 사실을 깨달으며 고개를 갸웃하고 있자니 나카무라 선배가 씩 웃으며 말했다.

"네 심정 이해해. 나도 뭐, 바다의 별이라고 써서 가이세이(海星)야. 불가사리(海星, 히토데)라니까. 내가 그 사실을 알았을 때 얼마나 충격을 받았던지."

"내가 가르쳐 줬지."

가르쳐 줬다니, 태연한 얼굴로 심한 말을 하네, 사이토 선배. 게다가 여전히 거만한 저, 저.

나카무라 선배의 명랑한 불평은 계속되었다.

"일부러 도감까지 들고 와서는 해성(海星)은 불가사리야, 이러는 거야. 무슨 그런 초등학교 1학년짜리가 다 있어. 덕분에 초등학생 때 다들 불가사리, 불가사리 하면서 놀려 댔지. 정말, 진짜 나, 그 심정 이해해."

나카무라 선배는 두 손을 눈앞으로 가져가며 우는 시늉을 했다.

그 순간 왜 그런지 내 심장이 콩닥, 하고 뛴…… 것 같은 기분이 들었다.

불가사리와 해파리라니, 별명으로 삼기에는 서로 비슷하게 비참하고. 둘 다 좀 뭣한 소꿉친구가 있고(이건 뭐, 사이토 선배 쪽이 훨씬 뭣하지만). 그 소꿉친구 때문에 울며 겨자 먹기로 비행클럽 같은 이해 안 되는 동아리에까지 가입하는 신세가 됐고…….

어쩌면 나, 나카무라 선배의 마음을 너무도 이해할 수 있는 사람? 나카무라 선배도 내 심정 이해한다고 했지…… 두 번씩이나.

엥, 응? 뭔가 이거…… 위험할지도.

속으로 당황해하는데 나를 밀어젖히며 주에리가 찢어지는 목소리로 말했다.

"나도, 나도. 주에리(樹繪里)예요, 난감하다니까요. 부모님 말로는 너는 우리 보석, 보석 하지만 획수도 많고 글자가 어려워서 한자로 쓰려면 진짜 힘들고 시험칠 때는, 뭐, 시험지 내는 것도 늦기 일쑤고, 게다가 역시 창피하잖아요오.”

주에리가 자신의 이름을 창피해하고 있다는 말은 난생처음 듣는 소리였다.

사이토 선배가 “하긴 창피하기도 하겠다.” 하고 잔인한 말을 하더니 어디까지나 남 이야기라는 식으로 덧붙였다. “다들, 부모님이 희한한 이름을 붙여 줘서 안 됐네.”

하느님이 그런 소리를 할 처지가 아닐 텐데, 하고 아마도 자리에 있던 우리 모두 한마디씩 했을 거라고 생각한다…… 마음속으로.

“이거이거, 비행클럽이 아니고 특이한 이름 클럽이네.” 다치키 선생님이 심보 나쁜 웃음을 지었다.

“선생님도 남 이야기하실 처지가 아닐 텐데요?”

나카무라 선배의 말에 선생님은 “그런가?” 하며 고개를 갸웃거렸다.

“저기, 선생님 성함은?”

내가 묻자 다치키 선생님은 중얼중얼 대답했다.

“노부나가(일본의 유명한 장군인 오다 노부나가의 이름에서 따온 것-옮긴이). 부모님이 역사를 좋아하셔서서.”

위인의 이름이라. 그나저나 참 야망이고 뭐고 하나도 없을 것 같은 노부나가네.

“뭐 그래도 너희들 이름은 쉽게 읽을 수 있으니 그나마 나아. 요즘 애들 이름은 통 읽을 수가 있어야지…… 옆에 어떻게 읽는지 적혀 있어도, 뭐가 어떻게 돼서 그렇게 읽을 수 있는 건지 하나도 모르겠고, 그러니까 외우지도 못하겠고, 선생질 하기도 힘든 시대라니까.”

노부나가 선생님은 과장되게 한숨을 쉬었다. 솔직히 그보다 더 힘든 일이 천지일 텐데.

"아아 맞다, 내가 아는 친구 중에도 이름이 재미있는 애가 있어요."

주에리의 이 발언을 계기로 자신이 알고 있는 특이한 이름을 서로 발표하는 모임 비슷한 꼴이 되고 말았다. 더구나 그 뒤로는 완전히 단순한 잡담이었다.

이게 대체 어딜 봐서 비행클럽이냐고요.

아주 첫날부터가 영 미덥지 않다.

그리고 내 가슴속에는 쪼그만, 아주 쪼그만 무언가가 싹을 틔운…… 것 같은 기분이 드는 동아리 활동 첫날이었다.

4.

문제가 산더미다.

먼저 활동 장소. 지금은 임시로 2학년 2반 교실을 쓰고 있다. 하지만 그것은 방과 후 사이토 선배가 멋대로 교실에 남아 있던 상태를 그대로 인정해 준 것뿐이다. 어디까지나 임시로 신청되어 있는 것이다. 그나마 그 신청도 아직 통과되지 않은 상태다. 무엇보다 부 인원이 규정상 최저라인에도 미치지 못하니까. 애초에 활동 목적 자체가 분명하질 않으니 도무지 구제할 길도 없다.

부 인원 문제는 우선 나와 주에리가 노력을 하고 있기는 하지만 예상대로 역시 난항 중이다.

"비행클럽? 그게 뭐야, 담배 피우고, 머리 노랗게 물들이고 그러는 거

36

야?”

이런 식의 대화를 몇 번이나 되풀이했는지. 애초에 우리는 이제 막 입학한 신입생들이라 동아리 활동을 권유할 만큼 친한 사이라고는 같은 초등학교 출신의 아이들뿐이었다. 그나마도 여학생에 한정되다 보니 파이는 애초부터 그리 크지 않았다. 게다가 나처럼 체육계는 싫어, 음악이고 미술이고 다 싫어, 하며 ‘뭐 하나 잘하는 게 없다’고 말하는 아이들은 의외로 얼마 되지 않아서 다들 각자 자신의 취미대로 들어갈 동아리를 시원시원하게 정해 가고 있었다.

이래저래 권유 활동은 금세 암초에 부딪히고 말았다.

“왜 아니겠어, 당사자인 우리도 대체 뭘 하는 동아리인지 잘 모르잖아, 그치.”

밉게 들리지 않도록 조심하면서 주에리에게 은근슬쩍 불평을 해 봤다. 내 그런 배려가 부질없게도, 주에리는 “그러게.” 하며 태평하게 대꾸했다. 내가 왜 그랬을까, 하는 위기감이나 초조감은 아무래도 나만 느끼는 모양이었다.

그런 현상은 동아리 모임에서도 그대로 드러났다. 어느 날 수업을 마친 뒤 2학년 2반 교실에 갔더니 사람이라고는 그림자도 보이지 않았다. 주에리는 학급 당번이었고, 나카무라 선배는 야구부 미팅에 참석하러 가고 없었다. 주에리는 나카무라 선배가 없다는 것을 아는 터라 지극히 여유롭게 당번 일을 하고 있었다. 아직 쓰레기도 버려야 하고 일지 정리도 해야 하니 시간이 제법 걸릴 것이다.

사이토 선배까지 안 보이다니 웬일인가 생각하며 들어갔더니 창문이 열려 있고 그 바깥에 선배가 있었다. 여기는 2층이니 당연히 그곳은 베란다다. 독특한 헤어스타일이다 보니 뒷모습만 봐도 바로 알 수 있다.

으윽, 단 둘이라니…… 알고는 있었지만 새삼 간이 쪼그라든다. 사이토 선배, 무뚝뚝한 데다 사람도 특이하고. 물론 나카무라 선배랑 단 둘이 있는 경우라 해도 역시 불편하긴 마찬가지겠지만, 그래도…….

차라리 돌아가서 주에리 일이나 거들까 싶었지만 왠지 그것도 귀찮았다.

한번은 주에리가 "구 짱 의외로 게으름뱅이야." 하고 말한 적이 있다. 그때는 웬 뚱딴지같은 소리인가 싶었지만 사실은 뭐, 완전히 틀린 말도 아니다.

나는 꼭 해야 하는 일이면 숙제든 시험공부든 자유연구라는 명목하의 강제 연구든 일찌감치 딱딱 해치우는 성격이다. 하지만 딱히 안 해도 좋은 일, 누가 해도 상관없는 일, 하물며 자원봉사 같은 일은, 전체 분위기를 보아 가며 안 해도 괜찮다 싶으면 어떻게든 피하자는 주의이고, 실제로도 그런 방향으로 움직인다(뭐 그런 경우란 보통 손을 안 든다든가, 앞장서는 행동은 하지 않는 수준이니 '움직이지 않는다'고 표현하는 편이 더 어울릴지도 모르겠지만).

동아리가 생긴 지 아직 얼마 되지는 않았지만 나카무라 선배는 '앞장서서 움직이는' 유형임을 대충 알 수 있다. 주에리는 그런 사람에게 끌려 다니며 부화뇌동하는 유형이고.

사이토 선배는 어떤 유형일까, 문득 생각해 본다.

앞장서서 행동하는 유형은 물론 아니다. 오히려 무슨 일이 있어도 꿈쩍 안 한다는 느낌. 그런데 내가 '움직이지 않는' 것은 어디까지나 편하고 싶어서이지만 사이토 선배는 완전히 다르다. 왜냐하면 이건 아무리 생각해도 편한 게 아니니까. 아무도 지지해 주지 않는 동아리 활동을 혼자서 1년 동안이나 지속해 왔다니(과연 그것이 활동이라고 부를 만한 것인지는 우선 제쳐두고 말이지만).

나는 그 사람 쪽을 흘끗 쳐다봤다.

베란다 난간에 상반신을 기댄 채 그저 하늘만 올려다보고 있다.

해는 비딱하게 저물고 엷은 구름이 흐른다. 밝고 예쁜 하늘이다. 선배는 그 앞에서 검은 얼룩처럼 서성이고 있었다. 교복을 입은 그 등짝에 대고 나도 모르게 말을 걸었다.

"사이토 선배는 왜 하늘을 날고 싶어요?"

화들짝 놀랐는지 까만 어깨가 움찔하더니 하느님 부장이 천천히 뒤를 돌아봤다.

"뭘 물어, 너도 날고 싶잖아?"

무슨 당연한 소리를 하느냐는 듯이 선배는 말했다.

"난 생각해 본 적도 없는데요."

그렇게 대꾸하자 선배는 "정말? 한 번도? 어릴 때도?" 하며 몰아붙이듯이 연거푸 물었다. "길거리에서 받은 풍선 붙잡고 하늘 높이 날고 싶다는 생각, 해 본 적 없어? 빗자루 타고 하늘을 날면 좋겠다는 생각도 해 본 적 없어? 도라에몽의 다케콥터(머리에 붙여 하늘을 나는 도구 - 옮긴이)가 있었으면 좋겠다고 생각해 본 적도?"

하도 추궁하는 식으로 몰아붙이기에 나는 범행이라도 자백하듯 대답했다.

"그야, 어릴 때는 생각해 본 적이 있을지도 모르지만……."

"누구나 있어." 지나치게 단정적으로, 부장은 말했다. "하늘을 나는 꿈을 한 번도 꾼 적 없는 사람은 아무도 없을 거야."

"꿈이라니, 깨어 있을 때 꾸는 거 말이에요, 아니면 잘 때 꾸는 거 말이에요?"

눈치를 살피며 흠칫흠칫 물어보자 선배는 명쾌하게 말했다.

"어느 쪽이든 크게 다를 거 없잖아."

아니, 좀 다르다고…… 많이 다르다고 생각하는데.

"너 말이야, 풍선 아저씨라고 알아?"

갑자기 뚱딴지같은 소리를 하기에 나는 고개를 갸웃했다.

"…… 예? 어, 길거리에서 기다란 풍선으로 토끼랑 기린 같은 거 만드는 사람?"

"전혀 아니야."

…… 뭐야, 사람이 열심히 대답해 줬더니.

"그럼, 뭔데요?"

이제 그냥 순 의무감으로, 정말 건성으로 물어봤다. 아, 주에리는 언제 오는 거야.

"정말 몰라? 굉장히 유명한 사람이야."

이거 왠지, '너무 무식해서 기가 꽉 막힌다'는 뜻같이 들리는데.

사이토 선배는 '할 수 없군, 가르쳐 주지 뭐' 하는 표정을 지으며 교실 안으로 들어왔다. 굳이 들어올 것까지는 없는데.

"풍선 아저씨는 하늘을 날고 싶었어. 그래서 몸에 헬륨 풍선을 주렁주렁 달고 다마 강 하천부지에서 하늘로 날아올랐어."

"날아올라서 어떻게 됐는데요?"

"오타 구의 가정집 위에 떨어져서 지붕을 박살냈어. 다행히 아저씨는 무사했지만."

"참 남한테 폐 끼치는 사람이네요."

"모험이란 원래 폐를 끼치게 되어 있어." 선배는 뭐가 그리 잘났는지 우쭐대며 말했다.

"그 풍선 아저씨는 같은 해 11월에 거대한 풍선을 주렁주렁 단 노송나무 욕조 비슷한 곤돌라를 만들어서 다시 하늘로 날아올랐어."

"지치지도 않네요. 그래서 이번엔 어디로 떨어졌어요? 하늘에서 노송나무 욕조가 떨어지면 상당히 위험할 텐데."

"어디로 떨어졌는지, 아니면 아무 데도 안 떨어졌는지는 몰라."

"예?"

"태평양을 횡단하겠다며 날아올랐는데 이틀 뒤에 SOS 신호가 수신됐고 그걸 끝으로 행방불명이 됐어."

"…… 우와아."

뭐라고 맞장구를 쳐 줘야 할지 감이 안 잡힌다. 무사해서, 가벼운 부상만으로 끝났다면 '무슨 바보 짓이야' 하고 말할 수도 있겠지만. 아니, 마음 편한 식구들끼리 텔레비전 뉴스를 보다 이 이야기를 들었다면 '저런 바보' 하면서 함께 웃어 댔을 것이다, 분명히.

"다들, 그 사람을 비웃었어."

별안간 성난 듯한 목소리로 사이토 선배는 말했다. 내 마음을 들켰나 싶어서 깜짝 놀랐다.

"실은 웃을 자격 따위 없는데." 강한 어조로 선배는 말을 이었다. "한평생 땅바닥에 붙어 사는 인간들한테. 지구의 중력에서 자유로워지고 싶다는 생각조차 하지 않는 인간들한테."

성난 듯한 목소리가 아니다. 사이토 선배는 분명히 화가 나 있었다.

언제나 일관되게 거만한, 거의 표정이라고는 없는 사이토 선배가. 다른 사람을 위해, 아마 만난 적도 없을 사람을 위해 맹렬하게 화를 내고 있었다.

흐음, 하고 생각했다.

"…… 사이토 선배는 정말로 하늘을 날고 싶은 거네요."

내가 생각해도 묘하게 절실한 말투였다. 사이토 부장은 문득 힘 빠진 얼굴로 창밖을 바라보더니, 아마도 창밖으로 보이는 하늘 조각을 바라보더니…… 말했다.

"응, 그래."

그 마음에 거짓은 없을 것이다. 그건 잘 알겠다. 처음부터 그 점을 의심한 적은 없다. 하지만…….

"그럼, 언제까지 땅바닥에 붙어 있을 생각이에요?"

강한 어조로 대뜸 말해 버렸다. 선배는 놀란 얼굴로 나를 봤다.

"멍하니 하늘만 올려다보고 책만 읽어서 언제 하늘을 날아요. 당장에라도 움직여야지. 비행기도 이륙하려면 우선 힘차게 달려 나가잖아요?”

막상 내뱉고 나니 갑자기 그 말이 타오르는 불길이 되었다.

내가 생각해도 신기했다. 중학생이 하늘을 날다니. 그딴 일, 무모하고 황당무계해서 다들 웃을 것이다.

그런데, 정말 스스로 생각해도 믿을 수 없게, 사이토 선배의 ‘하늘을 날고 싶다’는 바람에 강렬하게 공감해 버렸다.

사이토 선배는 날아오르고 싶어 하는 연이라는 생각이 문득 들었다. 누가 실을 끌며 달려 주지 않으면 분명 평생, 하늘을 날 수 없을 것이다.

그것을 아무나 할 수는 없다. 그렇잖아, 누가 하겠어, 이런 바보 같고 아무 짝에 소용없는 일을.

“…… 구 짱?”

문 쪽에서 주에리의 조심스런 목소리가 들려왔다. 불러 놓고 들어오지 않기에 하는 수 없이 내가 복도로 나갔다. 주에리는 내 팔을 끌고 조금 떨어진 곳까지 데리고 갔다.

“구 짱 있잖아, 방금 사이토 선배랑 굉장히 진지하게 대화하더라?”

나는 말없이 고개를 저었다. 그런 건 진지한 축에 끼지도 않거든?

“…… 구 짱 있잖아, 혹시 사이토 선배 좋아해?”

그 말 왜 안 나오나 했더니 역시 주에리는 그렇게 물었다.

하여간에 머릿속이 핑크빛인 여자는 다른 사람들까지 모두 핑크빛 세상에 사는 줄 안다니까.

“아니. 전혀.”

딱 잘라 부인했지만 주에리는 듣고 있지 않았다.

"사이토 선배 있잖아, 보기엔 저래도 사실 멋있잖아…… 저 이상한 안경 벗고 헤어스타일 좀 어떻게 하면, 성격이 조금만 좋으면, 저렇게 이상한 사람만 아니라면……."

"너무 많아."

"아니, 그래도 혹시……."

"됐어. 분명히 말해 두지만, 정말 그런 거 전혀 아니거든."

이런 일은 확실하게 부인해 두지 않으면 나중에 무슨 소리가 나올지 모른다.

"그럼, 그럼, 혹시……." 한 박자 뜸들이더니 주에리는 작은 목소리로 말했다. "구 짱, 나카무라 선배 좋아해?"

나는 거의 정색을 하고 외쳤다.

"진짜 좀! 그런 거 아·니·야."

…… 아닌가? 왠지 몰라도 조금 자신이 없어졌다.

"구 짱, 얼굴 빨개졌어." 웬일로 주에리가 냉정하게 지적했다. "역시 그렇구나."

살짝 고개를 숙인 주에리를 보니 큰일 났다 싶었다. 여자들의 우정 붕괴 위기. 한 번 더 확실하게 부정해야 되는데. '웬수'든 뭐든 이런 일로 산산조각이 나는 건, 너무도 슬픈 일이잖아.

이래저래 불만은 많지만, 그래도 난 주에리가 좋으니까.

"저기 말이야, 주에리……."

그렇게 입을 열었다가 할 말을 잃었다. 살짝 허리를 숙이고 들여다본 주에리의 얼굴이, 웬일인지 기쁨으로 빛나고 있었다.

아무리 뜯어봐도 기뻐하는 것으로만 보이는 그 얼굴을 홱 들더니 주에리는 내 두 어깨를 끌어안을 기세로 두드렸다.

"그치, 나카무라 선배 진짜 멋지지? 나, 구 짱 마음 충분히 이해해. 구 짱도 내 마음 알겠지?"

나는 얼떨떨한 기분으로 가만히 서 있었다.

왠지 모르지만 이 장면에서도 강한 공감대가 성립된 모양이다. 주에리의 두뇌회로는 도무지 헤아릴 길이 없다.

"오, 너희들, 거기서 뭐해. 동아리 활동 시간 아니야?"

다치키 선생님의 느릿한 목소리가 들려왔다.

"선생님 참 오랜만이네요."

내 지적에 비행클럽의 고문(임시) 선생님은 겸연쩍은 듯 머리를 긁적였다.

"아니 그게 말이야, 야지마 선생님이 '동아리에는 안 가 보세요' 하고 자꾸 물어보니까 교무실에 있을 수가 있어야지."

선생님은 동아리와는 전혀 관계없어 보이는 서류를 안고 있었다.

"마침 잘됐다, 이거 정리하는 거 좀 거들어 줘."

갑자기 일을 시키기에 투덜대고 있자니 야구부 모임을 마친 나카무라 선배가 "아직 있었네." 하며 얼굴을 내밀었다. 순간 온 얼굴에 함박웃음을 지으며 내게 끊임없이 눈짓을 하는 주에리…… 제발 좀 그·만·해, 으이구. 소꿉친구가 한순간에 나카무라 선배를 가운데 둔 '전우'로 둔갑하질 않나. 그 나카무라 선배는 자신이 하늘을 나는 문제보다는 야구공이 얼마나 멀리 날아갈 것인지에만 관심이 있질 않나.

교실 안에서는 사이토 부장이 변함없이 나 몰라라 하는 얼굴로 독서 중이질 않나.

나는 깊은 한숨을 내쉬었다.

비행클럽에 들어오기는 했지만 이 모양 이 꼴이어서야 하늘을 나는 날이 과연 오기나 할까. 변함없이 내 두 발은 땅바닥에 찰싹 들러붙어 있을 텐데.

우리는 아직도 한참…… 아니, 영원히, 하늘을 날 수 있을 것 같지 않다.

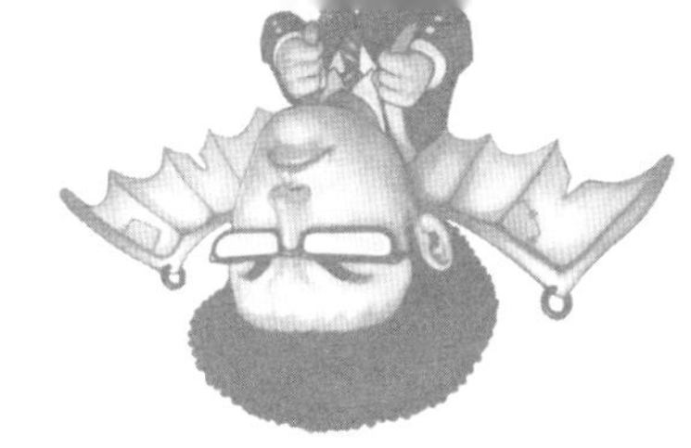

2. 하늘을 날 수 없다고 누가 그래?
_혹은 비행과 낙하의 차이

1.

중학생이라면 보통 하늘을 날 수 있다는 생각 따위 아무도 하지 않는다. 물론 나 역시 마찬가지다.

대학생이라면 이야기는 좀 다르다. 그 왜, '인간 새 콘테스트' 같은 데도 나가고 그러지 않나? 동아리 활동도 중학생이랑은 비교도 안 될 만큼 본격적이고. 대학에서는 동아리라고는 하지 않던가? 서클 활동? 동호회? 어쨌거나 패러글라이딩이며 행글라이더를 타거나 인력비행기를 제작하기도 하고 들이는 돈과 노력도 장난이 아니라고 들었다. 대학생이라면 아르바이트로 돈을 벌 수도 있으니까.

돈만 있다면 하늘은 물론 바다 밑도, 원한다면 땅속에도 들어갈 수 있다. 이게 세상살이의 이치다. 돈 없이는 모험도 못한다는 것.

하다못해 고등학생만 되어도 아르바이트를 할 수 있다. 하지만 우리 학교는 큰 사정이 없는 한 거의 전면적으로 아르바이트가 금지되어 있다. 위반하면 어떻게 되는지는 모른다. 공립이니 퇴학까지 당하지는 않을 거라 생각하지만.

구 짱, 다시 말해서 나, 사다 미즈키는 일이 엉뚱하게 꼬이는 바람에 중학교 3년 동안 '비행클럽'이라는 수수께끼 동아리에 소속되고 말았다. '일이 엉뚱하게 꼬였다'는 말을 실제로 내가 하는 날이 올 줄은 꿈에도 몰랐다. 고백하자면 비슷한 상황을 상상하고 어떻게 대처할지 모의 훈련을 해 본 적은 몇 번 있지만.

"네, 맞아요. 참 엉뚱한 인연을 계기로, 전 운명의 사람과 만났습니다." 뭐 이런 식으로. 아니면, "저의 이 위대한 발명은 정말이지 엉뚱한 데서 시작됐어요." 뭐 이런 거. 혹시 '엉뚱하다'는 표현을 내가 이상하게 쓰고 있는 건가. 내 입으로 '위대하다'는 소리나 하고 있고 말이야. 소녀라는 생물은 여러 의미에서 참 낯 뜨거운 존재구나.

뭐 어쨌거나 말이지.

정말이지 엉뚱한, 참말이지 엉뚱한, 말도 못하게 엉뚱한 과정을 통해 나는 '비행클럽'에 소속되고 말았으니…….

"뭘 혼자 뚱뚱거려, 구 짱."

옆에서 주에리가 이상하다는 표정으로 내 얼굴을 들여다봤다.

나는 작게 혀를 찼다.

이 오모리 주에리야말로 낯 뜨거운 소녀의 대표이며 '엉뚱하게 꼬인 일'의 대부분이랄까 모든 악의 근원이다.

말려들었다고 표현하면 사고나 싸움 같은 것들을 떠올리기 쉬운데, 이번에 내가 말려든 것은 주에리의 첫사랑이다. 나를 향한 주에리의 극단적인 의존체질과, 최근 눈 뜨고 있는 내 공감체질이 묘하게 작용해서 보아 하니 연대연애 비슷한 상황에 빠져들고 있는 것 같다. 좀 말장난 같기는 하지만 구체적으로는 그런 느낌이다.

"있잖아, 구 짱, 혹시나 해서 하는 말인데." 주에리가 신바람을 내며 말을 걸었다. 이게 만화였다면(그것도 명랑만화였다면) 주에리의 눈에서는 아마도 하트가 반짝반짝 빛나고 있었을 것이다.

"응, 뭐?"

벌써부터 나는 방어태세를 하고 있다. 그런데도 파괴력 끝장인 다음 대사에, 나는 어퍼컷이라도 맞은 것처럼 뒤로 휙 넘어가게 된다.

"나카무라 선배랑 데이트할 때 말이야, 구 짱은 선배 오른쪽이 좋아? 왼쪽이 좋아?"

"…… 그거, 나란히 걸을 때 말이야?" 잠깐 뜸을 들였다가 나는 덧붙였다. "셋이서……."

"당연하지. 중요한 순간에 다투기 전에 미리미리 정해 둬야지, 안 그래?"

"아니, 안 다투거든."

"난 있잖아, 오른쪽. 왜냐하면 선배, 왼팔 부상 중이니까."

나카무라 선배는 지금 왼쪽 팔꿈치가 고장 난 터라 야구부 활동을 쉬고 있다.

"팔짱도 못 끼는 거 싫잖아, 꺄악." 이러면서 행복에 몸서리를 치고 있는 주에리에게 '푼수야' 같은 소리를 하면 못 쓴다. 어쨌든 맞장구를 쳐 주는 게 여자의 우정이다.

"그래도 있지, 주주. 정말 좋아한다면 다친 쪽 팔을 보호해 줘야 되는 거 아니야?"

그렇게 말하자 주에리는 눈을 동그랗게 뜨고 속눈썹을 깜박깜박 올렸다 내렸다 하더니 진심으로 감탄한 듯 말했다.

"구 짱, 진짜 어른스럽다! 그래, 그게 진정한 사랑이지. 나, 내 생각밖에 못했네. 알았어, 둘이서 오른쪽 왼쪽 번갈아 가며 서자."

"그래, 그래."

다른 데 가서 듣기 전에 차라리 내가 먼저 말해 두자.

이 푼수야.

결국 이것은 유치원 시절부터 둘이 함께 하던 놀이의 연장일 뿐인 것이다. 연애놀이. 적어도 뭐, 지금은.

그리하여 주에리의 잠꼬대 같은 소리는 끝도 없이 이어진다. 주에리 가라사대, 나카무라 선배 멋지지, 다정하지, 서글서글하지, 좋은 사람이지……. 그 모든 말에 나는 "응, 응" 하며 끄덕여 준다.

그야 멋지지, 다정하지, 서글서글하지, 좋은 사람이지…… 저 하느님 부장에 비하자면이야.

사이토 하느님. 신이라고 쓰고 진이라고 읽는 사람. 이 사람은 비행클럽의 창설자이자 부장이며, 만난 순간부터 어렴풋이 감은 잡고 있었지만 점점 더 절실히 깨닫게 되는 게, 터무니없을 정도로 삐딱한 괴짜다. 오만불손이라는 말은 분명 이 사람을 위해 존재하는 말일 것이다. 외모도 뭐랄까, 머리가 커다란 외계인 같다. 머리만 큰 게 아니라 태도 역시 잘난 체가 사이즈로는 X라지를 넘어서서 XX라지이다. 당신 대체 뭐야? 하느님이라도 돼? 이런 느낌이다.

나카무라 선배는 이 사이토 부장과 소꿉친구라는 '친분' 때문에 겹치기로 비행클럽에 가입했다. 그 나카무라 선배한테 주에리가 첫눈에 반해 버린 것이 이 모든 사태의 발단이다. 나는 주에리와 소꿉친구라는 '친분' 때문에 비행클럽에 가입하게 되었다.

"…… 정말이지 엉뚱하게 꼬였어, 진짜."

투덜대고 있자니 주에리가 이상하다는 얼굴로 물었다.

"있잖아, 구 짱. 아까부터 자꾸 뚱뚱거리는데 무슨 말이야?"

"…… 글쎄……."

무슨 말일까?

'엉뚱'의 정체가 무엇이건 간에, 또 경위는 어찌 되었건 간에, 현재 비행클럽에 소속된 이들은 1학년생과 2학년생 각각 소꿉친구 콤비가 두 쌍, 총 네 명.

숫자 4는 불길하다고들 한다. 아닌 게 아니라 최소한 다섯 명은 있어야 동아리 활동으로 인정받을 수 있다. 우리 학교 동아리 활동은 사실상 필수라서 동아리에 소속되어 있지 않으면 진학할 때 내신에 엄청난 악영향을 준다는데…….

그런 상황인데 마지막 한 명은 들어올 기약도 없이 자꾸 시간만 흐르고 있었다. 반 친구들은 다들 "황금연휴 때 합숙이……" 어쩌고 하는 이야기를 하고 있는 상황이었다.

우리는 굉장히, 더할 수 없이 절박한 상황에 놓여 있었다.

2.

무엇보다 화나는 것은, 우리가 지극히 곤란한 상황에 놓여 있는데도 발을 동동 구르고 있는 이는 나 혼자뿐인 것처럼 보인다는 점이다.

주에리는 하루하루가 핑크빛 하트로 물들어 가고. 사이토 부장은 태연자약하기만 하고(왠지 몰라도 이 사람 이야기를 할 때면 사자성어를 많이 쓰고 싶어진다. 방약무인이라든가, 유아독존 같은).

그리고 나카무라 선배는 여전히 멋지고 다정하고 서글서글하고 좋은 사람이다(주에리 가라사대).

나카무라 선배야 걱정 없지. 1년 동안은 야구부에서 열심히 활동한 실적도 있고. 부상 때문에 야구를 하고 싶어도 못한다는 분명한 이유도 있고. 왜 아니겠어, 다 남 일이지.

나는 점점 밸이 뒤틀려서 나 역시 나카무라 선배를 좋아한다는 설정(주에리의 뇌 내에서 말이지)상 용납할 수 없는 생각까지 했다. 뭐, 나카무라 선배가 좋은 사람인 것은 분명하기 때문에 가슴이 조금 아프긴 하지만.

하지만, 좋은 사람은 그다지 도움이 안 되는 경우가 많은 것도 사실이다.

실제로 그 귀가 솔깃한 정보는 좋은 사람과는 거리가 먼 한 인물한테서 들었다.

옆 반의 이라이자한테서.

이라이자는 미국인도 영국인도 아닌 순수한 일본인이다. 이름도 도쿠라 요시코라고 요즘 세상에 오히려 보기 드물게 평범한 이름이다. 이라이자는 별명도 아니고, 우리 집에서만 통하는 암호 비슷한 것이다.

나와 그 애의 만남은 아득히 유치원 시절까지 거슬러 올라간다. 주에리와 마찬가지로 소꿉친구라면 또 소꿉친구라 할 수도 있지만 관계는 많이 다르다.

한마디로 말하자면, 도쿠라 요시코는 성격이 굉장히 안 좋다.

세 살 버릇 여든까지 간다는데 그 애는 유치원 입학 시절부터 무서울 정도로 심술쟁이였다. 내가 뭔가 장난감이나 놀이기구를 가지고 놀려고 뛰어가면 잽싸게 눈치 채고는 옆에서 쌩하니 낚아챘다. 남이 하자는 놀이는 무슨 똥고집을 부려서든 못하게 했다. 남의 옷이든 신발이든 물건이든, 깨알만 한 흠이라도 발견하면 헐뜯어 댔다. 화장실 앞에서 일부러 망을 보고 섰다가 누가 똥을 쌌느니 냄새가 나느니 하며 사람들에게 이르고 돌아다녔다(나도 당했다).

남 욕하기를 숨쉬기처럼 하고, 심술부리는 게 삶의 보람 같은 아이였다. 그 애 때문에 몇 번이나 울었는지 차마 헤아려 보기도 끔찍할 정도다.

초등학생이 되자 행실은 더욱 교묘하게 진화되었다. 반 친구들을 무서울 정도로 자세히 관찰해 약점을 쏙쏙 집어내서는 당사자에게만 들리는 목소리로 가만히 속삭였다. 아니면 쿡쿡 웃으며 '있잖아, 내 말 좀 들어봐' 하면서 동네방네 퍼뜨리고 다녔다.

2학년 때였나, 반의 어떤 여자애가 며칠째 같은 속옷을 입고 있다는 소문이 우스갯소리처럼 퍼졌다. "팬티에 똥이 묻어 있대." "꺅, 더러워." 이런 식으로. 물론 소문의 출처는 도쿠라 요시코였는데 수영시간에 옷을 갈아입으면서 며칠간 곰곰이 관찰을 한 모양이었다. 의분을 참지 못한 나는 불같이 화를 내며 집에 돌아와 엄마한테 그 이야기를 해 줬다. 엄마는 조금 안 됐다는 얼굴로 말했다.

"아, 그 친구네는 어머니가 안 계시니까. 아버지 혼자 키우다 보면 못 챙겨 주는 부분도 있을 거야."

그러더니 살짝 감탄하듯 말을 덧붙였다.

"전부터 생각한 건데, 요시코라는 아이, 꼭 이라이자 같네."

잘은 모르지만 옛날에 크게 유행한 순정만화 속에 등장하는 심술궂은 악녀의 이름이라고 했다. 아닌 게 아니라 듣기만 해도 심술이 줄줄 흐르는 이름이기에 그날부터 우리 집에서는 그 애를 이라이자라고 부르게 되었다.

그건 그렇고, 우리 엄마는 도쿠라 요시코에 대한 이야기를 아주 재미있어 하는 눈치다. 내가 그 애의 악행을 고발하기 시작하면 어김없이 "오늘의 이라이자네."라는 말을 꺼내며 기다리던 텔레비전 방송이라도 시청하듯 흥미진진하게 듣는다. 그리고 이렇게 논평한다.

"그래도 말이야, 그런 애도, 어떤 의미에서는 인생의 양념이야."

이런 땡초같이 매운맛 양념 따위는 필요 없다고 생각하는데.

실은 엄마 때문에 이라이자한테 된통 창피를 당한 적이 있다.

초등학교 3학년 때까지 나는 외계인의 존재를 믿고 있었다. 엄마가 무척 진지하게 이야기해 줬기 때문이다.

"있잖아, 굉장한 이야기 하나 해 줄까? 외계인이 인간 행세를 하면서 인간들 틈에 섞여 살고 있다는 거 알아?"

학교에서 그 말을 했다가 이라이자에게 아주 된통 놀림을 받았다.

"그런 말을 하다니, 네 엄마 이상하다. 바보 아냐?"

집에 돌아와 마구 따지니 엄마는 태연히 말했다.

"있잖아, 외계인이 없다고 믿는 사람들은 외계인이 있다고 믿는 사람들한테 영원히 이길 수 없어. 생각해 봐, 우주에 있는 저 많은 별들 하나하나에 외계인이 없다는 걸 증명해야 되잖아. 그런 점에서, 있다고 믿는 편이 강한 거야. 그렇잖아, 딱 하나의 별에 외계인이 있다는 것만 증명하면 되니까…… 언젠가는 말이지."

우리 엄마는 역시 이상한 사람일지도 모르겠다고 그때 처음 생각했다.

어쨌거나 이라이자는 이런 성격의 여자애들이 흔히 그렇듯 그런대로 귀엽다. 머리도 그럭저럭 좋고, 운동도 꽤 한다.

"반대로 말하면 뭐 하나 특출한 데가 없다는 뜻이네."

엄마는 그렇게 말했지만 약점이나 결점이 없다는 것은 굉장한 강점이다. 배 아픈 건, 선생님들도 이라이자를 좋게 봐 준다는 점이다. 같은 초등학교 출신 친구들을 제외하면 아직 정체도 들키지 않았다. 겉보기는 부드럽고 새하얗지만 그 속에 든 알맹이는 아주 새까만 아이. 마치 찐빵 같다고 생각한다.

"그래도 계속 그러면 곧 친구들한테서 따돌림당할 것 같은데. 결국 다 본인에게 돌아갈걸."

엄마는 그렇게 말했다. 하지만 웬걸, 이라이자는 얌전히 따돌림이나 당하고 있을 종자가 아니다. 누가 재미있는 놀이를 하고 있으면 설령 같이 하자는 사람이 없어도, 누가 인상을 찌푸려도 막무가내로 끼어드는 아이다. 예를 들어, 얼음땡 놀이를 하고 있고, 이라이자가 술래한테 잡혔다고 치자. 무서우니까 아무도 나서서 도와주러 가지 않는다. 그러면 이라이자는 그야말로 귀신 같은 얼굴로 마음 약한 친구에게 버럭 고함을 지른다.

"야! 꾸물대지 말고 얼른 살려 줘."

그렇게 실컷 놀고 나면 자신을 도와준 은인한테 아주 깔보는 말투로 이렇게 말한다.

"A는 다리가 느려서 너무 금방 잡힌다. 살 좀 빼는 게 어때?"

"이야, 그 정도면 아예, 존경스럽기까지 한걸." 이것은 어머니 말씀이다. 지금 감탄할 때가 아니거든요.

어쨌든 이 이라이자는 남 이야기 하는 걸 아주 좋아한다. 그것도 좋은 이야기가 아니라 부정적인 쪽으로. 아침에 누가 다리에 붕대를 감고 절룩대며 등교를 하면 잽싸게 날아가서 집요하도록 꼬치꼬치 사정을 물어본다. 상대가 귀찮아하건 말건 끝까지 묻는다. 만약 다친 원인이 누구 다른 반 친구에게 있다면 당연히 그 아이한테도 돌격한다. 어떤 의미에서는 엄마 말마따나 정말 존경스럽다.

형편이 그렇다 보니 상당한 정보통인 건 사실이다. 주로 부정적인 쪽 전문이긴 하지만. 누가 실연을 당했고 누가 누구와 절교상태인지 아주 자세하게 꿰고 있다. 물어보면(안 물어봐도) 신이 나서 가르쳐 준다. 다른 반, 다른 학년의 일까지 왠지 몰라도 싹 다 알고 있다.

그럼 혹시, 하는 생각이 문득 들었다. 4월도 다 끝나 가는데 아직 소속 동아리를 정하지 못한 1학년생이 있다고 치자. 그건 분명히 부정적인 쪽 정보일 것이다. 혹시, 이라이자라면 그런 정보를 알고 있지는 않을까?

아니, 아무리 이라이자라도 막 입학한 처지에 그것까지는 안 되려나. 모처럼 다른 반에 배정됐는데 굳이 찾아가서 물어보는 것도 싫고. 그래도 음, 불편한 교무실에 찾아가서 그다지 좋아질 성싶지도 않은 담임선생님한테 묻는 거랑, 어느 게 나을까.

오락가락 망설이기를 며칠. 마침내 결심하고 주에리와 함께 옆 반으로 출동했다. 입구에서 잠깐 안을 살펴보고 있자니 마치 던져 준 날고기에 달려드는 피라니아 같은 기세로 이라이자가 쏜살같이 다가왔다.

"있잖아 너희들, 어디 이상한 동아리에 들어갔다며?"

입을 열자마자 아주 좋아 죽겠다는 투로 말한다.

아, 그렇지. 이 아이한테는 그게 확실히 부정적인 정보로 들어가 있구나. 우울하다…….

"그런데 뭔가 굉장히 이상한 사람이 부장이라며?"

게다가 낱낱이 파악하고 있다. 다 맞는 말이고.

"아, 응응, 그래." 상대의 말을 건성건성 인정해 준 뒤 본론으로 들어갔다. "그래서 말이야, 부원 모으는 일로 고생 중인데……."

"아, 그래, 고생 중이구나." 하며 싱글싱글 웃는 이라이자. 기쁜 모양이다. "나한테 애원해도 소용없어. 벌써 테니스부에 들어갔으니까."

아니, 누가 너더러 들어오래.

"아, 안타깝게 됐네." 나는 얼굴을 실룩대며 억지로 웃어 줬다.

"…… 너 말고 누구 없을까…… 아직 아무 데도 안 들어간, 태평한 사람."

실제로 있다면 태평한 정도가 아니라는 것은 우리 부장만 봐도 알 수 있다. 사실은 벌써 옛날에 정했어야 하는 시기이기도 하고. 하지만 한 줄기 희망을 품고 물어보는 수밖에 없다. "요시코 너는 아는 것도 많으니까, 혹시 아나 싶어서."

"엥, 설마 아직까지 가입 안 한 애가 있을까? 지금 모집하는 건 무리야."

단두대의 칼날 떨어뜨리듯 인정사정없이 잘라 말했다.

"역시 무린가."

"무리지. 너무 늦었어. 태평한 사람들은 바로 너희들이지. 어차피 그런 이상한 동아리에 들어가려는 사람은 거의 없겠지만." 가시 돋친 대사를 자연스럽게, 쉴 새 없이 뱉어 내던 이라이자의 입술이 퍼뜩 닫혔다. "아, 근데, 어쩌면……"

"뭐, 뭔가 짐작 가는 애라도 있어?"

"한 명 있어. 아직 확실하게 어느 동아리에도 들어가지 않은 애."

"아, 정말? 네 반 친구야?"

더할 나위 없이 반가운 정보에 내 목소리가 들떴다. '애'라고 하는 것으로 봐서는 여자애일 것 같고. 그렇다면 전혀 모르는 사이라도 권하기도 편하고.

"뭐랄까 참, 이름이 희한한 애야." 이라이자는 좋아라 하며 실례되는 말씀을 하신다. "나카이 도모(仲居 朋)라고. 나카이 도모, 나카이, 도모 (친구-옮긴이)라니 완전 웃겨. 도모가 뭐야, 도모가. 보통은 코라든가 미 같은 글자를 끝에 붙이잖아. 부모님이 대체 무슨 생각으로 그런 이름 을 붙였는지."

남의 부모님한테까지 실례다. 무엇보다 당사자가 이 소리를 들었다면 속상해 하겠지.

나는 서둘러 말했다.

"그건 됐고, 그럼, 그 나카이라는 애 좀 소개해 줘."

그러자 이라이자는 쌀쌀맞게 말했다.

"못 해. 걔, 지금까지 한 번도 학교에 안 나왔어."

"뭐?"

"뭐라더라, 입학식 전에 높은 데서 뛰어내렸대. 자살미수라고 하나?"

그렇게 말하며 이라이자는 굉장히 기쁜 듯이 웃었다.

"뭐?"

이번에는 나와 주에리가 동시에 말했다.

"나 말이야, 너희들 동아리 이야기 들었을 때 바보 아닌가 싶더라. 정 식 동아리가 아니라 예산도 안 나오지? 중학생이 하늘을 어떻게 날아. 그래도 생각해 보면 나카이는 벌써 한 번 난 셈이네. 딱이네, 이제 슬 슬 학교에 나올 모양이니 한번 꼬드겨 보지?"

그렇게 말하더니 이라이자는 정말 기뻐 죽겠다는 듯이 웃었다.

"······ 와, 변함없이 강렬한 성격이네."

한동안 말없이 걷던 주에리가 한숨 쉬듯 말했다. 그러고는 "지쳤다." 하며 요란스럽게 기지개를 켰다.

"지치긴, 네가 말한 거라곤 '뭐?'밖에 없잖아." 나는 친구를 쨍하게 쏘아붙였다. "뭐야 주주 진짜, 살짝 떨어져 서서는, 전부 나한테 다 맡기고."

뭐, 항상 그렇지만.

"그럼 어떡해, 나 걔 껄끄럽단 말이야."

주에리가 입술을 삐죽 내밀었다.

"걔가 안 껄끄러운 사람이 어디 있어."

"어, 그래도 요시코 쟤, 구 짱 참 좋아하잖아."

"어딜 봐서?"

"엥? 어떻게 봐도 그래."

"그런 쓸데없는 농담은 됐고, 있지, 어떡할래? 나카이라는 애······."

"우웅······." 주에리는 얼굴을 찌푸리며 앓는 소리를 냈다. "버겁네."

"엄청 버겁지······ 장난 아닐 정도로, 버거워."

하늘을 나느니 비행을 한다느니 하는 들썩들썩한 주제와는 거리가 먼 중량감이었다.

"······ 근데 말이야." 나는 얼굴을 힘차게 들었다. "분하지 않아? 요시코가 우리를 완전 바보 취급했잖아. 중학생이 하늘을 날 수 있을 리 없다면서."

"완전히 바보 취급했지. 정식 동아리도 아니라면서."

"결심했어. 정식 동아리로 만들고 말겠어. 어쨌든 한 명만 더 있으면 되니까, 이젠 이것저것 따질 때가 아니야. 수업 마치면 부장한테 가서 말하고 나카이라는 애 집에 찾아가자."

"진짜 날아오른 소녀 나카이 말이지……."

주에리가 또, 한숨 쉬듯 말했다.

그런 말장난 썰렁 하다니까!

3.

"…… 무슨 말인지 알겠어. 그럼 너희들이 그 애한테 이걸 전해 줘."

망설이는 기색도 없이 선뜻 그렇게 말하더니 사이토 부장은 나에게 스테이플러로 고정한 용지를 내밀었다. 비행클럽 설명서다. 황송스럽게도 사이토 부장이 직접 만드셨다.

"자세히 읽으라고 해. 그리고 그 자리에서 가입신청서도 제출하게 하고. 필기도구는 꼭 볼펜이나 만년필로 하고."

엄청나게 거만한 태도로 그렇게 명령한다. 당신 대체 뭐야, 하느님이야?

속으로 그런 악담을 하며, 나도 모르게 외치고 있었다.

"전해 달라니, 우리 둘만 가라고요?"

"그게 왜?"

놀란 얼굴로 고개를 갸웃거리고 있다. 뭐야 진짜 이 사람, 정말로 의아해하고 있네. 쟤 왜 저래, 무슨 소릴 하는 거야, 하는 얼굴이네.

나는 심호흡을 한 번 한 뒤 말했다.

"선배가 부장이잖아요? 동아리를 발족시킨 책임이 있잖아요? 부원을 한 명 더 늘리는 건 굉장히 중요한 일이에요. 이 애를 설득하는 데 둘이서는 역부족이더라도 셋이서 달려들면 어떻게든 될지도 모르잖아요. 그 왜, 세 사람이 모이면 문수보살의 지혜가 나온다는 말도 있고."

말을 하다 보니 내가 무슨 말을 하고 있는지 알 수가 없어졌다.

그래도 하느님 부장은 척하면 척하고 시원스레 알아들은 모양이다. 꾸벅 끄덕이더니 말했다.

"그러니까, 너희들만으로는 힘에 부치니까 나더러 도와달라는 거네."

네네, 바로 그 말씀이죠. 백지장도 맞들면 낫다는 말도 있고 말이죠.

그렇게 해서 부동의 하느님을 끌어내는 데 성공한 우리는 왠지 기운 없어 보이는 주에리를 재촉해 소문의 나카이의 집을 향해 갔다.

주에리가 저렇게 티가 나도록 김이 빠진 이유는 물론 나카무라 선배가 없기 때문이다. 아무리 야구부를 쉬고 있다지만 미팅이다 뭐다 해서 가끔 얼굴을 내밀어야 한다니까.

주에리는 심드렁한 얼굴로 내 옆에서 타달타달 걷고 있다. 저렇게 누구라도 한눈에 알아볼 수 있는 두뇌회로는 조금만 감추려는 노력을 해 보라고, 친구로서 언제 한번 잔소리를 해 줘야 하나.

사이토 부장은 저 혼자 몇 걸음 앞을 성큼성큼 걷고 있나…… 싶더니 별안간 걸음을 멈추고는 부하의 실수라도 꾸짖는 투로 물었다.

"그래서 그 애 집이 어딘데?"

행선지도 모르면서 앞장은 왜 선 거니, 이 사람이 정말.

이라이자는 나카이의 주소까지 정확하게 입수하고 있었다. 그건 또 어떻게 알았나 싶었지만 듣고 보니 단번에 외울 만한 장소였다.

　문제의 그 애의 집은 학구 내에서 가장 '높은' 장소에 있었다. 물리적
으로도 그렇지만 속된 말로 가격으로 따져도 그랬다.

　블루 스카이 타워는 역에서 5분 거리에 있는 21층짜리 아파트다. 최
근 한창 유행하는 타워 아파트의 선구격으로, 근처에 이만한 고층건물
은 없다. 매매 당시 각 집마다 배포된 전단지 내용이 근방에서는 화제
였다고 한다. 지하에는 고급 스파가 입점해 있는데 예약제 전망 욕실에
회의실, 2층에는 주민전용 헬스장까지 있다. 게다가 편리한 장소에 위
치한 덕분에 하락만 거듭하고 있는 중고 아파트 시장에서 거의 가치가
떨어지지 않고 있는 것으로도 유명하다.

　한마디로 말해서, 나카이네는 부자라는 거지.

　그런 사실은 문제의 아파트에 도착한 순간 두 눈으로 똑똑히 확인할
수 있었다. 입구에는 대리석이 깔려 있고 번쩍번쩍하게 닦아 놓은 유
리 너머로는 안내 데스크까지 보였다. 대부분의 아파트 경비실에는 보
통 노인이 있게 마련인데 이곳에는 예쁜 언니가 있었다. 드라마 같은
데서 보는 대기업 안내 데스크 아가씨 같았다.

　게다가 그 안내 데스크 언니가 있는 곳까지 가기에 앞서 관문이 하
나 더 있었다. 입구에 조작 패널이 있는데, 거주민이 자동잠금장치를
열어 주지 않으면 안에 들어갈 수 없는 구조였다.

　히야, 문턱이 너무 높네.

　어쩌지, 하며 주에리와 둘이서 얼굴을 마주하고 있는데 하느님 부장
이 잰걸음으로 패널 앞에 가더니 물었다.

　"몇 호야?"

이 사람의 사전에는 망설임이라든가 주눅이라는 단어는 실려 있지 않을 거야, 분명해.

서슴없이 버튼을 누르는 선배를 보며 그렇게 생각하고 있는데 인터 폰에서 여자 목소리가 들려왔다. 그러자 하느님 부장은 나를 돌아보며 비쩍 마른 턱을 휙 한 번 젖었다.

설마, 나한테 대답하라는 명령?

그럴 거였으면 좀, 뭐라고 해야 하나? 마음의 준비? 그럴 시간이 필요 했거든요.

그렇게 징징댈 여유도 없이, 인터폰 너머로 수상해 하는 여자의 목소리가 다시 들려왔다. 그러자 잔인하게도 주에리가 내 등짝을 쿡하고 찔렀다.

이 일은 두고두고 잊지 않을게요, 두 사람.

장소가 장소인 만큼 살짝 우아하게 속으로 욕을 해 준 뒤 나는 인터 폰으로 다가가 입을 열었다.

"저저저저저기요, 따님과 같은 중학교 학생인데요, 학교에서 말이에요, 내준 프린트를 전달하러 왔습니다. 가능하면 직접 설명을 좀, 하고 싶은데요……"

내가 생각해도 한심할 정도로 횡설수설이었지만 그 말을 듣는 순간 인터폰의 목소리가 부드러워졌다.

"어머나, 루 짱 친구들? 일부러 찾아와 주다니 고마워. 금방 열어 줄 테니 올라와서 직접 줘."

찰카닥, 문 열리는 소리. 우리는 무사히 입구로 들어설 수 있었다. 관엽식물과 안내 데스크 사이를 입 꾹 다물고 지나갔다. 뭐라고 말을 할 줄 알았는데 안내 데스크 언니는 모호하게 웃기만 할 뿐이었다.

이윽고 엘리베이터에 올라타 맨 위층 버튼을 눌렀다.

"루 쨩이 누구야?"

하느님 부장이 누구에게랄 것도 없이 물었지만 살며시 무시해 줬다. 내가 그걸 어떻게 알아.

문을 열어 준 나카이의 엄마는 이름에서 연상되는 일본풍 느낌과는 정반대의 사람이었다. 버터 냄새가 풀풀 풍기는 서구형 미인인 데다 터무니없을 정도로 젊었다. 스타일이며 화장이며 완벽한 네일아트도 그렇고, 도저히 중학생 딸을 둔 어머니로는 보이지 않았다. 애초에 우리 부모님 같았으면 갑자기 딩동, 하고 찾아온 손님을 대뜸 집 안에까지 불러들이지 않는다. 거실이 어질러져 있거나, 그 거실보다 본인들의 행색이 더 말이 아니거나, 이래저래 난감하기 때문이다. 쉬는 날에는 택배받는 일을 나한테 맡기는 형편이다.

그에 비해 나카이네 집 거실은 그 상태 그대로 잡지에 실어도 좋을 만큼 정돈되어 있었다. 편하게 앉아, 하며 권해 준 새하얀 소파도, 그 위에 얹힌 사랑스런 색깔과 무늬의 쿠션도 무척이나 멋졌다.

"저, 그래서 이게 그 가져온 프린트인데요……."

나는 부스럭거리며 프린트를 꺼내어 테이블 위에 얹었다. 건강정보라든가 수상한 사람 정보 같은 상당히 시답잖은 내용이 실린 배포물이다. 물론 나카이를 만나기 위한 구실이다.

그때 옆에 있던 사이토 부장이 다른 용지를 쓱 내밀더니 좀 전에 내

민 프린트와 정확하게 평행이 되도록 놓았다.

"그리고 이게 가입신청서입니다."

"응?"

나카이의 어머니는 고개를 갸우뚱했다. 당연하다. 저기 선배, 일에는 차례라는 게 있다고 소곤거리려는 순간, 부장은 사람 뒤로 넘어갈 소리를 했다.

"따님이 높은 곳에서 뛰어내려 자살을 시도했다면서요."

갑자기 웬 날벼락 같은 소릴 하는 거야, 이 인간.

당연히 상대는 낯빛을 확 바꿨다.

"누가 그래? 아니야, 그건 사고였어. 정말 사고였어."

그야 그렇게 말씀하시겠죠, 하고 생각하고 있는데 하느님 부장은 손윗사람한테도 평소와 전혀 다름없는, 굉장히 거만한 투로 말했다.

"그런 사소한 차이는 문제가 아닙니다. 중요한 건 높은 곳에서 떨어졌다는 거죠. 그런 따님께 안성맞춤인 동아리 활동이 있으니 꼭 좀 가입해 줬으면 해서 오늘 이렇게 일부러 찾아왔습니다."

…… '안성맞춤' 같은 소리 하고 있네. '일부러'라니 지금 은혜라도 베푸는 거야?

아니 그게 아니라, 잔소리하고 싶은 건 좀 더 근본적인 부분…….

나는 진심으로 후회하고 있었다.

역시 부장은 데리고 오는 게 아니었다. 백지장도 맞들면 낫기는커녕 종이 다 찢어지게 생겼어, 이 사람아.

"…… 그 동아리 활동이라는 게, 뭔데?"

조심조심, 나카이의 어머니가 물었다. 어머니, 지금 어머니 기분 충분히 이해가 갑니다.

하느님 부장은 기다렸다는 듯 흡족한 표정을 지으며 엄숙하게 대답했다.

"비행클럽입니다."

"아, 하늘을 난다는 뜻의 비행이에요."

옆에서 주에리가 보충설명을 한다. 여기 와서 처음 내뱉은 말이다. 그야 물론, 지금까지 가입 권유를 할 때마다 어김없이 들어온 질문을 생각하면 미리 말해 두자는 그 마음 모르지는 않는다. 다만 지금 이 자리에 한해서는, 상대에게 그것이 '비행(非行)'이든 '비행(飛行)'이든 그다지 차이는 없을 것 같다는 생각이 들지만.

여기서 일단 대화는 중단되었다. 다시 말해서 어머니가 할 말을 잃었다는 뜻이다. 그러자 집 안이 절간처럼 조용해지고 말았다.

아니, 아니다. 조용해지고 나니 겨우 알아들을 만한, 아주 작은 소리가 들려오고 있었다.

쿠쿠쿠쿠, 아기 비둘기가 우는 것 같은 그 소리는 아무래도 옆방에서 들려오는 것 같았다.

나는 바로 눈치를 채고 좀 큰 목소리로 물어봤다.

"저기, 그런데 도모는……."

그러자 옆방 문이 발칵 열리며 긴 머리의 여자아이가 나타났다.

"도모가 아니라, 루나루나야."

그렇게 말하더니 나카이 도모…… 루나루나는 방긋이 웃었다.

4.

"…… 엥? 그쪽이, 도모?"

"도모가 아니라, 루나루나라니까."

짜증내듯 여자애는 말했다. 무심코 주에리와 얼굴을 마주했을 정도로 굉장히 예쁜 아이였다. 정확히 한복판에서 가른 긴 머리카락은 찰랑거렸고, 가녀리고 늘씬한 몸매에, 어두운 파랑색 원피스가 무척이나 잘 어울렸다.

"달 월(月)자는, 루나라고도 읽잖아?"

옆에서 어머니가 설명을 해 줬다. 그렇게 안 읽는다고 핀잔을 줄 수도 없는 노릇이라 말없이 듣기만 했다.

"벗 붕(朋)자는 달이 두 개니까 '루나루나.' 밝을 명(明)자를 써서 '사루나'라고 하면 어떨까 둘 중에 고민하다가."

"저기, 밝을 명자가 왜 '사루나'예요?"

남자애들한테 '야, 이 원숭이(사루-옮긴이)야' 하며 놀림받기 딱 좋은 이름이다.

"그야, 밝을 명자는 날 일자랑 달 월자로 되어 있잖아? 해는 선이니까 선루나를 줄여서 사루나(일본에서 Sun은 '산'이라고 발음한다-옮긴이)."

어머니는 당연하다는 얼굴로 설명했지만, 선은 영어잖아요? 루나는…… 음, 이건 그러니까, 어느 나라 말이지. 아무튼 영어는 아닌 것 같은데. 달은 영어로 문이니까. 아니, 그게 문제가 아니라.

"한 글자인 한자를 왜 따로따로 읽고, 그나마도 왜 굳이 외국어로 읽습니까?"

따지는 투로 사이토 부장이 물었다. 모처럼 동감이긴 한데, 어떻게 하면 사람이 저리 직설적일 수 있을까.

"귀엽잖아." 어머니는 왠지 가슴을 쫙 펴며 말했다. "다들 개성 있고 귀엽다고 칭찬해 주는걸."

한마디 해 주고 싶기는 했지만 아득히 연상인, 오늘 처음 만난 여성을 상대로 그럴 배짱은 없다(하느님 부장과는 달라서). 게다가 고작 이름에 대한 이야기로 여기서 더 꾸물댈 새는 없다.

어머니가 차를 끓이러 자리를 뜬 것을 기회로 어쨌든 이야기를 진행시키기로 했다.

"저기, 처음 뵙겠습니다…… 루나루나 씨."

"그냥 루나루나라고 해." 그녀는 방긋이 웃으며 말했다. 아, 느낌이 꽤 좋은 것 같아. 게다가 아무리 봐도 예쁘다. "루 짱이라고 해도 되고."

그렇게 덧붙이자 주에리가 옆에서 말했다.

"애는 구 짱. 난 주주라고 부르면 돼."

"잘 부탁해, 구 짱이랑 주주."

루나루나는 또 방긋이 웃었다.

그나저나, 구 짱에 주주에 루나루나(혹은 루 짱)라니…….

"…… 머리 되게 나쁠 것 같은 집단이네."

사이토 부장이 아주 냉정하게 소감을 털어놓았다.

생각했거든? 나도 솔직히 그렇게 생각은 했지만.

그래도 하느님이 할 소리는 아닌 것 같은데.

"아, 이 사람은 사이토 진이야. 하느님 할 때 쓰는 신이라는 한자를 쓰고 진. 우리 동아리 부장."

내가 이토록 친절하고 자상하게 소개해 준 것은 물론 고의였다. 아니나 다를까 루나루나는 푸풋하고 웃더니 "꺄, 하느님" 하고 중얼댔다.

처음 본 순간부터 느꼈지만, 뭔가 아주 밝은 아이다. 달님 두 개를 합친 것보다 훨씬 밝은 대낮의 해님 같다. 자살미수 사건을 벌인 과거가 있다는 게 도저히 믿기지 않는다.

같은 생각을 했는지 주에리가 대수롭지 않은 말이라도 하는 것처럼 물었다.

"그나저나 말이야, 높은 곳에서 떨어졌다던데, 어떻게 된 거야?"

주에리는 어머니가 아까 말했던 '사고'라는 단어를 곧이곧대로 받아들인 모양이었다.

"아, 그거 말이야." 양지 바른 곳에 누운 고양이처럼 나른한 목소리로 루나루나는 대꾸했다. "봄 방학 때 조카네 집에 놀러 갔는데, 거기 베란다 난간을 걸을 수 있을까 하는 이야기가 나와서."

"…… 어쩌다 그런 이야기가…….."

내 의문에 루나루나는 "글쎄," 하고 남 이야기하듯 고개를 갸웃했다.

"그래서 걸었어?"

주에리가 믿을 수 없다는 얼굴로 물었다. 굳이 따지자면, 주에리는 높은 곳을 싫어한다.

"응, 걸었어."

정작 당사자는 태연한 얼굴로 대꾸했다.

"그러다 떨어졌군." 아주 침착하게 사이토 선배가 말했다. "몇 층이었는데?"

"음, 4층."

손으로 머리를 탁 치며 "히힛," 하고 상큼하게 웃는 바람에 '호오' 하고 대수롭지 않게 지나칠 뻔했다.

"뭐, 4층?"

나는 간이 철렁해서 되물었다.

"어떻게 살았대……."

주에리가 그렇게 말했을 때, 루나루나의 어머니가 쟁반을 들고 나타났다.

"우리 애는 운이 정말 좋아." 향긋한 홍차를 나눠 주며 어머니는 말했다. "나무가 쿠션 역할을 해 준 덕분에 큰 부상 없이 지나갔잖아. 더 높은 데서 떨어졌을 때도 그랬고. 유람선에서 떨어졌을 때도 곧바로 구조됐는데, 그보다 더 운이 좋았던 건 탑승객들 중에 간호사가 있었지 뭐야. 틀림없이 이름에 달이 두 개나 들어가서 그런 거라고 애 아버지와도 자주 이야기해. 그 왜, 운이 좋다고 할 때 쓰키(달, 행운-옮긴이)가 있다고도 표현하잖아?"

마지막 말을 할 때는 어딘가 자랑스러운 얼굴이었다.

그나저나 그게 문제가 아니라, 절대 흘려들을 수 없는 이야기를 들어 버린 듯한 기분인데.

"그렇게 수없이 죽을 뻔했다면 그건 운이 좋다고 할 수 없는 거잖아요."

사이토 선배가 지적했다. 응, 그렇지, 아마 주에리도 같은 생각을 했을 테고, 나도 생각했어…… 차마 입 밖에 꺼내지 못했을 뿐.

남은 어쩔 줄 몰라 안절부절못하고 있는데 하느님은 아주 담담하게 말을 이었다.

"게다가 쓰키 이야기가 나와서 말인데 운이 다했다고 할 때도 운의 쓰키(盡き)라고 하죠."

쓸데없는 말을 한다. 아무리 생각해도 그건 쓸데없는 말이었어.

이 사람이 무서운 건, 이런 말에 악의가 조금도 없다는 점이다. 차라리 이라이자처럼 하나에서 열까지 악의로 똘똘 뭉쳐진 게 그나마 이해는 간다고요.

외계인이다…… 보면 볼수록 그렇다. 이해불능.

아니나 다를까 어머니는 말문이 막힌 눈치였다. 그 옆에서 쿡쿡쿡, 배를 끌어안고 웃기 시작한 것은 루나루나였다.

"아 뭐야, 진짜 이상한 사람이네!"

엄청난 직격타. 아니 뭐, 동감은 하지만. 조금만 어떻게, 뭐라고 해야 하나. 그, 최소한 '독특한 사람'이라든가 '재미있는 사람' 같은 식으로 좀 에둘러서 말하겠다는 노력은 아예 안 하는 거니? 그래도 우선은 선배이고, 부장이고, 하느님인데(마지막은 좀 그렇지만 어쨌거나).

뭔가 불길한 예감이 들었다. 혹시 이 아이도 상당한 외계인? 그런 생각을 하고 있는데 하느님 선배가 "너 혹시……" 하며 말을 꺼냈다. 또 쓸데없는 소리를 하려나 싶어서 전전긍긍하고 있는데 선배의 입에서 튀어나온 것은 묘한 단어였다.

“고소태연증?”

“그게 뭔데요?”

내가 얼결에 되묻자 사이토 선배는 ‘맙소사’ 하는 식으로 어깨를 움츠렸다.

“요즘 신문 같은 데 자주 나오잖아. 신문, 안 읽어?” 사람을 아주 얕잡아 보는 말투다. 그래도 우선 설명은 해 줬다. “간단히 말하자면 고소공포증의 반대말. 어릴 때부터 이런 고층건물에 살다 보면 그렇게 될 수도 있다고 하더군.”

루나루나는 한순간 눈을 댕그랗게 뜨더니 옆에 있던 쿠션을 무릎에 끼우고 남 이야기하듯 말했다.

“그럴지도…… 아니, 그래. 아무리 높은 곳이라도 하나도 안 무서워. 땅바닥에 있을 때랑 똑같이, 한 번도 무섭다고 생각해 본 적이 없어…… 아니, 무섭다는 게 뭔지 잘 모르겠어. 왜, 그런 말들 하잖아? 어두운 곳이 무섭다, 뾰족한 물건이 무섭다…… 귀신이 무섭다, 찐빵이 무섭다든가.”

워낙 태연하게 말을 하는 바람에 판단이 잘 서지는 않지만 아무래도 마지막은 농담이었는지 루나루나는 또 쿡쿡대며 재미있다는 듯 웃었다. 걸핏하면 웃는 성격인 모양이었다. 아무도 안 웃는데 혼자 웃고 있었다.

“부모인 우리가 나쁘다는 사람들도 있어.” 루나루나의 어머니는 성난 얼굴로 말했다. “우리 탓이라네. 위험한 건 뭐든 피하게 만들고, 뭐든 지나치게 앞질러서 지원을 해 주니까 애가 위험이 뭔지 배울 기회를 잃어서 그렇다고……. 물론 그럴지도 모르지만…… 하지만 예를 들어 넘어지는 방법이라든가, 그런 걸 일부러 가르치는 사람도 있어?"

"넘어지는 방법?"

내가 고개를 갸우뚱하자 어머니는 조금 약해진 표정을 지었다.

"얘, 초등학교 들어가서 처음으로 넘어졌다가 얼굴에 상처를 입은 적이 있어……. 넘어질 땐 두 팔을 앞으로 내밀어야 한다는 걸 몰랐으니까."

나는 얼결에 주에리의 얼굴을 쳐다봤다. 그런 다음 둘이 짜기라도 한 듯 루나루나의 얼굴을 봤다. 다행히 그 예쁜 얼굴에 흉터는 전혀 남아 있지 않았다. 하지만…….

"가엾어라. 아팠겠다."

주에리가 정말로 조금 아파 보이는 표정으로 말했다. 그 말을 들은 어머니의 얼굴이 순간 울음보라도 터뜨릴 것처럼 일그러졌다.

"…… 이런 곳에 살아서 그렇다고들 하는데……. 그래도, 고층아파트에 사는 아이들이 다 그런 건 아니잖아? 어째서 우리 루나루나만……."

루나루나의 문제점은 사실 무척 심각하다. 공포심이란 것은 훌륭한 방어본능이니까.

사람이 어둠을 무서워하는 것은 어둠 속에 위험한 적이 숨어 있을지도 모르기 때문이다. 제어할 수 없는 불길은 재산과 목숨을 빼앗아 갈 수도 있고, 뾰족한 물건에 눈을 찔리면 실명할 수도 있으며 급소라도 찔렸다가는 목숨을 잃고, 작은 날붙이에도 손가락이나 손발이 날아갈 위험이 있다. 그리고 물론, 엄청나게 높은 곳에서 떨어질 경우 잘하면 중상, 못하면…….

그래서 인간은 정도의 차이는 있겠지만 '위험을 내포한 것'을 무서워한다. 그것들을 눈앞에 마주하게 되면 자연스럽게 방어태세를 잡으며 신중해진다. 대다수의 보통 사람들은 그렇다.

하지만 루나루나는 그렇지 않다. 생글생글 웃으면서 뱀을 움켜쥐는 갓난아이와 똑같다.

이런 사람한테 하필이면 비행클럽이라니, 위험천만이야.

사이토 부장 역시 뭔가 골똘히 고민을 하는 눈치였다.

"골치 아프네."

진지한 얼굴로 뾰족한 턱을 잡고 있다. 그래, 골치 아파. 이 루나루나가 마지막 희망의 동아줄이었는데…….

"우리 클럽에서 낙하는 비행으로 인정하고 있지 않은 데다……."

지금 그게 문제야?

"비행은커녕 떨어진다는 것은 난다는 행위의 정반대라고 생각합니다. 그렇게 매번 떨어지기만 해서야, 우리의 목표인 비행을 향해 다가간 거리가 현시점에서 사실상 제로라고 하더라도, 이 분은 매번 떨어지기만 하니 현시점에서 오히려 마이너스에 위치하고 있다는 뜻……."

"자꾸 떨어진다, 떨어진다, 소리 좀 하지 마세요, 선배."

내가 도저히 못 참고 고함을 지르자 연설을 도중에 방해받은 사이토 선배는 발끈한 얼굴로 나를 봤다.

"실제로 허구한 날 떨어지기만 하는 사람을 앞에 두고 불길한 말을 하는 것도 정도가 있는 법이에요.”

속닥속닥 귓속말이랍시고 하긴 했는데 다 들린 모양이었다.

지금까지 쿡쿡대며 새 같은 웃음소리만 내던 루나루나는 이제 아예 배를 움켜쥐고 “아하하하” 하며 대폭소를 터뜨렸다. 영문을 모르는 다른 사람들은 끝없이 웃어 대는 루나루나를 보며 제각각 쓴웃음을 지었다(딱 한 사람, 사이토 선배를 제외하고).

“가입할게요, 선배.” 여전히 괴롭게 웃으며 루나루나는 말했다. “뭔지 자세히 이해는 안 되지만 굉장히 재미있을 거 같아. 다음 주부터 학교에 가니까, 아무쪼록 잘 부탁드립니다.”

그렇게 말하고 우리를 쳐다보는 그녀는, 역시 넋을 잃고 바라보게 만들 정도로 예뻤다.

5.

“…… 이제 한시름 놓았네…… 라고 말해도 좋은 건지 뭔지…….”
돌아가는 길, 나는 무심코 투덜대듯 중얼거렸다.
주에리도 심각한 얼굴로 끄덕였다.
“그러게…… 그 애, 너무 예뻐서 나카무라 선배가 루 짱을 좋아하게 되면 어쩌나 계속 걱정되더라.”
지금 그게 문제야?
어째서 이 클럽에 엮인 사람들은 다들 하나같이, 죄다 핵심에서 벗어나는 소리만 할까. 저 루나루나라는 애만 해도…….
“뭐, 좋은 애 같기는 했어.”

76

적어도, 이라이자처럼 심술궂은 모습은 전혀 느껴지지 않았다.

"…… 중학교 동아리 활동에서 사망자는 내고 싶지 않은데……."

그야말로 불길한 내 말에 주에리는 지극히 태평스런 어조로 대꾸했다.

"걱정 마. 안 날면 떨어지려야 떨어질 수가 없잖아."

기가 딱 막히지만 사실은 백 번 공감이 가는 발언이었다.

한편 사이토 선배의 소감이 신경 쓰이는 발언이기도 했다. 저 사람은 아무런 근거도 없을뿐더러 아무런 노력도 하지 않는 주제에 그저 죽어라 '난다'고 작정하고 있는 사람이니까.

조금 걱정이 되어서 돌아봤더니 함께 걷고 있던 그 사람이 보이지 않았다. 둘러보니 저 뒤쪽에 혼자 오도카니 서서 뭔가를 물끄러미 응시하고 있는 하느님 부장이 보였다.

둘이서 달음박질로 부랴부랴 돌아가 보니 선배는 아동공원 쪽을 보고 있었다.

헐떡거리며 다가가는 우리를 보자 얼굴을 살짝 붉게 물들인 선배가 "좋네, 저거." 하고 말했다.

선배가 가리키는 손가락 끝을 쳐다보니 한 아버지와 아들이 보였다.

아버지와 세 살 정도로 보이는 남자 아이. 아버지는 체격이 꽤 좋다. 대학시절에 럭비를 했거나 유도 검은 띠는 될 것 같은 분위기. 그리고 남자 아이는 거의 비명을 내지르듯 웃고 있다. 엄청나게 신이 나 있다.

"자, 높이, 높이."

아버지는 그렇게 외치며 남자 아이를 붕 던져 올린다. 하늘 높이. 정말 높이. 신이 나서 자지러지는 아이의 목소리가 붉은 빛을 띠기 시작한 노을 지는 하늘로 팡 터지며 흩어져 간다.

"…… 굉장히 다이나믹하네."

"저 아버지, 힘세다. 멋있다."

우리가 저마다 소감을 말하자 사이토 선배는 결심한 듯 가녀린 턱을 휙 들어올렸다.

"좋아, 부탁하고 와야지."

선배는 말을 마치자마자 그들을 향해 성큼성큼 걸어갔다.

부탁하다니, 뭘?

남겨진 주에리와 나는 얼굴을 서로 마주 봤다. 아동공원에서 사이토 부장은 진지한 얼굴로 아버지에게 뭔가 부탁을 했고, 갑작스런 부탁에 놀란 듯 상대방은 눈을 동그랗게 떴다가 웃으며 손을 설레설레 흔들었다. 단번에 거절당한 눈치였다.

풀 죽어서 돌아온 선배에게 주에리가 "설마" 하고 입을 열었고, 나 역시 "설마" 하면서 말을 이었다.

"부탁한 거예요? 선배를 던져 달라고?"

그러자 다행스럽게도 사이토 부장은 불끈 화를 내며 고개를 저었다.

"실례되는 말을 하는군."

"아, 그렇죠? 아무리 그래도."

아무리 하느님 부장이 괴짜고 상식 밖의 인간이고 엉뚱한 사람이라도…….

"너희들 몫까지 다 부탁했어. 내가 혼자만 호강할 사람 같아?"

아아아아, 그러십니까…….

“…… 아무리 그래도, 남자 중학생을 저 정도 높이까지 던질 수 있는 사람은 프로레슬러나 스모 선수나, 어쨌든 찾기 힘들다고 생각해요, 그런 사람은.”

“그런 것 같네.”

낙심한 얼굴로 선배는 말했다. 그러다 퍼뜩 생각났는지 “맞다, 난 힘들더라도 너희들은…… 30킬로그램쯤 돼? 한번 더 부탁해 볼까?”

“아니, 무리예요. 선배가 생각하는 것보다는 훨씬 무겁거든요, 우리.”

죽어라 고개를 저었다. 사이토 선배 딴에는 친절이랍시고 말하는 것이라 더 무서웠다.

뭐, 어쨌든 정말 친절을 베푼다는 생각으로 하는 말이겠지. 자신은 포기하고 저러는 거니까…….

아니지, 아니야, 지금 정 때문에 흔들릴 때가 아니지. 보통 저런 장면을 보고 나도 저렇게 해 달라고 해야지, 하는 사람이 어디 있어? 아무리 생각해도 억지라는 걸 알잖아.

정말이지, 대체 사고회로가 어떻게 생겨 먹었는지 헤아릴 길이 없는 사람이다. 외계인 같다는 말로도 모자란다. 그냥 그 자체다. 외계인 그 자체…….

문득, 옛날에 엄마가 해 준 말이 머리를 스쳤다. 외계인이 있다고 믿는 사람은 있다는 것을 증명할 필요도 없다. 없다고 믿는 사람이야말로 온 우주의 별들 하나하나에 ‘없다’는 사실을 증명해야 한다고 했던가, 아무튼 그런 이야기.

그때는 엄마한테 불같이 화를 냈었지만.

저기, 엄마. 나, 외계인 발견한 거 같아. 저 사람이야말로 지구인 흉내를 내고 있는 외계인이야.

사이토 선배는 물론이고. 오늘 처음 만난 루나루나라는 애도 상당히 의심스러워.

나도 모르게 그런 생각을 하고 있는데 아직도 미련이 남는다는 표정으로 아버지와 아들을 바라보고 있던 사이토 선배가 나지막이 중얼거렸다.

"나도 어릴 때, 저렇게 하늘을 날았으면 좋았을 텐데."

마치 보물이라도 빼앗긴 아이 같은 얼굴로.

우와, 이건 반칙이야.

순간 나는 그런 뜻 모를 생각을 했다.

정말이지 이 사람은 대체 왜 이토록 절실하게 하늘을 날고 싶어 하는 걸까?

날기 위해서 뭘 어떻게 해야 하는지도 모르면서. 지금껏 수많은 사람들의 비웃음을 사고 바보 취급받아 왔을 텐데.

이라이자도 그랬잖아. 바보 같아, 중학생이 하늘을 어떻게 날아, 하고.

새삼 또 반발심이 펄펄 끓어오른다.

이거 봐, 이라이자 씨. 우리가 하늘을 날 수 없다고 누구도 말할 수 없어. 외계인의 존재 논쟁과 마찬가지라고. 존재하지 않는다, 불가능하다, 그런 걸 증명하는 것이야말로 불가능하니까.

남들이 아무리 우리를 놀리고 무시해도, 계속 그렇게 말할 수 있는 거야.

우리는 하늘을 날 수 있어. 틀림없이 날 수 있어. 반드시 날 수 있어.
실제로 하늘을 나는, 바로 그 순간까지.

그런 내 생각에 동화되기라도 한 것처럼, 주에리가 한가한 어조로 말했다.

"있잖아, 구 짱. 네가 있다면 하늘도 날 수 있다던가 뭐래던가, 그런 노래 있었지?"

"아, 그런 거 같아."

뭐, 그런 의미의 가사는 상당히 많은 것 같은데. 잘 생각은 안 나지만.

"나 있잖아, 구 짱만 있으면 하늘도 날 수 있을 것 같은 기분이 요즘 들어."

"희한하네. 나도 마침 그런 기분이 든 참인데."

하느님 부장까지 그렇게 말했다.

"왜, 왜 나야."

"왜기는, 구 짱, 날려고 잔뜩 벼르고 있잖아?"

"벼르는 거 아니야, 전혀. 그보다 두 사람, 왜 그렇게 남한테 의존하려고 잔뜩 벼르고 있는 거야?" 장난하나 진짜. 나는 어디까지나, 꼭 해야 하는 일만 성실하게 하는 사람이라고. 하늘을 날다니, 그야 딱히 안 해도 되는 일, 아니 정확히 따지자면 안 하는 편이 나은 일이잖아. "기억해 뒀으면 하는데, 해파리는 하늘 못 날거든."

"불가사리도 못 날지, 바다생물이니까."

참 나, 사이토 선배는 무슨 말을 하는 거야. 그렇게 생각하며 선배를 보니 희미하게 웃고 있었다. 농담한 건가? 에이, 설마.

“날 수 있어. 생각해 봐, 바다의 달이랑, 바다의 별이잖아.”

“바다가 붙어 있는 시점에서 이미 꽝이잖아. 주에리는 보석이니까 못 날고, 루나루나는…… 어, 뭐지.”

“날 수 있잖아, 달님이 두 개나 되는걸. 게다가 하느님도 분명히 날 수 있을 거야.”

“응, 날 수 있지. 하느님은 전지전능하니까.”

옳거니, 하며 끄덕이는 하느님 본인. 그럼 부디, 혼자 날아 주세요, 어휴 참.

정말 이 무슨 괴상한 인간들이란 말인가. 그리고 이 무슨 괴상한 동아리란 말인가.

아니지, 아냐, 지금까지는 괴상한 동아리 미만의 존재였다. 그런데 다음 주부터는 신입 부원 한 명이 들어오면서 마침내 정식 동아리로 승격된다.

불안요소는 산더미처럼 많고, 하늘을 날 수 있는 길이라고는 무엇 하나 없고, 우리의 발은 여전히 땅에 찰싹 들러붙은 상태이지만(세 살 짜리 애도 날고 있는 판국에!).

하지만 그래도…….

왠지 스멀스멀 퍼지는 기쁨을 느끼고 있는 나 역시, 이미 상당히 괴상해진 건지도 몰랐다.

6.

그리하여 우리는 의기양양하게 학교로 돌아왔는데 뜻밖에도 2학년 2반 교실에는 먼저 온 손님이 있었다.

"아, 나카무라 선배."

주에리가 반가운 목소리로 입을 열었다시피 교실에 있는 이는 우선 야구부와 함께 겹치기로 활동하고 있는 불가사리 선배, 즉 나카무라 가이세이 선배. 그리고 또 한 사람…….

인상을 한마디로 요약하자면 '둥그런' 남자. 동안인 얼굴도 둥그렇고, 체형도 통통하니 둥그렇다.

명찰을 보니 1학년 3반이었다. 이름은 모치다(餅田). 웃으면 안 된다. 웃으면 안 되는데, 으음, 딱 어울리네. 우리 집은 부모님이 서부 출신이라 설날에 먹는 떡(모치-옮긴이)은 반드시 동그란 떡이다.

"아, 마침 잘 왔어." 나카무라 선배는 서글서글하게 웃으며 말했다. "이 녀석, 가입 희망자. 방금 막 설득시킨 참이야. 어이, 자기소개."

등을 툭 치자 모치다는 쭈뼛거리며 말하기 시작했다.

"저, 저기, 1학년 3반의 모치다입니다."

그건 이미 한눈에 알 수 있는 정보다. 같은 생각을 하고 있었는지 옆에서 사이토 부장이 묻는다.

"성 말고 이름은?"

"저, 저기, 규지입니다."

"한자가 뭐야?"

사이토 선배는 다그치듯 다시 물었다. 저기요 선배, 지금 심문하는 것도 아니고……

모치다는 말하기 싫은 얼굴로 대답했다.

"저, 저기, 전구(電球) 할 때 구자에 아동(兒童) 할 때 아자를 써서……."

"고교야구 선수 부를 때 말하는 그 규지(球兒, 야구소년—옮긴이)네."

주에리가 밝은 목소리로 말을 이어받았다. 그 말에 모치다 규지는 조금 슬픈 얼굴을 하며 끄덕였다.

"그게, 이 녀석, 야구부 신입이었는데……." 정리라도 하듯 나카무라 선배가 설명을 했다. "사실은 야구를 안 좋아한다잖아. 그래서 데리고 왔어."

"취향이 아니에요." 고개를 약간 숙이며 규지는 나지막이 말했다. "초등학교 때부터 어린이 야구단에 들어갔었는데…… 내내 대타였어요. 원래 운동신경도 안 좋고. 다리도 느리고. 사실은 집에서 게임이나 하는 걸 좋아하는데."

으음, 그건 척 봐도 알겠다.

"좋아하지도 않고 잘하지도 못하는데 왜 계속 야구를 했어? 중학교에 와서까지."

무심결에 물었더니 규지는 얼굴을 탁 들었다. 눈이 똑바로 마주치자 당황했는지 다시 고개를 숙이고 웅얼웅얼 대답했다.

"…… 아버지가 고등학생 때 야구부에서 활동했는데 현(縣) 대회 준우승까지 갔대요. 그때 매니저가 어머니였고. 그래서 아들인 너는 반드시 고시엔(일본 고교야구 본선 대회-옮긴이)의 흙을 밟아야 한다면서……
절대 안 되는 일인데 억지로…… 이 이름만 해도, 난 마음에 안 드는데
부모님은 좋은 이름이라면서…….”

“…… 아아, 부모님이 억지로 밀어붙이는구나.”

왠지 가엾은 이야기다.

나카무라 선배도 그렇게 생각했는지 규지의 까까머리를 툭툭 두드
렸다.

“야구를 하다 보면 뭐, 아침 훈련 때문에 일찍 일어나야 되니 힘들고
훈련도 고달프지. 그래도 그걸 다 열심히 해낼 수 있는 건 야구가 좋기
때문이야. 좋아하지도 않는 사람한테 열심히 하라는 건 처음부터 어려
운 이야기지. 그래서 권했어. 야구부 관두고 혹시 부모님한테 야단맞을
것 같으면 날 부르라고. 설득은 못하더라도 같이 야단맞아 줄 테니까.
게다가 이 녀석이 여기 들어오면 비행클럽도 정식 동아리로 승격될 수
있고 두루두루 좋은 일이잖아?”

아아, 나카무라 선배. 상큼하게 웃는 그 얼굴이 눈부시네요. 좋은 사
람은 도움이 안 된다고 생각했던 거 미안해요.

그런데 소박한 의문 한 가지. 야구부가 힘들어서 그만두는 건 좋은
데, 그 대신 들어오는 동아리가 비행클럽이란 게 과연 규지한테 좋은
일일까.

아무리 생각해도 규지는 날지 못할 텐데. 나는 건 공이잖아. 하지만
이 규지라는 애는 굳이 말하자면 공이기는 하지.

내 사고가 살짝 실례되는 방향으로 떠돌기 시작했을 때, 사이토 선

배가 매우 거만한 투로 입을 열었다.

"어어, 가이세이. 우리도 이제 막, 신입부원을 하나 획득하고 온 참이야."

"와, 그래? 남자? 여자?"

"루나루나라고, 이름 한번 희한한 여자애야."

와, 역시 실례한 걸로 따지자면 이 사람을 당해 낼 자가 없겠구나. 하느님 부장이라면 이라이자도 이길 수 있겠는걸.

어쨌거나 그랬다. 지금까지 그 고생을 해도 단 한 명도 구하지 못했던 신입부원이 오늘은 연속으로 두 명. 일이 술술 풀린다는 건 이런 때를 두고 하는 말인지도 모른다.

거만한 하느님 부장에, 상큼하고 사람 좋은 불가사리 선배, 응석받이 주에리에, 세상에 무서운 게 하나도 없는 루나루나, 야구를 싫어하는 규지 그리고 해파리 구 짱, 다시 말해서 나.

아무리 생각해도 괴상하고 각양각색, 도저히 하늘을 날 수 있을 것 같지 않은 인물들뿐이지만.

어쨌든 비행클럽은 이제 총 여섯 명.

언젠가 찾아올 테이크 오프의 날을 목표로 오늘, 시동.

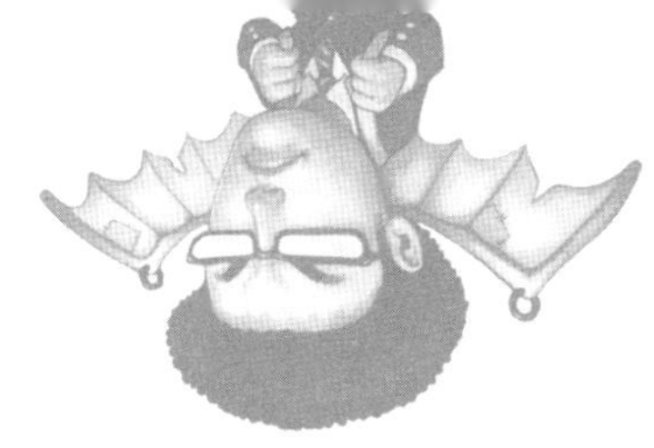

3. We Cannot Fly

1.

"…… 이해 못 하겠어요."

그렇게 말한 목소리가 뜻밖에 높이 울려 퍼지는 바람에 나는 얼른 목소리를 낮췄다.

"…… 다섯 명만 모이면 정식 동아리로 인정해 주신다고 했잖아요. 여섯 명이에요. 이 정도면 준수한 동아리 아닌가요?"

마지막 말에 다소 무리가 있다는 것쯤은 잘 알고 있다. 우리 비행클 럽도 이제 머릿수만큼은 여섯 명을 채우고 있다. 하지만 대체 무슨 활 동을 하는 동아리냐고 묻는다면 아마도 전원의 말문이 딱 막힐 것이다.

아니, 전원은 아니겠구나. 딱 한 사람, 하느님 부장 사이토 선배만큼 은 분명하고 엄숙하게, 자신감 가득하고 또한 굉장히 거만하게 대답하겠지.

"하늘을 나는 동아리입니다".

오직 그 결론 하나만 가지고 있는 사람이라 '무슨 방법으로'라는 부분을 생각하는 것은 우리 아랫것들이 맡아야 할 몫이 되었다.

자기가 어느 대갓집 주인 나리라도 되나, 왕자라도 되나. 아, 하느님이지 하고 투덜대며 나는 혼자 교무실을 찾아왔다. 물론 떨떠름하고 마지못해서. 나도 교무실은 불편했다. 가능하면 원군이라고 해야 하나, 군데군데에서 도와줄 사람이 필요했다. 그런데 아무리 그래도 여중생인 만큼 남학생과 함께 다니고 싶지는 않았다. 설령 자의식 과잉이라든가 지나치게 신경 쓴다는 소리를 듣는다 하더라도, 역시 피하고 싶었다. 그렇게 따지다 보니 남은 여학생은 같은 반이며 소꿉친구인 오모리 주에리나 이제 막 가입한 옆 반의 나카이 루나루나 둘 중에 하나를 골라야 했는데…….

주에리야 뭐, 기가 막힐 정도로 도움이 안 된다. 조금이라도 긴장할 만한 장면과 맞닥뜨리면 그 순간 흙 속에서 건져 올린 조개처럼 입을 꽉 다물어 버린다. 평소에는 쓸데없이 쫑알쫑알 시끄러운 주제에.

루나루나는 적어도 겁먹는다는 것과는 인연이 없어 보이는 애니까 한번 동행하자고 부탁한 적이 있었다. "알았어." 하며 선뜻 받아준 것까지는 참 좋았는데.

들어가자마자 왼쪽 구석에 있는 한 점을 가리키며 "꺄악, 눈 부셔." 하고 장난스럽게 말하더니 아예 깔깔대며 웃어 버렸다.

루나루나가 가리킨 곳에는 뭔가를 기록 중인 교장선생님이 있었다.

아닌 게 아니라 교장선생님의 머리는 백 와트 전구처럼 눈부시게 빛나고 있었지만 기분 탓인지 루나루나의 말이 튀어나온 직후 빛이 살짝 누그러든 것처럼 보였다. 대신 전체가 살짝 발그레해졌고, 갑자기 들어 올린 그 얼굴에는 심기가 상했다는 빛이 확연하게 돌았다.

교무실 안은 쥐 죽은 듯 조용해졌다. 나는 기어들어 가는 목소리로 "실례했습니다." 하고 중얼대며 루나루나의 팔을 잡고 도망치듯 그 자리를 빠져나왔다.

제발 나 좀 봐 주라…….

정말이지 진짜, 장난도 아니고. 무서운 게 없는 수준을 넘어선다니까.

이후 루나루나는 내 안에서 완전히 '위험물'로 분류되었다.

그래서 사흘 뒤, 불씨가 꺼졌다 싶은 때를 노려 나는 혼자서 교무실을 찾아오게 되었다.

다행히도 교장선생님은 보이지 않았다. 나는 곧장 선생님 쪽으로 걸어갔다. 성은 다치키요, 이름은 노부나가. 아까 분명히 나와 눈이 마주쳤는데 뭐가 그리 바쁜지 책상 위의 서류를 아주 열심히 탐독하고 있었다. 아니, 탐독하느라 아주 바쁘다는 포즈를 연출하고 있었다. 티가 나도 너무 난다. 고작 읽는다는 서류라는 게 이웃 초등학교에서 보내 온 학교통신인 모양이다. PTA(학부모와 교사의 모임-옮긴이) 회장의 인사 말 같은 게 실린 그런 거. 저런 통신문은 내가 초등학생이던 시절 우리 엄마 아빠도 아주 건성으로만 읽던데.

"선생님."

말을 걸자 선생님은 이쪽을 쳐다보기 전부터 이미 아주 싫은 표정을 짓고 있었다. 진짜 실례 아니야? 비행클럽 고문 선생님이면서.

"나카무라 선배가 몇 번이나 말씀드렸다고 하던데요? 클럽활동에 좀 들러 달라고."

"그게, 너무 바빠서."

눈을 피하며 다치키 선생님은 책상 위의 서류를 쓰윽 들어올렸다. 그러니까 그건, 초등학교 통신문이잖아요.

나는 골이 나서 선생님 얼굴 앞으로 불쑥 손바닥을 내밀었다.

"그럼 굳이 안 오셔도 되는데, 주실 건 주셔야죠."

"주다니, 뭘?"

"뭘 모른 척하세요. 나카무라 선배가 분명히 말씀드렸을 텐데요. 클럽 예산이요, 활동비. 분명히 여섯 명이 모였고 정식 동아리로 승격됐으니까 당연히 나오는 거잖아요."

뭘 하건 돈이 우선이다. 냉정한 현실이요, 진리다.

하지만 내민 내 오른손에는 시간이 흘러도 아무것도 올라오지 않았다. 물론 당장 받겠다는 생각은 원래 하지도 않았지만 대답조차 돌아오지 않는 것은 어떻게 된 일이람?

"선생님?"

쓰윽 얼굴을 들여다봤더니 다치키 선생님은 눈을 슬쩍 피하며 웅얼거렸다.

"아니, 그게 말이야…… 없어."

"예?"

내가 생각해도 조금 무서운 목소리였던 것 같다. 다치키 선생님은 여전히 내 쪽은 돌아보지도 않은 채 변명처럼 둘러댔다.

"나도 어쩔 수 있나. 연간 예산이란 건 원래 2, 3월 안에 다 결정되는 거거든. 그 시점에 실체가 없는 동아리 예산이 내려올 리가 없잖아."

마지막 말은 마치 나무라는 소리처럼 들려 발끈하고 말았다. 2, 3월이라니, 우린 아직 입학도 안 했을 때거든요? 그때는 아직 코흘리개 초등학생이었다고요.

여기서 이야기는 아까 앞에서 나온 "이해 못 하겠어요."로 이어진다.

정말이지 이해가 안 가, 장난도 아니고.

"그럼 우리가 그렇게 안간힘을 다해 부원을 모집하고 있을 때 왜 미리 말씀 안 해 주셨어요? 혹시, 어차피 부원이 모일 리가 없다고 생각하셨던 거예요? 너무하시네요, 고문 선생님이면서."

"아니, 그야 물론 나도 이러다 소심해 보이는 전학생이라도 들어오면 어떻게 좀 권유해 볼까 하는 생각은 했지. 멀쩡한 동아리 형식을 갖춘 다음 연말에 예산을 신청하려고."

왜 하필이면 소심한 사람? 노부나가가 왜 그렇게 성질이 느긋해? 인내하고 기다리는 건 이에야스(일본 에도 막부의 초대 쇼군-옮긴이)잖아요?

한꺼번에 온갖 생각이 머릿속을 뛰어다녔지만 어쩔 수 없는 현실만은 김장 돌처럼 묵직하게 움직이지 않고 그곳에 존재했다.

다시 말해서, 돈이 없다.

'하늘을 난다'는 황당무계한 일을 그래도 실현해 보겠다고 긍정적으로 노력하기로 한 나이지만, 어쨌거나 뭐든 일을 할 때 첫걸음을 내딛으려면 반드시 필요한 것이 있다.

돈이라든가, 돈이라든가, 돈이라든가…….

나는 배금주의자는 아니지만, 예를 들어 야구부만 해도 처음에 받는 예산으로 공이랑 야구방망이 같은 걸 살 거 아니야? 애초에 인원 수부터 차이가 나니 기존의 동아리들만큼 받겠다는 뻔뻔한 생각은 한 적도 없다. 하지만 아무리 소액이라도 우선 자금이 있어야 '이것으로 뭔가 할 수 있다'라든가 '우리끼리 회비를 좀 내든지 해서 애를 쓰면 저것도 할 수 있다' 이런 이야기라도 가능하지 않겠느냐 이 말이지.

그런데 예산이 없다? 땡전 한 푼도 없다?

화가 나서 입을 꾹 다물고 있었더니 내가 이해하고 받아들였다고 착각했는지 선생님은 갑자기 밝은 목소리로 말하기 시작했다.

"그나저나 들었어. 신입부원들, 루나루나랑 규지라고? 이거 특이한 이름 클럽으로 성장해 가고 있는 거 같네."

아하하, 하면서 신나게 웃기까지 하기에 나는 일부러 어두운 목소리를 내줬다.

"…… 고문 선생님으로서 협조하겠다고 말씀하셨잖아요."

"말했지…… 가능한 한이라고." 그래도 미안하기는 한지 고개를 숙였지만 선생님은 쓸데없는 말 한마디를 덧붙였다. "야지마 선생님은 무사히 출산휴가에 들어가셨어."

이제 무서울 게 없다 이건가.

앞으로 다치키 선생님한테는 일절의 기대도 하지 않겠다. 그렇게 결심하고 걸음을 돌리는데 선생님이 갑자기 나를 불러 세웠다.

"아, 맞다, 사다."

“예?”

“학기말마다 활동보고서 제출해.”

“예?”

“당연히 그래야지. 다른 동아리도 다 하는 일인데. 정식 동아리로 다음해 예산을 확보하기 위해서라도 말이야. 제대로 된 활동을 하고 있다는 증거를 제출해야지.”

그 말을 왜 나한테 해요? 그건 사이토 부장한테 말하세요, 담임선생님이기도 하잖아요. 게다가 제대로 된 활동이라는 게 뭔데요? 예산도 없는데 뭘 어쩌라고요.

자꾸 반항심만 커져 가서 나도 모르게 받아치고 말았다.

“물어보고 싶은 게 있는데요, 사이토 선배는 과거 1년 동안 그 활동보고서인지 뭔지를 제출해 왔나요?”

그러자 선생님은 조금 괴로운 표정을 지었다.

“그것 때문에 고생 많았어…… 걔가 누구야, 사이토잖아. 잔소리 엄청 해서 겨우 받은 게…… 사다도 읽었지? 그거야.”

“그거라고요.”

나는 힘없이 고개를 숙였다. 가입신청서도 쓰기 전에 읽은 그거.

역시 활동보고서인지 뭔지는 내가 쓸 수밖에 없겠다는 생각이 들었다. 하느님 부장은 제쳐 놓고라도, 주에리는 작문에 영 젬병이지. 루나루나한테 맡기자니 무섭고, 나머지 두 사람은…… 으음, 어떨까.

초등학생 때부터 느낀 거지만, 남자들을 닦달해서 야무지게 일하도록 만드는 것보다 스스로 해치우는 편이 훨씬 속 편하다.

‘야, 남학생들, 장난만 치지 말고 좀 제대로 해’ 하고 아무리 목이 쉬어라 잔소리를 해 봐야 ‘쳇, 사다 쟤는 툭하면 큰소리만 치더라’ 하는 부당한 평가밖에 못 받는다. 그럴 바에는 내 손으로 척척 해치우는 편이 훨씬 빠르고 결과도 좋다.

“…… 알겠습니다. 어떻게든 해 볼게요.”

전혀 바라는 바는 아니었지만 나는 별수 없이 그렇게 대답했다. 그러자 다치키 선생님은 온 얼굴에 환한 웃음을 지으며 말했다.

“이야, 고마워. 사다 같은 야무진 친구가 동아리 교통정리를 잘해 줘서. 차라리 부장을 해 버리면 어때?”

농담, 아·니·거·든·요.

2.

“…… 애 심부름 시킨 것도 아니고.” 가느다란 안경 안의 눈을 음험하게 살짝 가늘게 뜨고는 사이토 부장은 말했다. “예산이 없대요, 그러면 다야?”

그 말을 들은 순간, 참고 참던 내 인내심이 한계에 도달했다.

물론 이 사람이면 분명 이럴 거라고 예상은 하고 있었지만. 그래도 그렇지 말이야. 어리고 귀여운 1학년한테 전부 다 맡겨 놓고 그런 말이 나와? 그런 말 할 처지야? 당신 뭐야? 하느님?

화를 누그러뜨리기 위해 나는 깊이 숨을 들이 쉰 뒤 말했다.

“…… 올 3월에 규정 인원수를 채우지 못한 상태였고 더구나 제대로 된 활동을 하지 않은 동아리에는 예산이 안 내려온대요.”

일부러 3월을 강조했다. 난 그때 입학은커녕 초등학교도 아직 졸업 안 했을 때거든요. 자, 누가 잘못했죠? 누구 책임이냐고요?

은연중 눈에 힘껏 비난의 기운을 담아서 부장을 빤히 바라봤다. 그러나 상대는 여전히 아무렇지 않은 얼굴이었다.

"예산확보는 회계인 네가 할 일이야."

"제가 언제부터 회계 담당이었는데요?"

나도 모르게 언성을 높이고 말았다. 그런 말 몰라, 들은 적도 없어. 금시초문이라고.

"네가 가입하던 첫날, 내가 결정했어. 적임자잖아."

사이토 부장의 말에 다들 고개를 끄덕였다. 소꿉친구인 주에리는 그렇다 치고 바로 얼마 전에 만난 루나루나와 규지 너희들이 날 얼마나 안다고 그러는 거야.

"…… 그럼 학기말마다 활동보고서를 쓰는 건 사이토 선배가 하는 거죠? 아까 다치키 선생님이 꼭 제출하라고 했는데…… 내년 예산 확보를 위해서라도."

"그건 서기가 할 일이잖아."

하느님 부장이 내뱉듯이 단언했다.

"서기는 누군데요?"

사이토 선배는 일동을 쭉 한번 둘러보더니 불길하게도 내 앞에서 눈길을 멈췄다.

"사다 네가 좋지 않겠어?"

불길한 예감이 맞아떨어지면서 나는 벌써 그날 두 번째 인내의 한계에 부딪혔다.

"무슨 말이에요! 난 회계라면서요?"

"두 가지 일을 겸하는 거지 뭐. 왜, 가이세이도 야구부랑 우리 클럽을 겸하고 있잖아."

"그게 무슨 상관인데요?"

"맞아, 그럼 사다가 가엾잖아." 자신의 이름이 거론돼서 그런지 나카무라 선배가 끼어들었다. "나, 수학에 약하니까 회계는 못하겠지만 서기는 할 수도 있어."

아아, 역시 나카무라 선배는 좋은 사람이라고 감격하고 있는데 사이토 부장이 흥, 하고 콧방귀를 뀌었다.

"가이세이가 서기? 오모리, 거기 책상에서 노트 한 권 꺼내 봐. 이 녀석은 항상 책상 안에 넣어두고 다니니까."

"예? 그래도 돼요?"

말은 그러면서도 주에리는 얼른 나카무라 선배의 책상에 손을 넣었다. 좋아하는 사람 일이라면 무엇이든 다 알고 싶은 소녀의 마음…….그나저나 너, 언제 잽싸게 선배 자리는 차지하고 앉았대, 본인이 이 자리에 있는데.

"야, 그만해." 우선 말리는 시늉은 하지만 마음이 바다보다 넓은 나카무라 선배는 지극히 너그럽게 웃고 있다. 사이토 부장은 주에리한테서 노트를 받아들고 거리낌 없이 사람들 앞에 펼쳤다.

보는 순간 나도 모르게 "윽" 하는 신음 소리가 나와 버렸다.

글씨가 엄청나게 지저분했다. 보아 하니 국어 노트인 것 같은데 도무지 읽을 수가 없을 정도로 지저분했다.

"거칠고 남자다운 글씨네요."

주에리가 들뜬 목소리로 말했다. 사랑은 소녀의 마음을 긍정적으로 바꾼다……. 아무리 그래도 솔직히 이 글씨로 활동보고서를 제출했다가는 틀림없이 퇴짜 맞을 거야.

"이 녀석 글씨는 초등학교 1학년 상태에서 한 치도 발전하지 않았어." 사이토 부장은 아주 담담히 말했다. "이런 녀석이 서기를 할 수 있다고 생각해?"

"좀 힘들겠다."

배려라고는 눈곱만치도 없이 그렇게 말한 이는 물론 루나루나다.

"그렇지."

사이토 부장은 고개를 끄덕이더니 덧붙였다.

"게다가 가이세이는 부부장이기도 하고."

그건 또 뭐지? 부부장이라니 구체적으로 무슨 일을 하는 사람?

생각은 그렇게 했지만 굳이 말은 하지 않았다. 애초에 부장부터가 뭘 하고 있는지 모를 미스터리인 사람이니까.

"그러니까 서기도 사다가 해 줬으면 해."

최종결론이라는 듯, 직무가 수수께끼에 싸여 있는 부장은 그렇게 단언했다. 일동은 이번에도, 나카무라 선배까지 꾸벅 하고 끄덕였다.

"뭐? 회계랑 서기를 다 하라고요?"

불만을 표시하기 위해 입술을 삐죽 내밀었다.

"걱정 마. 아까 네 말대로라면 회계 일은 없는 거나 마찬가지잖아?"

가차 없는 부장의 말에 다소 밸이 꼬이긴 했지만 그 말도 옳은 말이기는 했다. 어차피 처음부터 보고서는 내가 쓸 각오를 하고 있었으니까 뭐.

하지만 아무리 생각해도 나 혼자만 일을 과도하게 떠맡고 있다는 생각을 지울 수가 없었다. 그래서 분풀이하는 건 아니지만, 조금 떨어진 곳에서 자신과는 아무 상관없다는 얼굴로 멍하니 앉아 있는 규지에게 말을 걸어 봤다.

"모치다는? 혹시 회계 해 볼래?"

규지는 엄청나게 놀란 표정을 짓더니 까까머리의 정수리까지 새빨갛게 물들였다.

"나, 나, 난…… 힘들어요. 산수 같은 거, 전혀 못해서……."

수학이 아니라 산수라고 하는 것만 들어봐도, 겸손이 아니라 정말로 못한다는 인상을 팍 준다. 나는 한숨을 쉬었다.

"그럼, 서기는 어때."

"그, 그것도 힘들…… 어요. 작문 같은 거…… 글씨도 지저분하고……."

"…… 아, 그래."

왜 저래, 살짝 눈물까지 맺혔어. 꼭 내가 괴롭히기라도 한 것처럼. 저 성격으로 어떻게 운동부에 들어갈 수 있었는지 진짜 수수께끼네.

"…… 알았어요. 내가 할게요."

다시 사이토 선배 쪽으로 자세를 돌려 말하자 하느님 부장은 당연하다는 얼굴로 말했다.

"부탁해."

"부탁해, 같은 소리 하네 정말. 그 사람, 본인은 아무것도 할 생각이 없어. 아주 나한테 모든 걸 떠넘기려고 작정을 했다니까."

집에 돌아가자마자 엄마를 붙들고 푸념을 했다.

엄마는 내가 해 주는 비행클럽 이야기를 늘 아주 재미있게 듣는다. 남의 일이라 재밌어 한다는 모습이 워낙 훤히 보여서 조금 분하긴 하지만 그래도 역시 바깥에 새나갈 걱정이 전혀 없는 넋두리 대상으로는 엄마가 최적이다.

"전에 말이야, 텔레비전에서 봤는데." 천하태평 그 자체인 어조로 엄마는 말했다. "일개미들을 자세히 관찰해 보니 반드시 일정 비율로 게으름을 피우는 개미들이 있는 거야. 그런데 게으름뱅이 개미들을 싹 다 없애 버렸더니 지금까지 열심히 일하던 일정 수의 개미가 또 게으름을 피우기 시작하더라고. 이번에는 처음 무리에서 제외해 버린 게으름뱅이 개미들만으로 다른 무리를 만들었더니 마지못해 일을 하기 시작하는 개미가 있더라는 거지."

요컨대 내가 그, 마지못해 일하기 시작한 전직 게으름뱅이 개미 출신이라는 말이 하고 싶은 모양이었다. 진짜 우리 엄마 맞아?

골이 나서 입을 내밀고 있는 나를 본 체 만 체, 엄마는 묘하게 들뜬 얼굴로 이야기했다.

"그나저나 내가 중학교 다닐 때도 그런 재미있는 동아리가 있었다면 꼭 가입했을 텐데. 미 짱 따라갔을 거야, 반드시."

"정말 아쉽다." 엄마는 지극히 태평스럽게 말했다.

"아니, 도움도 안 되는 부원은 이제 사양하겠어. 그나저나 엄마가 생각하는 비행의 이미지는 어떤 거야?"

"그야, 인력비행기지."

당연하다는 듯 엄마는 말했다. 아, 무척 좋아했지, '인간 새 콘테스트.'

"안 됐지만 그럴 예산도 노하우도 없어요. 좀 현실적인, 중학생도 가능한, 게다가 하기 쉽고 돈 안 들고……."

스스로 생각해도 한심해지는 조건들을 줄줄이 늘어놓다가 문득 책상 위에 어지럽게 놓인 전단지 위에서 '무료'라는 단어를 발견했다. 자세히 보니 엄마가 읽던 시민보였는데 '어린이 트램펄린 교실. 무료체험'이라는 작은 기사가 실려 있었다.

"트램펄린…… 이라."

나도 모르게 소리 내어 중얼댔다.

며칠 전 일이 떠올랐던 것이다.

루나루나에게 가입권유를 하고 돌아오던 길에 그 하느님 부장이 잡아먹을 듯이 뚫어지게 바라보던 공원의 아버지와 아들. 아버지가 세 살쯤 되어 보이는 아들을 호쾌하게 던지며 놀아 주던 광경이었다.

'저렇게 날고 싶었다.' 이런 소리를 사이토 선배가 했었다. 분명히 그렇게 말했었다.

그게 된다면…… 이것도 되는 거 아니야?

트램펄린이라면 적어도 아버지가 던져 올리는 것보다는 훨씬 높이

오를 수 있다. 트램펄린으로 뛰어올랐다가 떨어지는 것은 선배가 말한 '낙하'와는 다를 것이다. 번지점프라든가 낙하산처럼 떨어지는 것과는 말이지.

시민보에 따르면 체험교실은 황금연휴 첫날 열린다고 한다. 장소는 시민체육관. 그리고 가장 중요한 건 참가비 무료.

좋았어! 무의식 중에 주먹을 불끈 쥔 나를 보며 엄마는 "아하, 트램 펄린!" 하고 말했다. 벌써 눈치를 챈 모양이다. 역시 12년 동안이나 날 멋으로 키운 건 아니군.

"좋은 생각이지?"

신바람이 나서 웃는 나에게 엄마는 늘 그렇듯 느긋한 어조로 돌연 터무니없는 말을 꺼냈다.

"그러고 보니 옛날에 있지, 사나다 히로유키가 텔레비전에서 그런 말을 했었어. 재팬액션클럽(현재 재팬액션엔터프라이즈. 일본의 유명한 액션 연기자 에이전시-옮긴이) 소속이었을 때 액션용 트램펄린에서 큰 부상을 입었다고."

"엥, 뭐?"

"뭐라더라, 발가락이 떨어져나갈 뻔했다고 했던가."

무서워 죽겠는 정보를 엄마는 아무렇지도 않게 말했다.

"왜, 왜 떨어져……."

"글쎄. 아마 착지에 실패해서 그 용수철 부분에 낀 거 아닐까? 무섭지? 아팠을 거야. 그러고 보니 축구 선수 오구로도 무슨 방송 녹화하다가 부상 입었잖아. 역시 트램펄린 때문에." 엄마는 얼굴에 경련을 일으

키고 있는 나에게 더욱 두려움에 떨게 만들 말들만 덧붙였다. "아, 그리고 트램펄린으로 유명한 선수가 교통사고를 당했을 때, 병실에 스토커 여자가 찾아왔다는 이야기도 있었지. 침대 위에서 꼼짝도 못하고 누워 있는데 옆에서 내내 손을 잡고 있었대. 무서워, 미저리 같아."

"왜 그렇게 쓸데없는 이야기만 끝도 없이……."

정말이지 이러니 텔레비전만 끼고 사는 주부들은 안 되는 거야. 게다가 마지막 '무서워'는 트램펄린이랑 아무 상관도 없잖아.

"트램펄린을 타 보겠다고 하는 딸한테 어떻게 그런 말이 나오는지 몰라!"

있는 대로 골을 내며 나는 내 방으로 돌아왔다. 물론 그 시민보를 야무지게 챙겨 들고.

괜찮아, 괜찮아. 어차피 어린이를 위한 체험교실이잖아? 그렇게 위험한 일이 일어날 리 없어.

그나저나, 하고 나는 한숨을 쉬며 생각했다. 사사건건 면박을 주며 참견하는 내 버릇은 대부분, 엄마한테서 물려받은 거구나…….

3.

세상에서 가장 바보 같은 생물은 중학교 2학년 남학생이라고 들은 적이 있다. 만화 『은혼』(소라치 히데아키의 소년만화─옮긴이)에서 긴토키도 그렇게 말했었고.

다행인지 불행인지 나는 중학교에 입학하기 전까지는 중학교 2학년 남학생과 알고 지낼 기회가 없었다. 그래서 방금 말한 그 설(?)도 뭐 그런가, 초등학생 남자애들도 충분히 바본데…… 하고 가볍게 생각했었다.

하지만 이제 확신한다. 세상에서 가장 바보는 역시 중학교 2학년 남학생임을.

황금연휴 첫날, 우리 비행클럽은 시민체육관 정면 현관 앞에 집합했다. 처음으로 동아리다운 활동을 할 수 있다, 아, 이제 1학기 활동보고서를 쓸 수 있겠다 싶어 나는 벌써부터 가슴을 쓸어내리고 있었다.

주에리와 둘이서 약속 시간 10분 전에 도착해 보니 먼저 온 사람이 있었다. 환한 햇살 아래 먹물 얼룩처럼 우뚝 서 있는 이는 우리 하느님 부장이었다. 왜 저 사람은 쉬는 날까지 교복을 입을까? 뭐, 동아리 활동이니까 교복도 괜찮기는 한데, 오늘은 땀이 날 정도로 화창한 날씨라고. 갑갑하게 목이 꽉 끼는 교복은 왜 챙겨 입고 와? 우리는 아예 반팔차림인데. 게다가 조금만 이동하면 그늘이 있는데 길 한가운데에서 눈부신 햇살을 뒤집어쓰며 책을 읽을 건 뭐냐고. 다 접어 두더라도 우선은 사람들 통행에 방해가 되잖아.

아하, 이 사람은 무조건 말 그대로 행동하는 사람이라서 정면현관 앞이라고 약속하면 정확히 문의 정면, 정중앙에 서 있는 거로구나, 싶어 살짝 이해가 가기 시작한 내 자신이 좀 싫었다.

“안녕하세요?”

그렇게 인사를 하자 몇 초 뒤 사이토 선배는 고개를 들었다. 아마도 그 몇 초간 끊기 좋은 부분까지 읽고 있었을 것이다.

“날씨가 좋네요.”

이어서 그렇게 말하자 선배는 쌀쌀맞은 어조로 대구했다.

"날씨가 무슨 상관이야. 어차피 체육관 안에서 할 텐데."

그야 그렇지만.

왜 말을 해도 꼭 저렇게 할까. 단순한 날씨 인사에까지 일일이 저렇게 대꾸하다니, 벌써부터 피곤이 확 밀려온다고요, 정말이지.

인사 끝이라는 듯 다시 책으로 눈을 돌린 사이토 선배에게 주에리가 과감하게 물었다.

"나카무라 선배는 같이 안 왔어요?"

사이토 선배의 미간에 살짝 주름이 잡혔다.

"왜 같이 와야 되는데?"

저기, 질문의 의도는 충분히 알고 있을 거라 생각하는데…….

"사이토 선배랑 나카무라 선배, 같은 단지 같은 동에 살잖아요."

쭈뼛쭈뼛하며 주에리가 확인한다. 전혀 이해 못하겠다는 듯, 사이토 선배는 아주 위압적인 눈으로 주에리를 마주 봤다.

"그래서 뭐?"

"아니요, 아무것도 아니에요."

주눅이 든 주에리는 뒷걸음치며 물러났다. 이건 뭐 거의 후배를 괴롭히는 구도다.

어색한 침묵을 버거워하고 있을 때 다행히도 나카무라 선배가 나타났다. 역시 체육계답게 아예 트레이닝복 차림이었다.

"야, 너 뭐야, 같은 단지에 살면서 왜 먼저 가 버리고 그래. 너무하네, 어이."

나카무라 선배가 쾌활하게 불평을 했다. 주에리와 나는 응응, 하며 끄덕였다. 나카무라 선배의 말을 듣고 있자면 아아, 상식적인 사람이란 참 훌륭하구나 싶어 안심이 된다. 하느님 부장과 소모적인 대화를 한 뒤라면 특히 더.

"…… 혹시, 같이 와 주길 바랐던 거야?"

진지한 얼굴로 묻는 사이토 선배에게 나카무라 선배는 "아니 됐어, 괜찮아." 하며 손을 내저었다. 사이토 선배가 딱히 사과를 하고 있는 건 아니라고 생각하는데. 이 두 사람은 대화도 그렇고 모든 면에서 어딘가 미묘하게 서로 어긋나는 덕분에 오히려 부딪치는 일이 없는지도 모르겠다. 물론, 나카무라 선배의 바다처럼 넓은 마음이 전제가 되지만.

"네 누나가 말이야, 같이 오고 싶었다고 하더라고."

나카무라 선배의 말에 나도 모르게 반응하고 말았다.

"와, 사이토 선배, 누나 있어요? 몇 살인데요?"

"음, 세 살 위니까 열여섯? 올해 열일곱인가. 근데 이름이 말이야, 천사라고 쓰고 엔제라고 읽어. 재미있지?"

"엔제……."

주에리와 나는 동시에 중얼거렸다. 서로 마주한 우리 둘의 얼굴에는, 분명 같은 의문이 떠올라 있었을 것이다.

저기, 'ㄹ'은? 'ㄹ'은 어디에 갖다 버렸어?

그나저나 하느님의 누나가 엔젤이라(ㄹ은 없지만). 각각 따로 놓고 봐도 엄청나지만, 둘이 나란히 놓고 보면 파괴력이 곱절이 된다고 해야 하나…… 아니 뭐, 남의 이름 가지고 실례이긴 하지만. 이러쿵저러쿵 말할 처지도 아니긴 하다.

슥 사이토 선배를 쳐다봤지만 우리의 대화에는 전혀 관심도 보이지 않고 책만 읽고 있었다. 고고하다고 표현하면 좀 멋있게 들리겠지만, 기본적으로 남의 일에 전혀 관심이 없는 사람일 것이다. 이런 사람이 부장인데 용케도 동아리가 성립되었다는 생각이 새삼 들었다.

"미안, 늦었어."

목소리를 듣고 돌아보니 루나루나가 말과는 달리 느긋하게 걸어오고 있었다. 잿빛이 감도는 흰색 면티 위에 낙락하게 흘러내리는 옷감의 하늘색 원피스를 겹쳐 입고 있었다. 잘 어울리고, 무척 귀엽다. 그건 인정하지만…….

"그 차림으로 트램펄린 하려고?"

가까이 온 루나루나에게 조심스럽게 물어봤다. 아무리 봐도 루나루나의 짐이라고는 어깨에 멘 핸드백 달랑 하나뿐이다. 그나마도 손바닥만 한 크기의 조그만 가방이다. 도저히 운동복이 들어 있을 것 같지 않았다.

괴짜인 사이토 선배도 뭔가 갈아입을 옷을 들고 온 눈치인데(팔에 걸린 종이가방 사이로 언뜻 보인다…… 그나저나 스포츠를 하는데 종이가방이라니. 스포츠백은 없더라도 등에 메는 가방이라든가, 하다못해 배낭도 있고 많잖아).

"그럴 건데?"

루나루나는 귀엽게 고개를 갸우뚱했다. 그럴 건데? 라니 얘야…….

"분명히 운동하기 편한 옷으로 입고 오라고 했잖아. 청바지도 안 된다고 했고……."

"이거, 청바지 아니야."

루나루나는 하늘색 원피스 옷자락을 살짝 잡아서 보여 주기까지 했다.

"그걸 누가 몰라…… 그 차림으로는 훤히 보일 텐데 괜찮겠어?"

팬티가…… 까지는 굳이 말하지 않았다. 말하지 않았는데.

"뭐 어때?"

재빨리 대꾸한 것은 중학교 2학년 남학생 콤비였다. 미묘하게 어긋나 있는 두 사람인데 어째서 이런 때는 죽이 척척 맞는 거야? 게다가 사이토 선배는 독서 중이지 않았어?

이래서 남자애들은 정말이지…… 상큼하건 괴짜건 다 똑같구나, 진짜.

"괜찮아." 지극히 느긋하고도 차분하게, 주에리가 말했다. "있잖아, 치맛자락을 팬티 아래쪽 고무 부분에 끼워 넣으면 돼. 어릴 때 철봉할 때 그렇게 많이 했잖아?"

안 했거든요. 적어도 청바지파였던 나는 한 번도 한 적 없거든요.

유치원생이라면 또 모를까, 중학생씩이나 되는 여자애가 그런 동화 속 왕자님 스타일(그 왜 호박 바지 같은 그거 말이야)을 어떻게 해.

주에리의 제안에 루나루나는 몸을 배배 틀며 웃기 시작했다.

"꺄아, 주주 너무 웃겨……"

"그나저나 현실로 돌아와서, 어떻게 할 거야?"

내가 묻자 루나루나는 이상한 악센트를 주며 "걱정 마." 하고 말하더니 접힌 천 조각을 핸드백에서 꺼냈다. 허공에서 한 번 툭 털자 검정색 레깅스로 변신했다.

"안에 이거 입을 거야."

너 마술사냐.

그나저나 레깅스라는 게 저렇게 백주대낮에 당당히 펼쳐도 좋은 것인가? 더구나 남자애들 보는 앞에서.

이 클럽 사람들과 함께 있다 보면 아무래도 내 상식에 자꾸 자신이 없어진다. 뭔가 굉장히 위험한 징조다.

세상에서 가장 바보 같은 생물(이라는) 남학생 두 명은 "그거 남자 내복이야?" "야, 여학생이 남자 내복을 입겠어? 그거겠지, 스타킹." "혹시 보여 주는 팬티인가 뭔가 그건가." "아니, 그거랑은 달라." 하며 둘이서 정말이지 쓸데없는 대화를 펼쳐 가고 있다. 참고로, 세상의 상식에 조금이나마 가까운 쪽이 나카무라 선배다(굳이 주석을 달 필요도 없겠지만).

자, 다 모였으니 갈까, 하고 다들 이동할 때쯤 나는 고개를 갸웃거렸다.

"어? 그러고 보니 규지는? 집합시간이 한참 지났는데."

말을 마치기가 무섭게 기둥 뒤편에서 동글동글한 그림자가 나타났다. 트레이닝복을 입은 규지였다.

"어, 언제부터 있었어?"

놀라서 묻자 규지는 눈길을 쓱 피하더니 우물우물 대답했다.

"사이토 선배가 오기 전부터……."

"왜 계속 말도 없이 보고 있었던 거야?"

"…… 말을 못 걸겠어서……."

…… 세상에서 가장 거시기한 존재에, 자꾸만 다가가고 있는 사람 여기 한 명 추가요.

4.

다 같이 허둥지둥 체육관으로 뛰어 들어가니 '어린이 트램펄린 교실'은 이미 시작되어 있었다.

트램펄린이 두 개 설치되어 있었는데 그중 한 개 위에서 고등학생으로 보이는 남학생이 힘차게 튀어 오르고 있었다. 조금 떨어진 곳에서 스무 명 남짓한 어린이들이 입을 벌린 채 트램펄린 묘기를 구경하고 있었다.

나도 함께 구경하다가 감탄했다. 똑바로 직립한 자세로 남학생은 뿅뿅 하며 7, 8미터를 뛰어오르고 있었다. 트램펄린의 표면이 쑥 꺼졌다가 탱, 하고 사람을 밀어 올린다. 반동과 근육의 힘으로 인간이 높이, 높이 튀어 오른다.

그야말로 '날고 있다'는 느낌이었다.

직립으로만 뛰다가 곧이어 앉아서 뛰기, 누워서 뛰기 같은 기술을 과시하는 가운데 주최자로 보이는 남성이 다가와 "너희들, 견학하러 온 거야?" 하고 물었다.

"견학이 아니라 하려고 왔습니다."

사이토 선배가 힘주어 말했다. 오오, 웬일로 부장답네.

"죄송합니다, 늦게 와서…… 바로 옷 갈아입을게요."

옆에서 내가 머리를 숙이자 남자는 사무적인 말투로 물었다.

"너희들 사전에 신청 안 했지? 접수한 어린이들 출결확인은 아까 마쳤는데 전원 참가했거든."

🐦

“사전…… 신청?”

이거, 뭔가 굉장히 불길한 예감이……. 나는 부랴부랴 가방에서 시민보를 꺼내들었다.

“어, 신청하라는 말은 아무 데도…….”

“적혀 있잖아, 여기.”

남자가 함께 들여다보다가 기사 한 곳을 손가락으로 짚었다.

“어, 다음 글도 있었네요…… 그런데 왜 이렇게 멀리 떨어뜨려 놓은 거예요?”

“그걸 왜 나한테 물어, 내가 레이아웃 짰어?”

그건 우리도 마찬가지. 우리한테 그런 말 해 봤자…….

“게다가 이건 원래 초등학생 이하가 대상이야. 너희들 중학생이지?”

짧은 몇 초 동안, 초등학생이라고 우길 생각도 했다. 바로 얼마 전까지는 진짜 초등학생이었으니까. 그리 큰 무리는 아닐 것 같은데…… 만약 여학생 세 명만 있었다면.

하지만 덩치가 커다란 규지는 초등학생으로 보이지 않는 데다 그보다 더 크고 나이도 많은 나카무라 선배는 더하다. 무엇보다, 교복차림으로 온 사이토 선배는 어떡할 거야…….

거짓말은 나쁜 짓이지, 응.

처음 아이디어를 낸 사람으로서 나에게는 부원들을 끌고 온 책임이 있다. 다소 비겁하긴 하지만 어쩔 수 없다. 눈물로 매달리기 작전이다.

“하지만 저기.” 최대한 비통하게 들리도록 애쓰며 말했다. “중학교, 동아리 활동이에요…… 필수예요. 지금 여기서 꼭 저걸 해야 돼요. 사정이 좀 복잡한데, 지금 여기서 활동을 못하게 되면 내신을 망치게 된다고 해요…… 여기 있는 우리 모두 말이에요. 제가 사람들을 데리고 온 책임도 있고…… 오늘 트램펄린을 못하게 되면 눈앞이 깜깜……."

두 손으로 얼굴을 감싸며 울음이라도 터진 듯 고개를 숙였다. 구 짱 극장이다. 내가 생각해도 속이 다 보이는 연기였지만, 상대는 확연히 동요하고 있었다. 더 자극하려는 듯, 옆에서 주에리가 내 어깨를 잡고 울먹이며 말했다.

"울지 마, 구 짱. 구 짱한테 모든 걸 맡긴 우리가 잘못이야."

그래, 너희들이 나빠.

마음속으로는 그렇게 욕을 하긴 했지만, 역시 주에리도 괜히 십년지기가 아니다. 손발이 착착 맞는 게, 완전히 찰떡궁합이다.

"저기, 부탁이에요. 저희들, 꼭 하고 싶어요."

루나루나의 목소리가 들렸다. 좋았어, 잘하고 있군. 넌 예쁘니까 계속 그렇게 부탁 공격으로 나가 줘.

내 머리 위에서 "으음, 그래도." 하는 속 터지는 목소리가 들렸다. 그때, 굉장히 거만하게 끼어드는 사람이 있었으니.

"이렇게까지 부탁하고 있고, 반성도 하고 있는 거 같은데 그냥 허락해 줘도 되지 않을까요?"

물론 하느님 부장이다.

아, 정말. 이 상황에서 왜 그렇게 거만하게 나가는 거야. 애초에 사이토 선배가 뭘 부탁을 했고 뭘 반성을 하고 있는데요.

"모처럼 황금연휴에 일부러 이렇게 찾아온 데다."

제발. 어째서 '일부러 이렇게'라는 말까지 넣어 가며 무슨 은혜라도 베푸는 것처럼 말하는 거야?

부탁이니 제발 더는 입을 열지 말아 달라며 고개 숙인 채 하느님이 아니라 신께 기도했을 때, 책임자 남성이 포기한 듯 말했다.

"뭐, 원래는 이러면 안 되지만 마지막에 잠깐 뛰게 해 줄 테니까 옷 갈아입고 준비체조라도 하고 있어…… 구석에서."

"예, 고맙습니다."

나는 얼굴을 번쩍 들고 싱글벙글 웃으며 대답했다. 다른 이들도 저마다 웅얼웅얼 고맙다는 인사를 했다. 그 와중에 단 한 사람, 하느님 부장만은 몹시도 흡족한 표정으로 그저 그 자리에 떡하니 버티고 서 있었다.

꼬마들이 뛰는 걸 구경할 때만 해도 별것 아니라고 생각했다. 아무리 봐도 유치원생으로밖에 보이지 않는 아이들이 꽤 솜씨 좋게 올라타고 있다. 게다가 금세 잘도 배우고 있는 데다, 물론 특별히 어려운 기술은 하지 않는다. 그냥 뿅뿅, 박자감 있게 튀기만 할 뿐이다. 높이도 전혀 대단한 게 아니다. 혼자 힘으로 점프할 때보다 아주 조금 더 높은 수준이랄까. 그래도 다들 무척 즐거워 보였다. 모두들 무척 진지하면서도 입가에는 웃음을 한껏 머금고 있어 구경하는 우리까지 즐거워졌다.

아아, 뭔가 좋다. 가슴이 콩닥거려.

초심자의 경우 아무래도 그리 오래는 못하는 모양이었다. 그리 오래 기다릴 것도 없이 아이들은 한바탕 쭉 뛰고 끝났다. 아까 그 남성이 우리를 돌아보더니 트램펄린 두 개 중 하나를 가리키며 말했다.

"어때, 해 볼래?"

물론이지, 하며 우리 비행클럽 일동은 일어났다.

"회전은 절대 금지야. 위험하니까. 그리고 반드시 한복판에서 뛸 것. 저기 표시되어 있는 부분 있지? 그리고 절대로 엉뚱한 짓은 하면 안 돼. 자, 누구부터 할 거야?"

그제야 차례를 정해 두지 않았다는 걸 깨달았다. 그러자 웬일로 사이토 부장이 나서서 리드하기 시작했다.

"가이세이, 너 이런 거 잘하지? 우선 본보기로 해 봐."

변함없이 거만한 말투이기는 했지만 뭐 충분히 이해가 가는 선택이었다. 응, 하며 나카무라 선배는 선뜻 앞으로 가더니 높이가 꽤 되는 트램펄린 위로 가볍게 휙 올라갔다.

나카무라 선배는 안정된 걸음으로 중앙의 표시된 자리까지 가더니 몸을 똑바로 펴고 뿅뿅 튀어 오르기 시작했다. 역시 운동하는 사람은 다르다. 좀 전의 아이들과는 높이가 차원이 달랐다. 트램펄린이 깊숙이 푹 꺼졌다가는 나카무라 선배의 몸을 저 높은 곳까지 휙 밀어 올렸다.

날고 있어. 정말, 날고 있어.

"꺄, 멋있어."

주에리가 얼굴 앞에서 두 손을 모은 채 나에게 "그치, 그치." 하며 동의를 구했다. "맞아." 하며 나는 *끄덕였다*. 운동 잘하는 사람이 인기가 있는 것은 역시 당연한 일일지도 모르겠다는 생각이 들었다.

코치도 이 정도면 괜찮겠다 싶었는지 "앉는 것도 해 볼래?" 하고 말을 꺼냈다. 나카무라 선배는 "예." 하고 짧게 대답하더니 아까 구경했던 본보기 그대로 몸을 직선에서 직각으로 만들고 엉덩이로 떨어졌다…… 정말 아무것도 아니라는 듯이. 그리고 코치가 시키는 대로 평범하게 뛰는 것과 앉아서 뛰는 것을 번갈아 가며 반복하다가 나카무라 선배의 차례는 끝이 났다.

"다들 처음이라고 했지…… 너, 균형 감각이 꽤 좋네."

"와, 나카무라 선배 칭찬받았어. 에헴, 어때?" 주에리와 나는 자신들의 일도 아닌데 괜히 우쭐했다.

"자, 그럼 다음은 여학생으로 가 볼까."

갑작스런 말에 놀라고 있는 사이 사이토 선배가 지체 없이 말했다.

"그럼, 사다."

철저히 리드하시네요.

뭐 괜찮아. 해 주지 뭐.

나는 앞으로 나가 나카무라 선배처럼 훌쩍 트램펄린 위로 올라가려 했다. 하지만 생각보다 높아서 꽤 애를 먹었다. 아이들이 사용하던 트램펄린은 체육관 무대에 딱 붙여 설치해 놓은 덕분에 높이가 거의 같아서 아이들이 오르내리기 수월했다. 하지만 이쪽은 자신의 힘으로 올라가야 한다. 어쩐지 쉽게 참가시켜 준다 했더니, 이런 거였어…….

우선 상반신을 트램펄린 끝자락에 얹은 다음 바둥거리며 하반신을 들어올린다. 꼴은 상당히 우습지만 별수 없다.

어렵사리 위에 올라가서 걸음을 내딛자 당연한 일이지만 굉장히 불안정해서 휘청휘청 흔들렸다. 한 발짝 뗄 때마다 몸이 푹 꺼져서 넘어질 것 같았다. "구 짱, 힘내!" 하는 응원을 받으며 간신히 중앙까지 도착한 다음 벌벌 떨며 뛰어 봤다.

생각보다 훨씬 튄다. 1의 힘이 2, 2의 힘이 4가 되어 돌아오는 느낌이다. 생각보다 훨씬 즐겁다.

왠지 토끼가 된 기분이다. 뿅뿅, 뿅뿅, 튀어 오르고 있어, 나.

눈 깜짝할 사이에 제한시간이 지나갔다. "됐어, 여기까지!" 하는 코치의 소리에 천천히 트램펄린에서 기어 내려갔다. 몇 걸음 걸었더니 체육관 바닥이 스펀지로 변한 것 같은 이상한 기분이 들었다. 트램펄린에서 내려왔다는 것을 뇌가 아직 실감 못하고 있는 것이리라.

"구 짱, 엉거주춤하더라."

루나루나가 그렇게 말하며 웃었다. "어, 정말?" 하며 나는 조금 기가 죽었다. 루나루나는 이렇게 악의는 없지만 천연덕스럽게 진실을 말하는 아이다.

꽤 기분 좋았는데 말이지.

"다음은 오모리."

여운에 잠길 새도 없이 사이토 선배가 시원스럽게 말했다. 좌우지간 리드한다는 거네. 그나저나 다음은 남학생 차례니까 본인이 뛸 줄 알았는데 조금 뜻밖이다. 레이디퍼스트인가?

"다음 사람은 좀 잘 뛰어 줘. 이미지 트레이닝에 방해되니까."

사이토 선배가 주에리를 보며 엄하게 일렀다. 아, 그렇군요, 레이디퍼스트일 리가 없죠, 암요. 이미지 트레이닝인지 뭔지를 방해해서 죄송했습니다, 네네.

사이토 선배 때문에 압박감을 느꼈는지 어쨌는지는 몰라도 주에리는 완전히 주눅이 든 자세로 뛰었다. 비틀대며 중앙에 가서는 천천히 점프를 했다. 착지하자 흔들리는 몸을 바로 세워서 다시 슬슬 점프. 옆에서 사이토 선배가 매섭게 혀 차는 소리가 들렸다. 선배, 무서워요. 선배, 너무해요. 주에리, 고소공포증이 약간 있는 걸 감안하면 열심히 하고 있는 거라고 생각해요.

주에리 치고는 열심히 했다는 증거로, 돌아왔을 때 얼굴이 좀 창백했다. 그래도 나카무라 선배가 "수고했어." 하고 한마디 해 주는 순간 얼굴이 장밋빛으로 돌아왔지만.

다음 지명타자는 규지였다. 그제야 나는 엄밀히 따져 가입한 차례대로 가고 있다는 것을 깨달았다. 나와 주에리는 동시였지만 사이토 선배한테 가입 신청서를 먼저 낸 쪽은 아마 나였던 것 같지…….

부장인 자신을 맨 끝으로 놓은 점은 장하다면 또 장한 일이다. 주인공은 마지막에 등장한다는 생각인지도 모르지만.

규지는 저래 갖고 어떻게 야구부 활동을 했나 싶을 정도로 뛰는 게 엉성했다. 무서워하기로는 주에리와 같은 수준이다. 엉거주춤하기로는 나와 같은 수준이고. 주에리와 나는 빈말이라도 운동을 잘한다고 말하기 어려운 사람들인데 우리와 같은 수준이라는 것은 운동부로서 상당히 난감한 일이었을 것이다. 저러니 얼마나 야구를 관두고 싶었을지 새삼 이해가 되었다.

"거기까지!" 하는 목소리에 규지는 한시름 놓았다는 표정을 짓더니 느릿느릿 돌아왔다. 한참 기다린 루나루나는 "아싸, 내 차례!" 하고 의욕에 넘쳐 일어났다.

"선배, 왜 그래요?"

주에리의 걱정스런 목소리에 돌아보니 나카무라 선배가 왼팔을 살피고 있었다. 팔꿈치를 만져 보기도 하고 살짝 구부려 보기도 하더니 얼굴을 찌푸렸다.

"아니, 조금…… 점프는 허리만 쓰면 되니까 괜찮을 줄 알았는데 신이 나서 뛰다 보니, 좀."

"다친 데, 아파요?"

주에리가 몹시도 슬픈 얼굴로 묻는다.

그 목소리에 코치가 돌아보며 말했다.

"트램펄린은 전신운동이야…… 어디 다친 데가 있으면 안 하는 게 좋아."

"알겠습니다."

고분고분 대답하더니 나카무라 선배는 또 가만히 팔꿈치를 만졌다.

사건이란 아마도 이렇게, 사람들이 한눈 파는 순간에 일어나는 것이리라.

두려움을 모르는 루나루나도 처음에는 아마 정확히 중앙의 표시된 자리에서 뛰었을 것이다…… 분명히, 있는 힘껏, 온힘을 다해.

그런데 시선을 다시 돌렸을 때 루나루나는 중앙에서 상당히 비껴난 자리에 있었는데, 아마도 몇 번 점프하는 사이 그렇게 되었겠지만 거의 가장자리에 가 있었다.

순간 아, 위험하다고 생각했다.

잘못해서 끼면 발가락이 떨어져 나갈지도 모르는 무시무시한 용수철은 당연히 패드로 꼼꼼하게 덮여 있었다. 하지만 가장자리에서 위험한 게 그것뿐만은 아니다. 잠깐 올라가 본 경험에서 보자면 그 부분은 꽤 불안정하다.

아니나 다를까 루나루나의 몸이 공중에서 휘청하며 기울었다. 무모하게도 그녀는 다음 점프에서 자세를 바로잡으려고 한쪽 다리에 무리하게 힘을…… 준 것 같다.

여기까지가 고작 몇 초 동안의 일이고, 다음 순간 루나루나의 몸은 그야말로 허공을 날아 우리 쪽을 향해 낙하하기 시작했다.

쿵, 하는 불길한 소리가 울려 퍼졌다.

"괜찮아?"

루나루나한테 달려가서 다친 데가 없다는 것을 확인한 코치는 "중앙에서 뛰라고 그렇게 말했잖아. 그렇게 무모하게 뛰다가 까딱 잘못하면 평생 걷지 못할 수도 있어. 최악의 경우엔 죽는 수도 있다고!" 하며 호통을 쳤다.

루나루나는 깜짝 놀란 얼굴을 했지만 곧바로, 말귀를 알아들었는지 못 알아들었는지 무척이나 밝은 목소리로 "죄송합니다." 하며 고개를 숙였다.

"…… 괜찮아?"

나는 아무도 신경 쓰지 않고 있던 피해자에게 말을 걸었다. 규지였다. 규지가 엉덩방아를 찧은 곳은 루나루나가 낙하한 바로 그 자리였다. 루나루나는 운 좋게도 규지라는 쿠션(그것도 부드럽기와 탄력 면에서 아주 우수한)이 어쩌다 그 자리에 있어 준 덕분에 저렇게 천연덕스럽게 있을 수 있는 것이다. 과거에 4층에서 떨어졌을 때 나무가 쿠션 노릇을 해 준 것처럼. 그곳에 만약 다른 사람이 있었다면 일이 이렇게 순조롭지는 않았을 것이다. 나카무라 선배였다면 어쩌면 루나루나를 받아 줄 수 있었을지도 모르지만 그랬다가는 부상이 더 심해졌을 것이다.

역시 달이 두 개나 되는 루나루나라고, 혼자 얄궂은 감탄을 하며 나는 규지가 일어서는 것을 도왔다. 얼굴이 삶은 문어처럼 새빨개져 있었다. 아, 그렇구나, 하고 짐작했다. 저렇게 예쁜 여자애한테 깔리는 것은 남자애들에게는 어떤 의미에서 행운일지도 모르겠구나. 불행 중 다행이라고 해야 하나? 좀 다른가.

어쨌든 이렇게 해서 루나루나의 낙하 전설은 하나 더 늘어났다. 마지막에는 부장이 그토록 바라던 비행을 개시…… 했어야 하는데.

"자 다음, 네가 마지막이야."

약간 험악해진 목소리로 코치가 말했지만 사이토 선배는 대답이 없었다. 쳐다보니 사이토 선배는 얼굴이 새파랗게 질린 채 딱딱하게 굳어 있었다.

"…… 저는 됐습니다."

낮은 목소리로 하느님 부장은 말했다.

"왜요, 그렇게 날고 싶어 했잖아요."

나는 엉겁결에 외치고 말았다. 다른 이들도 어이없다는 표정을 짓고 있었다.

아버지가 아들을 던져 주는 걸 그렇게 부러운 눈으로 봤으면서. 그게 좋을 것 같으면 이것도 좋잖아? 여기까지 와 놓고 이제 와서 왜 안한다는 거야.

하고 싶은 말이며 의문이 머릿속에서 소용돌이를 치는 바람에 더는 말도 나오지 않았다.

"난 됐어."

역시 낮은 목소리로 하느님 부장은 완강할 정도로 단호하게 같은 대답을 되풀이했다.

5.

"…… 그거 말이야, 결정적인 장면에서 겁을 먹었다고 해야 하나, 중요한 순간에 도움이 안 되는 그런 사람인 거야, 분명해."

여자 탈의실에서 옷을 갈아입으며 나는 비행클럽 부장의 험담을 퍼부어 대고 있었다.

"…… 사이토 선배, 좀 이상하지 않았어?"

주에리의 말에 나는 "원래 만날 이상하잖아." 하고 대꾸했다. 루나루나가 "하기는." 하며 낄낄낄 웃었다.

"아, 보탬 안 되는 것도 만날 그랬지. 아무리 그래도 말이야, 항상 쓸데없이 거만하니까 여차할 때는 뭔가 한방 해 줄지도 모르겠다는 생각도 들잖아, 응? 응?" 두 사람에게 동의를 구하며 나는 말을 이었다. "그런데 아주 겉만 그럴싸하다고 해야 하나, 말만 많지 행동은 안 하는 사람이라고 해야 하나."

"해야 하나, 해야 하나."

옆에서 루나루나가 찬물을 끼얹었다.

두 사람은 한가하게 웃고 있었지만 나는 꽤 진지하게 화내고 있었다.

대체 뭐야, 잘난 척 대마왕 부장 같으니라고. 사람이 모처럼 날 수 있게 해 줬더니.

좋은 아이디어라고 생각했는데. 더 뭘 어쩌라고. 예산도 없지. 아무런 연줄도 노하우도 없지. 그저 평범한 일개 중학생이 무슨 수로 하늘을 난단 말이냐고.

기뻐할 거라고 생각했는데.

나는 기운이 빠져 어깨를 축 늘어뜨렸다. 역시 우리는 하늘을 날 수 없을지도 모르겠어.

집합장소인 출구로 가니 조그만 실랑이가 벌어지고 있었다.

비행클럽의 남학생 세 명에 어른 두 명. 중년의 남녀 두 사람이 뭐라고 일방적으로 떠들어 대고 있었다. 그 앞에는 마치 죄인처럼 고개를 푹 숙인 규지가 서 있었다.

"…… 시민체육관에서 동아리 활동을 한다기에 운동장에서 연습시합을 하는 줄 알고 아버지랑 둘이 응원하러 왔는데…… 하는 짓이 고작 초등학생 놀이야? 규지 너, 이런 데서 뭘 하는 거야…… 말 좀 해 봐!"

여자의 찢어지는 목소리를 듣고 아차 싶어 머리를 싸맸다.

"규지 군 부모님?"

주에리가 움찔움찔 말하기에 "아마도." 하며 나는 끄덕였다. "규지, 야구부 그만뒀다는 거 말 안 했구나."

사정은 대강 짐작이 간다.

말 못했겠지, 분명히.

아버지로 보이는 사람은 커다란 아이스박스를 안고 있었고, 어머니로 보이는 사람은 챙이 넓은 모자에다 햇볕에 타지 않으려고 목이 긴 장갑까지 낀 폼이, 완벽한 경기관람 모드였다.

단순히 생각해 봐도, 이제 막 입학한 1학년짜리가 설령 연습시합이라 할지라도 출전할 수 있을 리가 없는데. 그걸 모를 리가 없는데. 그런데도 아들의 팀을 응원하고 싶었던 것이리라. 지금껏 늘 그래 왔을 것이고 그것이 무척이나 즐거웠을 것이다. 규지의 부모님은 전직 고교야구 선수와 매니저 출신이라고 했다. 야구를 진심으로 사랑하는 사람들이리라…….

하지만…….

불쌍하게도 규지는 그저 하염없이 눈물만 흘리고 있었다.

규지의 부모님은 고등학생 시절 고시엔에 가고 싶다는 한결같은 마음으로 노력했지만, 눈앞에서 그 꿈을 놓치고 말았다.

너무도 안타까웠을 그 마음은 이해한다. 아들이 그 꿈을 이뤄 줬으면 하는 마음도.

그런 식으로 일류라고 불리는 존재가 된 사람들도 많을 것이다. 부모님의 전적인 지원을 받고, 부모자식이 한마음으로 노력해서 꿈을 이룬 사람들도.

하지만……. 부모의 꿈과 자식의 꿈이 반드시 일치하지는 않는 법이다. 그것은 서로에게 불행한 일이다. 아니, 아니다. 그것은 자식에게 더 큰 불행이다. 강요당하는 고통에다 부모님의 기대에 미치지 못한다는 죄책감, 그런 자신은 부모에게 가치 없는 존재가 아닐까 하는 공포감. 이런 모든 것들이 얽히고설켜서 도저히 풀 수 없는 매듭이 생기고 만다. 아이는 그곳에 멈춰 선 채, 한 발짝도 움직이지 못하게 된다.

지금 규지가 저기서 저러고 있는 것처럼.

"…… 동아리 활동이라고 거짓말이나 하고."

더욱 목청을 높여 말하는 규지의 어머니에게 나는 옆에서 얼결에 고함을 지르고 말았다.

"거짓말 아니에요. 저희들은 분명히 동아리 활동을 했어요."

어머니는 놀란 눈으로 나를 보더니 물었다.

"동아리 활동이라니…… 무슨?"

그러자 그때까지 강 건너 불구경이나 하고 있던 사이토 선배가 갑자기 앞으로 나섰다.

"비행클럽입니다."

너무도 거만하게 그렇게 말했다. 그 말 한마디로 모든 설명이 끝났다는 듯, 선배는 가슴을 쫙 펴고 거만하게 서 있다.

"…… 그게 뭐야?"

어머니가 중얼대자 사이토 선배는 더 거만하게 말했다.

"하늘을 나는 동아리입니다."

하늘을 날기 전에 분위기 파악부터 해 줘. 부탁이야. 제발.

아니나 다를까 어머니는 "말도 안 돼." 하며 고개를 저었다. 물론 믿기 힘들 거라고는 생각하지만, 브라스밴드부였어도 미술부였어도, 다른 체육계통 동아리였어도 아마 같은 반응을 보였을지 모른다. 야구부 말고는 그 어떤 동아리도 용납 못할지도 모른다.

"원래는 딱딱한 공에 익숙해지기 위해서라도 시니어에 들어갔어야 하는데, 네가 죽어도 중학교 야구부에 들어간다고 해서……" 고교 야구선수 출신 치고는 배가 나온 규지의 아버지가 낮은 목소리로 쥐어짜듯이 말했다. "왜…… 우리와는 상의 한마디도 없이."

"상의했다면, 허락해 주셨을 건가요?"

아버지의 말을 가로막은 이는 나카무라 선배였다. 지긋한 어른에게 아주 똑 부러지는 말투로. 아버지는 "엉?" 하며 이제야 존재를 깨달았다는 듯 나카무라 선배를 봤다.

"죄송합니다, 이번 일은 저한테 책임이 있습니다. 저는 야구부와 병행하고 있습니다만…… 제가 그만두라고 했습니다."

"야구부를 그만두라고? 왜 네가 그런 소리를……"

"규지가 야구를 좋아하지 않아서 힘들어 보였거든요. 아저씨 아주머니를 실망시키고 싶지 않아서 지금까지 계속해 온 것 같지만……"

"뭐야, 우리가 억지로 야구를 시킨 것 같잖아."

정말 뜻밖이라는 듯 외치는 규지 어머니의 얼굴을 쳐다보았다.

"그동안 규지를 응원해 오셨죠." 온화한 목소리로 나카무라 선배가 말했다. "얼마나 힘든 일인지, 저는 초등학생 때부터 학부형회 신세를 많이 져 왔기 때문에 잘 압니다. 연습시합으로 원정을 갈 때마다 서로 분담해서 차도 제공해 주고, 물건도 운반해 주고, 음료수에 염분 보급에 시합 응원에…… 모처럼 쉬는 날인데도 뜨거운 햇볕 아래에서 많이 힘드시죠. 유니폼 세탁만 해도 날마다 고생이죠. 흙 때는 잘 안 지워지잖아요. 저는 제가 직접 빨고 있기 때문에 잘 알아요.”

“…… 어머니가 안 빨아 주셔?”

저도 모르게 나온 말인 듯, 규지의 어머니가 물었다.

“저희 집은 부모님이 맞벌이를 하시거든요. 일요일이라고 쉬는 것도 아니고 차도 없고. 차 당번, 음료수 당번 같은 걸 못하다 보니 학부형 회에서 기가 많이 죽으시는 눈치더라고요. 일을 쉬는 것도 학교행사에 관련된 것만 어떻게 겨우 뺄 수 있고. 밑에 동생들이 셋이나 되다 보니 더욱 그래요. 아플 때도 있고 예방접종도 해 줘야 하고, 아무튼 그런 일들로 정신이 하나도 없다 보니……. 그래서 이런 생각하는 거 부모님께 잘못하는 거라는 거 알지만” 잠시 머뭇거린 뒤 나카무라 선배는 말을 이었다. “저는 규지가 부러워요. 이렇게 전폭적으로 응원해 주시는 부모님이 있어서 좋겠다는 생각이 들더라고요. 저는 지금 팔꿈치 부상 중이라.”

“던지느라?”

걱정스런 얼굴로 아버지가 물었다. 나카무라 선배는 살짝 끄덕였다.

“제대로 된 스포츠 전문 의료기관에 다니면서 마사지도 받고 재활도 하면…… 그러면 다시 야구를 할 수 있겠지만 그게 다 돈이잖아요. 그런데 우리 집은 돈도 없고. 그런 병원을 찾아 통원치료 받을 짬도 낼 수 없어요. 만약 우리 부모님이 아저씨 아주머니 같았으면 무슨 수를 써서라도 곧장 치료받게 해 줬을 거라는 생각도 하다가, 그런 생각 하면 부모님한테 잘못하는 거라는 생각도 하고…… 저, 지금 무슨 말 하는 거죠. 제 이야기에는 관심 없으시죠. 제가 하고 싶은 말은, 무슨 일이든 다 내 맘처럼 되는 건 아니라는 거, 그러니까 제 말은……"

답답한 듯 얼굴을 찌푸리더니 나카무라 선배는 별안간 고개를 조아렸다.

"죄송합니다. 드릴 말씀은 이것뿐입니다."

'설득은 못하더라도 같이 야단맞아 줄 테니까.'

나카무라 선배는 그렇게 말했었다고 한다.

그 말대로 선배는 규지의 부모님께 고개를 조아리고 있다. 함께 야단맞을 생각으로.

뱉은 말은 반드시 실행하는 사람…… 누구랑은 완전히 달라서. 멋있어.

갑자기 규지가 우왕하고 소리 내어 울기 시작했다. 그 전까지도 계속 울고 있었지만 이제 완전히 아이처럼 꺽꺽대며 울고 있었다. 지나가는 사람들이 우리를 흘끔흘끔 훔쳐봤다.

"죄송해요…… 아버지 어머니…… 나카무라 선배도 미안해요……. 나, 열심히 했지만…… 열심히 한다고 했지만, 하지만 야구는 이제, 더 계속할 자신, 없어……."

오열하며 규지는 겨우 그렇게 말했다.

"죄송합니다."

얼결에 나까지 고개를 숙였다. 가만 생각하면 내가 사과할 일은 전혀 아니지만 그만 흐름 상 그렇게 됐다고 해야 하나, 뭐라고 해야 하나…….

"죄송합니다."

주에리와 루나루나까지 굽실굽실 머리를 조아렸다. 주에리야 원래 만날 하는 부화뇌동이지. 루나루나는 단순히 분위기를 즐기는 것이겠고. 사과하는 목소리도 좀 재미있어 하는 기색이고.

"…… 이렇게까지 죄송하다고 하는 데다 다들 반성도 하고 있는 눈치니 용서해 주시는 게 어때요?"

저 높은 곳 머리 위에서 굉장히 거만한 목소리가 들려왔다.

당연하다고 해야 하나, 하느님 부장이다. 이쯤 되면 이젠, 분위기 파악이 안 되는 정도가 아니라 전혀 감이 없다고 해야 하나.

화나고 어이없는 수준을 넘어서서, 나도 모르게 웃고 말았다. 내 웃음이 전염되었는지 다른 사람들까지, 지금까지 엉엉 울던 규지까지도 살짝 웃고 있었다.

규지의 부모님도 독기가 절로 빠져 버렸는지, 맥없이 웃고 있었다.

"…… 뭐, 어쨌든 집에 가서 이야기하자, 응?"

아버지가 말하며 규지의 까까머리를 다정하게 툭, 하고 두드렸다.

그리하여 일가는 야구소년들을 데리고 다니려고 샀을 무지막지하게 커다란 차를 타고 집으로 돌아갔다.

황금연휴가 끝나고 규지는 조금 쑥스러운 얼굴로 디즈니랜드에서 산 선물을 우리에게 나눠 줬다. 캐릭터가 그려진 캔에서 쿠키를 꺼내 먹으며 띄엄띄엄 풀어내는 규지의 이야기를 들었다. 길이 엄청나게 막혔다는 둥, 입장 제한 때문에 모든 놀이기구를 두 시간 이상 기다려야 했다는 둥, 결정적으로는 주차장이 너무 넓어서 자기네 차를 찾느라 애먹었다는 등 그런 이야기들뿐이었지만 그래도 즐거워 보였다.

가족끼리 야구 이외의 이벤트를 해 본 것은 그때가 처음이었다고 한다. 하지만 다른 날에는 야구 관련 이벤트에 어김없이 참가했다. 아버지가 직장인 야구팀에 갑자기 합류하게 되면서 어머니와 규지가 응원을 하러 갔다는 것이다. 규지의 아버지는 곧바로 정식 팀원이 되었다고 한다.

내가 "잘됐네." 하며 웃자 규지는 정말 기쁜 얼굴로 "응." 하고 끄덕였다.

캔 뚜껑에는 초록색 옷을 입은 소년이 그려져 있었다. 세상이 다 아는 피터 팬이다. 이 주제곡이 '날 수 있어(You Can Fly)'였던가.

그나저나, 우리도 피터 팬이랑 팅커벨처럼 언젠가 하늘을 나는 날이 찾아올까?

나는 쿠키를 딱, 하고 반으로 자르며 클럽 사람들의 얼굴을 쭉 둘러봤다. 마지막으로 사이토 선배의 얼굴에서 시선이 멈췄다. 거만하고 비상식적이고 괴짜이면서, 중요한 순간에 꽁무니를 빼 버리는 구제불능 하느님 부장.

…… 굳이 말하자면, 그야 물론.

We·Cannot·Fly.

비행클럽이 하늘을 날 가망성은 변함없이 눈곱만치도 없었다.

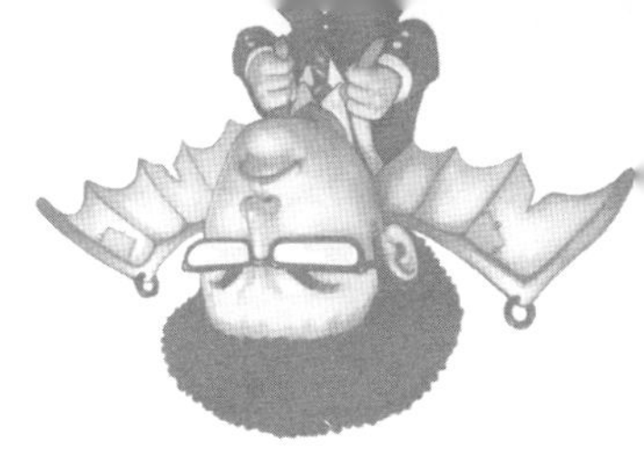

4. 일하지 않는 자, 날지도 말지어다

1.

중학생의 본분은 공부다.

그 사실을 부정할 수 있는 사람은 아무도 없을 것이다…… 최소한 겉으로 당당하게는.

어쨌거나 의무교육인 데다 공부를 소홀히 하게 되면 고등학교 입시에서 미역국을 마시는 것도 확실하다. 그렇게 되면 그 뒤 인생은 '산 넘고 물 건너'가 아닌, '산 넘어 산' 같은 게 되어 버리지는 않을까 하는 공포감도 있다.

대부분의 중학교가 다 그렇겠지만 시험 전과 시험기간 중에는 동아리 활동을 쉬게 된다. 물론 불만 따위 없다. 중학생의 본분은 공부이기 때문이다. 게다가 무엇보다, 비행클럽처럼 뚱딴지같은 동아리 활동보다 중요한 것은 쌔고 쌨으니까.

그래서 우리 비행클럽 일동은 4월 말, 황금연휴 첫날 트램펄린 교실에 참가한 뒤로 활동다운 활동을 거의 하지 않고 있었다. 중간고사가 끝나자 5월도 벌써 3분의 2가 지나갔고, 곧바로 2학년 선배들은 수학여행을 떠나 버렸다(우리 학교는 2학년 때 수학여행을 간다). 동경하는 선배가 사라져 버리자 순식간에 기운이 빠져 버린 주에리의 의욕상실이 전염되는 바람에 잠깐 동아리 활동은 쉬어도 되지 뭐, 그런 생각을 하게 되었다. 시험공부 하느라 지치기도 했고 왠지 전체적으로 나른한 분위기가 되어 버렸다. 나도 딱히 적극적으로 활동하고 싶은 마음이 없었기 때문에(도대체가 아직도 활동방침이 정해지지 않은 데다 말이지), "다들 그렇게 말하니까 뭐 괜찮지 않겠어?" 하는 식이 되었다. 무엇보다 고문인 다치키 선생님은 우리 활동을 완전히 방치하고 있었다. 두 손 놓고 수수방관하는 상태이다 보니 그런 점에서 완전히 자유분방하다고 해야 하나 대충 해도 된다고 해야 하나. 뭐 좀 심하긴 하다. 게다가 동아리 활동이랍시고 모여서는 아무 상관없는 수다만 떨고 있을 뿐이다. 부장부터가 혼자 저 하고 싶은 대로 독서나 하고 있으니, 뭐.

솔직히 나는 트램펄린 건 때문에 아직도 조금 앙금이 남아 있었다. 물론 하느님 부장한테 말이다. 어떻게 그럴 수가 있나 싶어 상처도 조금 받았다. 너무 오래 구시렁거리면 집요하다는 소리를 들을 것 같아서 벌써 옛날에 입은 다물었지만.

다치키 선생님이 제출하라고 한 활동보고서에는 트램펄린 이야기를 써 뒀다. 물론 참가자로 비행클럽 전원의 이름을 첨부했다. '누가 어떤 식으로 뛰었다'고 일일이 쓰지는 않았으니 딱히 거짓말은 아니다. 어쨌든 전원이 참가한 것은 사실이니까.

보고서 제출기한은 1학기 말이라 아직 시간이 제법 있지만 더 쓸 건수는 없을 것이라는 생각이 들었다.

아아, 심심해. 뭔가 신나는 일 없을까…….

주에리와 루나루나와 함께 날마다 그런 이야기를 했다.

그러는 동안 어느새 6월이 되어 있었다. 정말 눈 깜짝할 새다. 가는 세월 그 누가 막을 수가 있을까. 이 무슨 밀도 낮은 동아리 활동이란 말인가. 뭐 크게 불만은 없다. 몸이 편한 게 훨씬 좋고 말이지.

6월에 우리 1학년생들한테는 존재 가치도 의심스러울뿐더러 의의도 거의 없어 보이는 동아리 활동 따위보다, 더 큰 관심사가 있었다. 종합학습의 일환으로 사흘 동안 해 보는 직장체험이다. 지역의 여러 직장에 사흘간 파견되어 다양한 사람과 만나고 다양한 경험을 하는 것이다. 나눠 준 프린트에서는 부모님의 직장에 갈 것을 추천하고 있었지만 학구 내, 혹은 근처라야만 한다는 규정이 있기 때문에 실현되기는 아주 힘들다고 한다. 아버지의 직업이 학구 내에 있는 개인상점인 학생도 있지만 중학생쯤 되면 부모님의 직업 정도야 대강 파악하고 있는 상태고 어차피 이미 거들고 있기도 하다. 말이 직장체험이지 새삼스러울 건 없다는 말이다. 물론 어머니가 파트타임 일을 하는 경우 직장이 근처에 있는 경우가 많지만, 대부분 어머니와 자식들 모두 완강하게 거부한다고 한다. 마음은 충분히 이해가 간다.

파견되는 곳은 무척 다양하다. 편의점이나 슈퍼마켓, 약국, 비디오 대여점 같은 가게 쪽과 초등학교나 유치원, 보육원 같은 어린이시설 쪽, 나머지는 시청이나 시민회관, 시민체육관(얼마 전에 트램펄린을 한 곳) 같은 공공시설 쪽 그리고 좀 독특하게는 지역 유선방송국 같은 곳도 있다. 마지막으로는 지역 토픽으로 방송에 내보내 주는 옵션도 있다. 해마다 신입생 중에서 고르고 또 고른 '좋은 집 자식', 그중에서도 성적이 우수하고 용모도 출중한 아이가 선택된다고 한다. 그리고 이건 소문이지만, 이른바 '양아치'로 분류되는 애들은 절대로 상품을 취급하는 일 쪽에는 보내지 않는다고 한다. 그도 그럴 것이, 예전에 멋대로 가게 과자를 먹는 학생이 나오는 바람에 큰 문제가 된 적이 있다고 한다. 그 후로 그 가게는 우리 중학교 학생을 절대 받아주지 않는다고 한다. 당연한 일이고, 후배로서 한심스러운 이야기다.

어쨌거나 문제는 어디로 가느냐, 이다.

막연한 생각으로는 역시 몸이 편한 곳이 좋겠다 싶었다.

보육원이나 유치원은 반 여학생들 사이에서 은근히 인기가 좋다. 하지만 난 싫다. 형제 없이 혼자 자랐기 때문에 어린애들을 어떻게 다뤄야 할지 모른다. 더군다나 초등학교일 경우 아이들이 얼마나 시끄럽고 시건방진지 뼈저리게 알고 있다(아무래도 바로 얼마 전까지 재적되어 있던 몸이다 보니). 교육실습생은 물론이요 새로 온 선생님들까지 한번 얕보였다 하면 아주 크게 골탕을 먹는다. 절대로 사양하고 싶다.

공공시설은 무난할까도 싶었지만 반 여학생들의 정보에 따르면 끝도 없이 제초작업을 하거나 그저 죽어라 청소만 하는 단순하지만 힘든 작업이 많다고 한다. 물론 중학생이 할 수 있는 일이라고는 그 정도밖에 없을지도 모르겠지만, 이 푹푹 찌는 더위 속에서 잡초나 뽑고 있기는 싫다.

그렇다고 서비스업종이나 소매업도 좀……. 손님들을 상대하는 일도, 귀찮을 거 같다. 성격상 그리 맞지 않는다는 생각이 든다. 스트레스 쌓인다고나 할까.

이것도 싫고 저것도 싫고, 뭐가 그나마 가장 나을까, 하고 고민하는 사이 문득 언젠가 했던 짓을 반복하고 있다는 사실을 깨달았다. 그것도 아주 최근에 했던 짓. 그래, 동아리를 결정할 때 그랬다.

큰일 나겠다 싶었다. 알고 보면 나는 굉장히 우유부단한 성격인가? 그래서 우물쭈물하다가 안 좋은 패를 뽑고 마는 타입인가?

"초등학교나 보육원으로 가."

집에서 나와 함께 프린트를 들여다보던 엄마가 태평한 목소리로 말했다.

"왜?"

하필이면 가장 먼저 후보에서 빼 버린 것들 중 두 가지를.

"여기 봐 여기." 엄마는 설명문 한 군데를 가리켰다. "급식이 나오니까 도시락은 필요 없다고 적혀 있잖아. 사흘 동안 내 몸이 편해져."

그게 이유야!

혹시 몸이 편한 걸 찾는 내 성격은, 엄마한테서 유전된 거였나?

태평스런 엄마의 충고를 곧이곧대로 받아들여서는 안 된다. 그래서 주에리에게 전화를 걸어 봤다.

"그야 당연하지. 같이 보육원에 가자."

용건을 꺼내자마자 주에리가 꼬드겼다. 보육원, 인기 폭발이네.

"응, 응? 소원이야. 아기 만지고 싶어. 조그만 애들, 되게 귀여울 거야."

오랜 세월 친하게 지내서 알지만, 분명히 눈을 초롱초롱 빛내고 있겠구나 싶은 목소리로 주에리는 말했다.

으음, 똑같은 외동딸인데 어떻게 이렇게 다를까. 나한테 아이들이란, 시건방지고 말을 안 들어서 어떻게 다뤄야 좋을지 알 수 없는 존재다. 더구나 갓난아이의 경우 말랑말랑한 게 당장이라도 부서질 것 같은 지구 바깥의 생명체일 뿐이다.

"응? 괜찮지?"

주에리가 또 재촉하기에 알겠다고 우선 대답해 뒀다. 나는 옛날부터 주에리의 초롱초롱한 눈망울에 무지 약하다. 그래서 비행클럽에도 가입했단 말이지. 어차피 어디로 가고 싶다는 강력한 희망사항이 있었던 것도 아니다. 엄마도 도시락에서 해방된다고 좋아하고, 가까운 사람이 두 명이나 기뻐한다면 뭐, 괜찮은 거 아닐까? 그렇게 생각했다.

그런데…….

주에리가 하자는 대로 제1희망을 보육원, 제2희망을 유치원으로 기입해서 용지를 제출하고 며칠 뒤, 수업 끝에 배포된 자료를 보고 나는 그대로 쓰러지는 줄 알았다.

주에리는 분명히, 제1희망인 보육원으로 되어 있었다. 그런데 같은 칸에 내 이름은 눈 씻고 봐도 없어서 어떻게 된 거지, 하며 찾다 보니 맨 밑에…….

분명하고도 틀림없이, 그렇게 인쇄되어 있었다.

그것을 본 순간 목구멍에서 "히익!" 하는 이상한 소리가 울렸다.

왜? 어째서? 슈퍼마켓은 한 번도 희망한 적 없는데? 게다가 같이 가는 사람이 하필이면 이라이자랑…… 하느님 부장? 왜 여기에 2학년이 한 명 끼어 있는 건데.

혼란에 빠진 나는 저도 모르게 눈물까지 쏟을 뻔했다. 대체 무슨 팔자로 나는 이런 최강팀 사이에 껴야 한단 말인가.

문득 시선을 느끼고 돌아보니 조금 떨어진 자리에서 주에리가 가엾다는 듯도, 안됐다는 듯도 한 눈으로 나를 보고 있었다. 동정해 주는 것이겠지만 왠지 더 슬퍼졌다.

아아, 하느님(진짜 말이야). 제가 무슨 나쁜 짓이라도 했나요? 어째서 나만, 이런 봉변을 당해야 하나요?

배포된 자료를 보며 구시렁구시렁 불평을 늘어놓는 사람들은 나 말고도 많았다.

"이거, 실컷 희망사항 물어 놓고 완전히 무시한 거잖아."

그 말을 들은 담임선생님은 태연한 얼굴로 말했다.

"희망사항은 어디까지나 참고사항일 뿐이야."

그런 게 어디 있어요, 하며 또 몇 명이 입을 열었다. 나는 충격이 워낙 커서 그런 말조차 못하는 상태였다. 지금 가장 불쌍한 사람은 바로 나야, 불만 있으면 바꿔 줄게…… 그렇게 말하고 싶었다. 말하지 못했지만.

"됐어, 됐어, 이미 결정된 거니까 너희들 멋대로 서로 바꾸고 그러면 안 된다. 그리고 개인별로 찾아와서 사정해도 변경은 없으니까 그런 줄 알아."

그렇게 못을 박는 선생님의 마지막 말에 나는 처절히 실망했다.

그렇구나, 역시 안 되는구나.

수업을 마친 뒤 나는 다치키 선생님한테 돌격했다.

"아, 그거 말이야."

다치키 선생님은 얼굴을 찌푸리며 말했다.

"어째서 2학년이 슬며시 섞여 든 거예요?"

아마 나와 주에리 말고는 반에서 아무도 그 이상한 일을 눈치 챈 사람이 없을 것이다. 아직은 같은 학년도 이름을 다 외운 사람은 없을 테니까.

"아, 조금만 볼륨 낮추자, 응?" 다치키 선생님은 무슨 스위치를 돌리는 것 같은 동작을 하며 속닥거렸다. "사이토는 작년에 직장체험에 거의 나가질 않았거든…… 첫날부터 그쪽 사람하고 분위기가 험악해져서 바로 집으로 돌아갔다고 하더라고."

"아아……."

내 목소리의 볼륨도 자연히 내려간다. 사이토 선배를 알게 된 지 이제 겨우 두 달이 조금 지났지만 '왜 그렇게 됐대요?' 하고 되묻지 않아도 이해할 수 있었다. 그 정도로 이미 나는 사이토 선배가 어떤 사람인지를 경험으로 충분히 파악하고 있었다.

"당사자들이 입을 꾹 다물고 있어서 자세한 내막은 모르지만 받아 준 쪽에서도 화를 펄펄 내고, 사이토도 절대로 사과 못 하겠고 당연히 두 번 다시 갈 마음도 없다는데 그렇다고 갑작스레 받아 줄 곳을 찾기도 힘들고 해서 별수 없이 나머지 이틀간은 학교에서 봉사활동을 하게 했거든. 잡초도 뽑고 뭐 그런 거."

역시 잡초 뽑기네.

"그렇다고…… 혼자 학교에 남아서 잡초를 뽑다니."

나 같으면 너무너무 싫을 것 같다. 다른 학년은 다 학교에 있는데 무슨 창피람, 정말이지.

"뭐 어차피, 받아 주는 쪽이 휴일이 있는 경우도 꽤 있기 때문에 그럴 경우에는 하루 동안 교내 봉사활동을 하게 되어 있어. 그러니까 달랑 혼자만 있는 것도 아니었지만 그나저나 그 녀석도 참……." 다치키 선생님은 한숨을 쉬었다. "이 직장체험학습이란 게 그쪽 사람들에게 하나하나 코멘트를 받아 와야 완료되는 거라서, 그렇다고 거짓말로 날조할 수도 없고, 그냥 놔두면 곤란하다는 거지."

도대체가 사이토 선배는 허구한 날 곤란한 짓만 벌이고 다니네.

"그런데 2학년들이 이 시기에 이틀간 자원봉사 연수가 있거든. 해마다 노인요양원에 찾아가는데 사이토가 그렇잖아, 노인하고도 갑자기 험악한 분위기가 되지 말라는…… 보장도 없고 말이야."

"그야…… 그렇죠."

나는 얼떨결에 맞장구를 치고 말았다.

"사이토 성격이 노인하고 안 맞아. 입만 열면 성질을 돋우는데, 입을 열지 않을 리는 없고 말이야."

"뭐…… 확실히."

굉장히 쓸데없는 소리를 최악의 타이밍에 내뱉겠지, 분명히.

"그래서 말이야, 마침 기간도 겹치니까 첫날은 요양원에서 나카무라랑 같은 조를 해서 어떻게든 뒤를 좀 보게 하고."

"나카무라 선배도 희생양인가요?"

"그 녀석은 기분 좋게 수락해 줬어. 수학여행 때도 나카무라한테 같은 반에 들어가 달라고 해서 무사히 넘어갔지."

"죄송합니다, 저는 나카무라 선배만큼 인격이 좋지 않아서요."

그보다 나카무라 선배한테 지나치게 기대는 것 아닌가요, 선생님.

"그리고 다음날은 직장체험으로." 내 말은 깨끗이 무시하고 다치키 선생님은 말을 이었다. "실은 이 슈퍼마켓이 내 친척이 운영하는 곳이거든. 미리 설명도 해 둘 거고, 코멘트도 분명히 받아올 거니까 괜찮아."

"뭐가 괜찮은데요?"

"기껏해야 하루니까, 그 녀석 뒤 좀 봐 줘, 부탁해."

다치키 선생님은 아무 일도 아니라는 태연한 어조로 말…… 하지만, 눈동자가 허우적대고 있었다. 날 똑바로 보세요.

음모야. 이건 명백한 음모야. 다 다치키 선생님이 사주한 거잖아. 너무해, 사이토 선배만 해도 버거울 게 뻔한데……

"…… 어째서 도쿠라까지 같은 조인 거예요?"

작은 목소리로 소곤소곤 물어봤다. 이건 대놓고 불만을 표시하긴 좀…… 그렇지만, 이참에 물어볼 건 다 물어보고 싶었다.

"응? 같이 가는 여학생 말이야? 그건 난 모르는 일인데. 왜 무슨 문제 있어?"

"문제…… 라고 해야 할지."

큰 문제인데요.

하지만 이건 다치키 선생님한테 말해 봐야 소용없는 짓이겠지…… 실제로 아무것도 모를 것이고. 우연인가. 슬픈 우연이구나, 몹시도…….

"…… 아니요, 아무것도 아니에요."

다 죽어 가는 소리로 중얼댄 다음 나는 절망에 짓눌린 채 교무실을 나섰다.

2。

의기소침한 나와는 관계없이, 다음날부터 곧바로 직장체험을 위한 사전학습이 시작되었다.

"애초에 직장체험을 한다는 것 자체가 상대에게 커다란 폐를 끼치는 일임을 자각하고 있을 것."

담임선생님은 지긋지긋할 정도로 그렇게 강조했다. 맞는 말이기는 하다.

엄마도 말했었다.

"전에 한번 약국에 갔더니 체육복 위에 약국 앞치마를 두른 남자애가 있기에 굉장히 어린 점원도 다 있네, 생각하면서 약 어디 있냐고 물었거든. 그랬더니 바로 얼어붙어 버려서 멀리 있던 다른 점원이 부랴부랴 달려오더라. 이제 생각해 보니 중학생이었던 거네.”

아닌 게 아니라 나도 예전에 서점에서 비슷한 점원을 본 적이 있다. 무서워 보이는 아저씨가 ‘어쩌고저쩌고 하는 책, 있어?’ 하고 묻자 단번에 ‘없습니다’ 하고 딱 잘라 말했다. 저기요, 그거, 저쪽에 제목이 훤히 보이게 놓여 있던데요, 속으로 그런 생각을 하며 어린 마음에도 기가 막혔었지.

이제 와 생각해 보면 바로 그게 중학생 직장체험이구나, 하고 이해가 된다. 사실 그 학생들의 마음은 충분히 이해가 가지만 손님 처지에서 생각해 보면 ‘뭐야, 이 이상한 점원’ 이외의 아무것도 아닐 것이다. 그것은 곧 ‘뭐야, 이 이상한 가게’로 이어진다. 말마따나 커다란 폐를 끼치는 것이다.

선생님은 해마다 필요한 만큼 협력업체를 확보하는 게 힘들다는 말도 했다. 손님들의 불만신고 따위를 원인으로 ‘이제 올해까지만……’ 하며 거절하는 경우가 꽤 많다고 한다. 또 보호자가 견제하는 경우도 있다고 한다. 듣자 하니 ‘어디로 간 학생은 선물을 받았다고 하던데 어디어디로 간 우리 집 애는 아무것도 못 받았다. 불공평한 거 아니냐’며 불평을 하는 부모님들이 실제로 있다고 한다.

“간식이나 상품을 선물하는 것은 어디까지나 상대측의 호의일 뿐 없는 게 당연한 거야. 선물을 받았다고 굳이 다른 학생한테 자랑해서도 안 되고, 받지 못했다고 해서 불평을 하는 것도 말도 안 되는 일이야”

선생님은 귀에 못이 박히도록 그렇게 반복했다.

학부형들의 그런 불평은 대부분 아이들의 불만을 곧이곧대로 듣고 학교에 제기하는 것일 테니 우리 학생들 머리에 단단히 주입시키는 것이 가장 빠른 방법일 것이다.

"아아, 그거. 우리 때도 귀가 따갑게 들었는데 암만 그래도 불평하는 부모님이 꼭 있다고 하더라."

그렇게 말한 나카무라 선배의 말을 생각하면 과연 얼마나 효과가 있을지는 잘 모르겠다.

어쨌든 그런 선생님의 사전교육과 함께, 각 직장별로 나뉘어 사전에 해둘 것이 있었다. 각각의 직장에 잠깐 시간을 내달라고 해서 마음가짐이나 주의사항, 사전에 준비해야 할 것들을 들어 둬야 하는 것이다. 그쪽에서 허락을 하면 직접 가도 좋고, 그게 안 되면 전화로 끝내도 좋다. 그래서 전화통화시의 주의할 점 등도 배웠다.

나는 가능하면 전화로 끝내고 싶었다. 그런데 다행인지 불행인지 파견처의 허락이 떨어졌다. 여기까지는 사이토 선배도 이미 학습을 마친 상태라 나와 이라이자 둘이서만 호시카와 슈퍼마켓에 가기로 했다.

이상하게 기쁜 얼굴로 우리 반까지 마중 나왔다 싶었더니 입을 연 이라이자의 첫마디는 이랬다.

"있잖아, 같은 조가 된 사이토라는 사람, 너희 동아리의 괴짜 부장이지."

나는 애매하게 실실 웃었다.

"아, 뭐."

"굉장히 거만하고 이상한 사람이라며."

“아, 뭐, 그렇지 뭐…….”

부정은 못한다. 부정은 못하고 나 역시 입이 닳도록 하는 말이지만 뭔가 좀…….

“그런 이상한 사람이랑 같이 가다니 짜증나.”

정말 싫다는 듯 이라이자는 얼굴을 찌푸렸다.

“아니, 저기, 그런 말까지 들을 정도로 이상하지는 않아. 조금 거만하기는 하지만 그래도 선배잖아, 머리는 굉장히 좋은 것 같더라.”

어째서 내가 두둔을 해 줘야 하는 거지?

내 말을 듣는지 안 듣는지, 이라이자는 “짜증나, 짜증나.” 하며 끈질기게 떠들어 댔다.

둘이서 교문을 나섰을 때 갑자기 이라이자가 “저기 있잖아,” 하며 입을 열었다. “뭔데?” 하며 나는 방어태세를 취했다.

“작년 이야기, 들었어?”

쿡쿡 웃으며 이라이자가 말했다.

“작년 이야기라니, 뭐?”

“사이토라는 사람 이야기. 직장체험 첫날에 싸웠다는 이야기.”

“아니, 직장 사람과 분위기가 험악해졌다는 정도밖에…… 뭐, 싸웠대?”

대체 넌 어떻게 그런 것까지 알고 있니. 속으로 그런 생각을 하면서 슬며시 물어봤다. 그러자 이라이자는 내 마음이라도 읽은 듯 씨익 웃었다.

“테니스부 선배가, 사이토 선배랑 같은 곳에 파견 나갔었대. 어디 무슨 조그만 회사였다고 하는데 선배들을 아르바이트하는 사람한테 전적으로 맡겨 버리고 회사에서는 신경도 안 썼대. 그런데 그 아르바이트하는 사람이 상대가 중학생이라고 깔봤는지 굉장히 건방지고 밥맛없게 군 건 뭐, 사실인 모양이야. 사전방문 때도 '나한테 폐 끼치지 말 것' '나한테 방해가 되지 말 것' 하면서 내내 그런 말만 했대. 그런데 당일에 근무시작 30분 전까지 오라고 해놓고 정작 그 아르바이트는 아슬아슬한 시각에 오고, 회사 일 내용도 제대로 설명을 안 해 주면서 개인적인 심부름이나 시키고 아무튼 상당히 멋대로 굴었다는 거야. 게다가 중딩이니 꼬맹이들이라느니 보는 앞에서 대놓고 그렇게 불렀던 모양이야."

"와, 저질이다."

"그렇지, 상대 성격도 상당히 안 좋았지."

신이 난 듯 이라이자는 말했다. "그래서 말이야, 너희 동아리 부장이 혼자 잘못한 건 아니지만 그 뒤가, 뭔가 엄청났던 모양이야."

"엄청나다니…… 대체."

얘, 뭔가 굉장히 신이 난 눈치네. 아, 그다지 듣고 싶지 않다…….

"그러니까, 그 아르바이트를 졸졸 따라다니면서 끈질기게 잔소리를 해댄 모양이야. 책상 위에 있는 쓰다 만 서류를 보고 한자가 틀렸다는 둥 점찍는 법이 이상하다는 둥, 전화내용까지 귀담아 듣고 경어 쓰는 법이 틀렸다는 둥, 어떻게 저렇게 남의 흠을 잘 찾아내나 싶을 정도였대."

완전히 남 이야기하듯 하는데, 이라이자 씨. 당신도 만만치 않거든요, 솔직히 말해서.

"테니스부 선배도 말이야, 그런 사람 좀 싫지, 하고 말하더라."

이라이자는 그렇게 말하더니 밝게 아하하 하며 웃었다.

"남의 동아리 부장을 상대로 너 말이야……"

"뭘, 사실이잖아? 나카이도 그러던데. 구 짱 항상 성질이 잔뜩 나서 불평한다고."

"너, 루나루나랑 친해?"

그러고 보니 둘이 같은 반이기는 했다. 내 질문에 이라이자는 "전혀." 하며 고개를 저었다.

뭐, 그렇겠지…… 개성이 워낙 강한 두 사람이니까…….

"가끔 가다 한 번씩, 구 짱 이야기를 하는 정도."

이라이자가 아무렇지도 않게 덧붙였다.

"왜 내 이야기를."

그렇게 반응하기는 했지만 생각해 보면 내 일 말고는 공통된 화제가 없는 두 사람이기는 하다.

"그나저나 구 짱을 성질나게 하다니 웬만한 사람이 아니고서야. 구 짱은 비교적 동요하지 않는다고 해야 하나, 둔하다고 해야 하나, 진짜 항상 해파리처럼 천하태평인데 말이지."

이말저말 다하는 와중에 은근슬쩍 말이 좀 심하다? 나는 억지웃음을 지으며 말했다.

"뭐, 나는 그렇다 치고, 사이토 선배 이야기. 결국 어떻게 됐어?"

"아아, 그게 말이야, 잘 모르겠지만 문제의 아르바이트가 사이토 선배한테 뭐라고 한마디 했나 봐. 원래부터 직접 아는 사이는 아니지만 이리저리 엮인 관계였나 봐. 그래서 선배가 화가 머리끝까지 난 거지.”

“도대체 뭐라고 했을까.”

“글쎄, 몰라.” 이라이자는 살짝 화난 표정을 지었다. “그래서 사이토 선배가 곧장 사장실에 쳐들어가서 저런 수준 낮은 인간을 고용하고 있는 걸 보면 이 회사 수준을 알겠다, 이대로 가다가는 조만간에 부도난다, 뭐 이런 말을 했다나 봐.”

“히야.”

“당연히 사장은 격분했지.”

왠지 몰라도 이라이자는 우쭐하며 말했다.

“아니, 그 전에 깜짝 놀랐겠다. 중학생이 별안간 쳐들어와서 그런 소리를 하다니. 그래서 어떻게 됐는데?”

“사이토 선배는 그대로 집으로 가 버렸고 남은 선배는…… 아, 테니스부 선배 말이야, 안절부절못하고 있었지. 어쨌든 그 밉상 아르바이트는 담당에서 빠졌고 대신 상냥한 언니가 와서 이래저래 잘 가르쳐 줬다고 하니 결과적으로 선배한테는 좋은 일이었지만.”

“으음.”

그렇게 신음 소리를 내는 것 말고는 반응할 길이 없는 이야기였다. 와, 평소부터 늘 ‘손대지 마시오. 위험’ 상태인 사람이라고는 생각했지만 역시 폭발물이었던 건가.

“그 회사, 올해는 누가 갈까.”

조심조심 물어봤더니 이라이자는 냉큼 고개를 저었다.

"아니, 올해는 처음부터 목록에 없었어."

"…… 그렇겠지, 작년에 그런 일이 있었으니, 거부했겠지……."

"그게 아니야. 정말 그 회사 망해 버렸대."

그렇게 이야기를 매듭짓더니 이라이자는 아주 신나 죽겠다는 듯이 웃었다.

3.

호시카와 슈퍼마켓은 주택가 한복판에 있었다. 완벽한 지역밀착형의 아주 작은 가게였다.

"그 주소 근처에 친구가 있어서 몇 번 가 봤는데…… 그런 가게가 있었던가?" 엄마는 가물가물해 했었는데, 아닌 게 아니라 좀 찾기 힘든 길모퉁이에 위치한 데다 주차장도 없었다. 가게 앞에 드리운 햇빛 가리개용 발 때문에 어딘가 좀 지저분하다는 인상을 줬다.

"완전 구멍가게네."

척 보자마자 이라이자는 그렇게 말하더니 나를 돌아보며 아주 심술 궂은 얼굴로 "그치?" 하고 덧붙였다.

이라이자의 목소리는 톤이 높아서 아주 잘 들린다.

와, 이런 바보. 가게 사람이 들으면 어쩌려고 그래, 하며 안절부절못하고 있자니 발 너머에서 반백의 아저씨가 나왔다.

"어라, 아가씨들, 혹시 직장체험?"

아저씨는 부드럽게 싱글싱글 웃으며 말했다. 그나마 못 들은 모양이라 한시름 놓았다.

"아, 예. 사다라고 합니다. 잘 부탁드립니다."

"도쿠라입니다."

엄청나게 의욕 없는 목소리로 이라이자는 자기소개를 했다.

"호시카와라고 해, 잘 부탁해." 아저씨는 빙긋이 웃더니 덧붙였다. "보다시피 구멍가게이긴 하지만."

속으로 '힉' 하고 소리를 질렀다. 다 들었잖아, 이라이자. 똑똑히 알아들었다고.

이렇게 되면 온힘을 다해 이야기를 딴 데로 돌리는 수밖에 없다.

"아, 저기, 일을 방해하면 안 된다고…… 학교에서 그러던데, 저기, 미리 주의사항이라든가, 그……"

부디 간단하게 끝내고 가능한 한 일찍 돌아가고 싶다는 뜻을 아주 완곡하게 전달했다.

"또 한 명은?"

호시카와 아저씨는 싱글싱글 웃다가 갑자기 진지한 얼굴로 물었다.

"음, 그게…… 그러니까, 아, 사이토 선배."

"유급됐다는 문제아지?"

호시카와 아저씨가 그렇게 말하기에 나는 얼른 손을 내저었다.

"아니요, 유급된 게 아니고요. 작년 직장체험은…… 사정이 좀 있어서 못했기 때문에 올해 1학년들 틈에 섞여서 하게 됐어요…… 마지막 날 하루만이요. 오늘은 저희들만 왔지만 주의사항 같은 건 빠짐없이 전달할 거예요. 그러니까, 동아리 선배인데요. 부장님이에요."

다치키 선생님은 대체 설명을 어떻게 해 둔 거야. 어째서 내가 사이토 선배를 감싸고 돌아다녀야 하는 거냐고.

“오, 동아리.” 호시카와 아저씨는 오호, 하는 표정을 지었다. “그래, 무슨 동아리인데?”

“…… 비행클럽입니다.”

대답과 동시에 얼굴이 뜨거워졌다. 아아. 나도 테니스부나 미술부 같은 남한테 말해도 창피하지 않은 동아리에 들어갔어야 했는데. 버스는 이미 지나갔지만.

“비행클럽이라.” 재미있다는 듯 호시카와 아저씨는 말하더니 “그래, 그쪽 아가씨도?” 하며 이라이자를 봤다. 이라이자는 무슨 말도 안 되는 소리를 하냐는 듯 고개를 저었다.

“애가 권유는 했지만 난 그런 이상한 동아리에 들어가고 싶지 않았어요. 테니스부예요.”

이라이자는 코웃음 치는 투로 말했다.

내가 언제 권유했는데. 그리고 이상한 동아리라니.

나는 그렇게 항의하고 싶은 심정을 꾹 눌러 참고 가방에서 노트를 꺼냈다. 불편한 상황에서 얼른 벗어나려면 일이나 제꺽제꺽 진행시키는 게 최선이다.

“음, 저기, 복장은 우선 학교 체육복으로 정해져 있는데, 괜찮으시겠어요?”

“괜찮지, 뭐. 지저분해져도 상관없는 복장이기도 하고.”

호시카와 아저씨가 또 싱글싱글 웃었다.

“위에 앞치마도 걸치는 게…….”

말이 채 끝나지도 않았는데 아저씨가 곧바로 말을 받았다.

"괜찮지, 뭐. 체육복이 지저분해지는 게 싫다면."

"그렇게까지 지저분해져요?"

이라이자가 싫은 티를 내며 물었다.

"그리고 특별히 필요한 물건이 있으면……."

"그렇지, 목장갑을 가져오는 게 좋겠다. 골판지상자를 열어야 하는데 손톱이 깨지거나 손이 거칠어지기 싫다면."

또 '엥' 하고 입을 열려는 이라이자를 제지하고 나는 노트에 '목장갑'이라고 적어 넣었다. 그러자 호시카와 아저씨가 덧붙였다.

"뭐, 목장갑 정도는 빌려 줄 거지만."

"아, 그러세요." 이제 막 쓴 글자를 얼른 지우며 "죄송합니다." 하고 말했더니 "사과를 왜 해?" 하고 이라이자가 웃었다.

"뭐, 그래 봐야 깨끗한 건 없지만. 내가 쓰던 거라."

호시카와 아저씨의 말에 이라이자가 또 "엥" 하며 입술을 삐죽이 내밀었다.

그 말에 나는 다시 노트에 '목장갑'이라고 써 넣었다. 겨우 이만큼 했는데도 피곤이 물밀 듯이 밀려왔다.

"저기, 마지막으로 주의사항이 있으면……."

"시간 엄수, 큰소리로 씩씩하게 인사하기." 빙긋이 웃으며 호시카와 아저씨가 말했다.

"초등학생이 아니니까 그 정도는 할 수 있지?"

"예."

나는 그대로 노트에 받아 적었다.

"그리고 가장 중요한 건 손님들한테 방해가 되지 말 것. 손님들한테 폐를 끼치지 말 것."

"하지만……." 이라이자가 받아들일 수 없다는 듯 말했다. "이런 좁아터진 가게에 우리 셋이 모여 있으면 방해가 안 되는 게 오히려 어려울 것 같은데."

이라이자의 무례한 말투에 조마조마해 하면서도 나는 맞는 말이라고 생각했다. 호시카와 아저씨까지 포함하면 네 명이다. 가게 통로는 양 옆으로 상품이 튀어나와 있어서 두 사람이 지나가기도 힘들어 보인다. 애초부터 수용능력에 문제가 있는 것이다.

"괜찮아, 걱정 마." 여전히 웃으며 호시카와 아저씨는 말했다. "너희들이 일할 장소는 주로 안쪽 창고가 될 테니까."

"창고?"

나와 이라이자의 목소리가 동시에 터져 나왔다.

"모처럼 찾아왔으니 보고 갈래?"

말을 마치기가 무섭게 호시카와 아저씨는 잽싸게 앞장서서 걷기 시작했다.

"교복이 지저분해지면 안 되는데."

이라이자가 중얼댔지만 못 들은 눈치였다. 안쪽 문을 빠져나가니 창고라고밖에 부를 수 없는 공간이 나왔다. 크기는 학교의 준비실 정도였다. 업무용 냉장고와 부엌 설비가 마련되어 있긴 하지만 대부분의 공간은 녹슨 철제 선반과 목제 짐받이 위에 쌓인 골판지 상자가 차지하고 있었다. 왼쪽 구석으로는 철문이 보였다. 표면은 녹과 자잘하게 찍힌 흔적으로 울퉁불퉁했다.

"이 문을 열면 골목으로 나갈 수 있어. 거기에 트럭을 세워 놓고 재빨리 짐을 내리는 거야."

"예."

이 말도 노트에 적어야 하는 주의사항인지 고민하며 나는 끄덕였다.

"너희들은 저쪽 탁자 위에서 봉지에 채소 넣는 일을 할 거야. 당근, 피망, 감자……."

그 말에 우리는 구석자리의 탁자를 봤다. 교탁 두 개를 붙여 놓은 정도 크기였는데 거기에 지저분한 천을 씌우고 다시 그 위에 판자를 얹은 모습이었다.

"탁자가 희한해." 이라이자는 더럽다는 듯 천을 쥐고 젖혔다. "탁자 좀 제대로 된 거 없어요?"

"없는데."

호시카와 아저씨는 단박에 대꾸하더니 씨익 웃었다.

"엥, 의자도 없어요?"

"그것도 없는데."

"…… 되게 독특하네요……." 흠칫흠칫 만져 보며 나는 물었다. "커다란 바구니?"

이라이자가 천을 젖혔을 때 등나무 광주리 비슷한 게 슬쩍 보였기 때문이다.

호시카와 아저씨는 어깨를 조금 으쓱했다.

“눈치 빠르네, 바구니 맞아…… 열기구에 쓰는 거.”

그냥 ‘흐음’ 하고 생각했을 뿐이었다.

그때까지만 해도.

4。

“…… 아, 귀찮아…….”

당근을 비닐봉지에 담다 말고 이라이자가 투덜댔다.

“이제 막 시작했잖아.”

나는 골판지 상자에서 당근을 꺼내며 말했다.

이라이자와 둘이서 인사 겸 사전조사차 찾아왔던 날로부터 꼭 일주일 뒤였다. 우리는 호시카와 슈퍼마켓의 임시 수습 점원으로 아침부터 일을 하고 있었다.

물론 허드렛일 전문이다.

“우리 가게는 일부러 제멋대로 생긴 채소랑 과일을 헐값에 사들이거든. 그러니까 가능하면 봉지마다 무게가 비슷하도록 다섯 개씩 담아 줘.”

호시카와 아저씨가 그렇게 당부를 했는데도 이라이자는 설렁설렁 손에 잡히는 대로 다섯 개를 골라서 담았다. 보다 못한 내가 채소를 골라 내서 바구니에 담는 일을 담당하고 이라이자는 내가 골라 놓은 채소를 봉지에 담는 일을 담당하기로 일을 분담했다. 의자는 없었지만 빈 상자에는 앉을 수 있었다.

“우리, 정말 뭔가 혹사당하고 있잖아. 중학생은 기본적으로 보탬이 안 된다고 선생님이 말했는데."

"아니, 보탬이 될 수 있다면 되는 게 좋잖아. 게다가 이 더운 날 잡초
나 뽑는 것보다는 낫지 않아?"

나는 좀 작은 소리로 말하라는 뜻으로 조그맣게 대답했다. 가게 쪽
에서 호시카와 아저씨가 개점 준비를 하고 있는데 들리면 어쩌려고.

"뭐, 그야 그렇지만." 우선은 목소리를 조금 낮추면서도 이라이자는
여전히 불평을 해 댔다. "여기 아저씨도 성격 참 안 좋은 거 같아. 싱글
싱글 웃으면서 싫은 소리나 하고……."

"싫은 소리라니?"

"처음 만난 날, 보다시피 구멍가게라고 했잖아. 그거, 일부러 그런 거
잖아."

뭐야, 알고 있었던 거야?

"네가 먼저 그런 말을 한 게 잘못이지."

애초에 남한테 성격 나쁘다고 탓할 처지가 아닐 텐데…… 대놓고 말
은 못하겠지만.

"게다가 말이야." 내 말은 아예 무시하고 이라이자는 말을 이었다.
"그 사이토 선배가 싸운 아르바이트랑 그 아저씨 똑같은 말 했잖아. 방
해하지 마, 폐 끼치지 마."

"그 사람은 목적어가 '나한테'였잖아? '손님한테' 하고는 천지차이라
고 생각하는데."

이라이자는 나를 무시하는 표정으로 콧방귀를 뀌었다.

"흥, 여전히 착한 어린이구나, 구 짱은."

아, 이거 울컥하는데……. 이라이자는 이런 식의 '비꼬는 칭찬'에 천하제일의 재주를 가지고 있다.

뭐라고 대답해 줄 말이 없어 조용히 손을 움직였다.

"저기 말이야." 이라이자는 전혀 입을 다물 생각을 하지 않았다. "사이토 선배 말이 나와서 말인데, 작년, 그 직장체험 이야기. 물어보고 왔어, 테니스부 선배한테."

"엥, 뭘?"

"아르바이트가 사이토 선배한테 뭐라고 했는지. 구 짱, 궁금해 했잖아."

"내가 뭘……."

내 말을 가로막듯 이라이자는 기세를 몰아 말했다.

"선배네 누나 이야기를 했나 봐."

"뭐?"

천사라고 쓰고 '엔제'라고 읽는 그 누나?

"그게 그러니까, 장애인인 모양이야."

너무도 아무렇지 않게 내뱉은 그 말이 내 머릿속에서 장, 애인이란 식으로 이해되는 바람에 처음에는 '그게 뭐지?' 하고 생각했다.

"그게 말이야, 그 아르바이트가 누구한테 들었는지 사이토 선배 집안 사정을 알고 있었던 모양이야. 누나가 말이야, 걷지를 못해서 휠체어를 타고 다니고 머리도 좀 모자란 모양이야."

너무도 무자비한 말을 이라이자는 몹시도 신나게 말했다.

"아르바이트하는 사람이 그…… 누나 험담을 했다는 거네."

아마도 비웃었거나 깔봤거나, 아니면 불쌍하다는 식이었을 것이다.

지독한 분노로 내 목소리가 착 가라앉았다. 사람이 어쩜 그럴 수가 있지. 어른이면서, 어떻게 그런 지독한 짓을 할 수가 있는 거야. 어른스럽지 못한 수준의 문제가 아니다. 어른스럽지 못하다는 것은 어른스럽다는 말의 반대말이니까 요컨대 아이 같다는 뜻일 텐데, 아이라 하더라도 그런 말을 하는 녀석은 최악이다. 인간성의 문제다.

"그런 모양이야."

이라이자는 나 잘났다는 듯 가슴을 쫙 폈다. 여전히 손은 놀고 있었다.

"그야, 사이토 선배, 화 많이 나지. 화나는 게 당연하지."

나는 혼잣말처럼 중얼대며 당근을 골라냈다. 완전 조그만 놈, 싱겁게 길쭉한 놈, 희한하게 짤막하고 동그란 놈…… 다음 차례로 봉지에 담기길 기다리고 있는 오이는 아예 구불구불 똬리를 틀었다.

모두 똑같은 크기로 깔끔하게 맞추지 않으면 안 팔린다고, 누가 정한 거야? 오이가 꼭 똑바로 뻗어야만 한다고 누가 정했어?

모두 같은 인간인데 어째서 생판 처음 보는 덜떨어진 인간한테 모욕을 당해야만 해?

홧김에 당근을 좀 난폭하게 바구니에 넣다가 퍼뜩 깨달았다.

트램펄린 교실 때 일이 떠오른 것이다.

중요한 장면에 꽁무니를 빼 버리는 사이토 선배를 보며 무슨 저런 겁쟁이가 있나 싶어 어이없어 했다.

그때 부장은 어딘가 이상했다. 이상하기야 평소에도 이상하지만 그때는 더욱 이상했다.

과민반응에 낯빛은 창백했다. 정작 자신의 차례가 돌아오니 겁을 먹어 버렸다고 하기에는 너무도 부자연스러울 정도였다.

사실 그 직전에 루나루나가 트램펄린에서 튕겨져 나와 규지 위에 떨어졌다. 그래서 코치가 불같이 화를 내며 말했었다.

"…… 그렇게 무모하게 뛰다가 까딱 잘못하면 평생 걷지 못할 수도 있어. 최악의 경우엔 죽는 수도 있다고!"

…… 평생 걷지 못하게 된다.

실제로 걷지 못하는 가족을 가진 사람에게 그 얼마나 잔혹한 말이었을까.

애초에 내가 트램펄린 교실에 주목한 것은 사이토 선배가 진심으로 부러워했기 때문이다.

자신도 어릴 때 저렇게 하늘을 날고 싶었다고. 어느 집 아들을 아버지가 높이 던지는 광경을 보면서 한 말이었는데.

아마 선배는 한 번도 그런 놀이를 못해 봤을 것이다. 안아주는 것은 항상 다리가 불편한 누나뿐이었기에 말이다. 휠체어를 타고 할 수 있는 행동은 평평한 바닥에서만 가능하다 보니 동행하는 가족들 역시 높은 곳에 올라갈 기회 같은 건 좀체 없었을 것이다. 어쩌면 나무에 올라가는 것조차 한 번 해 본 적이 없었을 것이다.

날고 싶지만 떨어지는 게 무서워서. 부상을 입고 돌이킬 수 없는 사태가 올까 봐 무서워서.

온갖 생각들이 별안간 마음에 와 닿으며 완벽하게 이해되었다.

하느님 부장은 누나 대신 하늘을 날고 싶은 것이다.

날개를 갖지 못한 천사 대신.

나는 강렬한 생각에 사로잡혔다.

사이토 선배는 무슨 일이 있어도 날아야만 한다. '언젠가'라는 말로는 안 된다. 지금, 이 시기에 날아야 한다. 하지만 이대로 있다가는 중학생 시절에 날 수 있는 날이 오지 않을 것이라는 사실도 알고 있다.

누가 어떻게든 해야 돼.

내가 어떻게든 해야 돼.

나는 그렇게 생각하며 발치의 골판지 상자에 팔을 뻗었다. 제멋대로 생긴 당근을 골라내는 사이 팔꿈치가 천을 씌운 탁자에 닿았다.

거대한 바구니. 하늘을 날 때 사람이 타기 위한 용기…….

…… 이거다.

이것이라면 아마도 특별한 기술이나 자격은 필요 없을 것이다. 붕 떠올라 하늘 높은 곳의 바람을 느낄 수 있을 것이다.

나는 벌떡 일어나 이라이자에게 말했다.

"좀 도와줘. 이 판자, 치우게."

기세에 놀랐는지 이라이자는 한마디 대꾸도 없이 순순히 따라 줬다. 상판 대신 얹어 놓은 판자를 끙끙대며 치우고 천을 들어올렸다.

뜻밖에 탄탄한 바구니였다. 보강을 좀 했는지 세게 눌러도 휘지 않았다. 측면 중간쯤에 손잡이처럼 생긴 네모난 구멍이 있었다. 그곳에 손가락을 넣고 기어오르면 안에 훌쩍 들어갈 수 있을 것 같았다. 들여다보니 커다란 가스통 두 개와 금속부품으로 보이는 물건이 들어 있었다.

이것만으로는 안 된다. 정작 가장 중요한 게 없다.

열기구 하면, 벌룬이지. 벌룬은 그 왜, 그거지. 커다란 아주 커다란…… 아무튼 거대한 풍선. 그건 어떤 식으로 수납하는 걸까. 이런 좁은 창고에는 도저히 들일 수 없어서 다른 곳에 보관해 뒀나.

두리번거리며 둘러보고 있자니 "어허, 뭘 하는 거야." 하는 목소리가 들렸다. 가게 쪽에서 호시카와 아저씨가 들여다보고 있었다. 싱글싱글 웃던 평소 표정이 아니었다.

"아, 애가 꼭 보고 싶다고 우겨서 판자를 치웠어요."

자신은 모르는 일이라는 것처럼 이라이자가 말했다. 그건 좀 과장됐다. 그렇게까지 우기진 않았다고 생각하는데. 그보다 물어보고 싶은 게 있었다.

"멋대로 들여다봐서 죄송해요…… 그런데 좀 가르쳐 주셨으면…… 아, 그러니까 여쭤보고 싶은 게 있는데, 이거 풍선은 어디에 있나요?"

"풍선?"

황당하다는 듯 호시카와 아저씨는 되물었다.

"기구의, 커다랗게 부풀린 부분이요."

"그건 구피라고 하는데……"

"구피?"

"기구의 가죽이라고 해서 구피. 그건 접어서 밑에 넣어 뒀지."

"밑에?"

살펴보니 아닌 게 아니라 바닥 위에 큼직한 지하수납장이 보인다. 그 뚜껑 위에 바구니를 얹어 놓은 것이다.

“여기에 있는 거네요. 지금도 날 수 있어요?”

기세를 몰아 물어보자 말 떨어지기 무섭게 대답이 돌아왔다.

“못 날아. 구피가 여기저기 찢어졌어. 가스통에 가스도 하나도 없고, 이젠 못 날아.”

“그럼, 그럼, 구피를 수리하고 가스만 넣으면 날 수 있나요?”

호시카와 아저씨는 내 얼굴을 오랫동안 뚫어져라 봤다.

그리고 한참 뒤에야 나지막이 말했다.

“아가씨, 왜 그렇게 날고 싶은 거야? 비행클럽이라고 했었지?”

“…… 그건…….” 이번에는 내가 오랫동안 생각할 차례였다. 뭐라고 말해야 하지? 어떻게 말해야 이해해 줄까?

아니, 호시카와 아저씨는 어떤 대답을 원하고 있는 걸까?

시험문제도 아니고, 모범답안 따위는 없을지도 모른다. 하지만 무슨 대답이든 써 넣지 않으면 배점은 0점으로 끝난다.

나는 가볍게 심호흡한 뒤 말했다.

“…… 그건, 지금, 꼭 날아야만 하는 사람이 있기 때문입니다.”

그래, 이것이 내게는 단 하나뿐인 정답인 것이다.

5.

“…… 어·쨌·든 말이에요.”

나는 필사적으로 말했다. “오늘 하루, 딱 하루만이라도 좋으니까, 제발 그 거만한 태도는 봉인해 주세요. 손님은 왕이라고요.”

선배가 아니라. 이 말은 마음속으로만 덧붙여 두기로 했다.

"무슨 실례되는 말이야." 불끈 화난 얼굴로 사이토 선배는 말했다. "내가 어디가 거만해?"

모든 면에서. 이 역시 속으로만 생각했다.

"생각해 봐요, 열기구라니까요. 빌릴 수도 있어요, 오늘 하루만 눈 딱 감고 노력하면."

물론 사이토 선배만 오늘 하루지. 나는 첫날에도 둘째 날에도 얼마나 노력을 했는데. 점심시간에도 도시락을 번개처럼 뚝딱 해치운 다음 부지런히 일했고, 약속시간인 3시가 훨씬 넘어서도 호시카와 아저씨의 자질구레한 부탁을 도맡았다. 물론 이라이자는 '난 못해' 하며 정확히 3시에 가 버렸지만, 그녀도 전혀 무관하다고는 할 수 없다. 어쨌거나 오늘은 세 사람 모두 가게를 지켜야 하는 것이다. 처음에는 허드렛일 전문 예정이었던 과외학습이지만 내 요청 때문에 호시카와 아저씨가 마음을 바꾼 것이다.

첫날, 그 일이 있은 뒤 호시카와 아저씨가 말했다.

"무슨 말인지 알겠어. 뭐, 아가씨들이 어떻게 하느냐에 달렸지. 아, 마지막 날에는 도련님도 오시나. 어쨌든 마지막 날에는 다들 가게에 있어 줬으면 하니까, 그때 절대로 손님들한테 방해가 되면 안 돼. 손님한테 폐를 끼치면 안 된다고."

"했던 말 또 하고, 또 하고."

이라이자가 귀찮다는 듯 그렇게 말하기에 나는 혼자 속을 끓이며 호시카와 아저씨를 향해 까딱까딱 고개를 끄덕였다. 호시카와 아저씨는 씨익 웃으며 말했다.

"물론 전에도 한 말이지. 그때만 해도 너희들을 가게에 내보낼 생각은 없었지만. 어차피 이리 된 거, 일러 둘 말이 더 많아졌어. 어쨌거나 손님들한테 무례하게 굴면 안 돼. 화나게 만들거나 짜증나게 하는 건 있을 수도 없는 일이고. 인사도 잘해야 하고, 경어도 잘 써야 하고, 싹싹하게 그리고 무조건 겸손하게. 할 수 있겠어?"

할 수 없습니다. 대략 한 명(혹은 두 명), 도저히 가능할 것 같지 않은 사람이 있습니다.

속으로 생각했지만 나는 또 *끄덕끄덕* 고개를 *끄덕*였다.

어쨌든 모든 것은 호시카와 아저씨의 마음에 달려 있다. 이 기회를 놓치면 우리 비행클럽이 하늘을 나는 일은 영원히 없을 것이다.

그래서 나는 마지막 날 아침 일찍, 사이토 선배와 근처 공원에서 만났다(혼자서도 충분히 갈 수 있고, 그렇게 일찍부터 나가지 않아도 된다며 투덜대는 선배를 전화로 설득시키느라 애 많이 먹었다). 손님에게 어떻게 대해야 하는지 강의를 할 생각이었다. 번갯불에 콩 볶기인지 벼락치기인지 몰라도 어쨌든 손 놓고 있는 것보다는 낫다고 생각했다.

하지만 앞서 서술했듯이 자신이 거만하다는 자각이 없는 선배에게 겸손을 가르치기는 너무도 어려웠다.

이렇게까지 서비스업에 맞지 않는 사람도 없을 것이다.

예를 들어 자신의 언동 때문에 상대가 화가 났다고 치자. 그것뿐이라면(그 사실을 본인이 깨닫지 못하니까) 또 괜찮은데 상대가 노골적인 분노를 표현하면 선배는 순식간에 불쾌하기 짝이 없다는 표정을 짓는다. 상대가 화를 내고 있다는 사실에 화를 내는 것이다. 볼 때마다 적반하장도 유분수라고 구박하고 싶어진다.

이번에는 학교 선생님이나 학생이 상대가 아니다. 손님한테 평소대로 행동했다가는…… 만사가 끝장이다.

쇠귀에 경 읽는 심정으로 노력하고 있자니 느지막이 이라이자가 도착했다. 첫날과 둘째 날에는 둘이 나란히 호시카와 슈퍼마켓에 갔지만 (이라이자가 같이 가자며 떼를 썼기 때문이다) 오늘 아침은 사이토 선배에게 단단히 타일러 두어야 하는 큰 행사가 있었기 때문에 집합장소를 이 공원으로 바꾼 것이다.

이라이자는 파충류 공원의 이구아나라도 보는 눈으로 사이토 선배를 보더니 내 쪽을 흘끗 보며 의미심장하게 웃었다. 이 사람이 그 유명한 괴짜로구나, 하는 속마음이 얼굴에 그대로 보였다.

피차에 서로 인사할 마음이 전혀 없어 보이기에 인사는 생략하고 그대로 나왔다. 이라이자와는 나란히, 선배는 살짝 떨어진 곳에서 따라오는 형태로 호시카와 슈퍼마켓을 향해 출발했다. 도중에 이라이자한테는 "손님한테 '짜증나'라든가 '글쎄, 내가 알게 뭐람' 같은 말은 하지 마." 하며 못을 박았고, 사이토 선배한테는 "선배는 그냥 서 있기만 하면 돼요. 내가 다 알아서 할 테니까 쓸데없는 말만 안 하면 돼요." 하고 못을 박았는데 몇 번 같은 말을 반복한 결과 두 사람의 기분을 완전히 망쳐 놓고 말았다.

대실패다.

애초에 두 사람은 평소 자신들이 남에게 무례한 언동을 하고 있다는 자각이 없다. 따라서 지금 이 두 사람에게는 나야말로 '무례한 녀석'

인 것이다. 억울했지만 별 도리가 없어서 나중에는 그저 두 사람을 달래고 나를 낮추며 그들을 치켜세우는 방향으로 작전을 바꿨다. 한편이 두 사람은 칭찬에 굉장히 민감하게 반응한다. 칭찬하는 말을 곧이곧대로 받아들여 금세 기분이 좋아지는 것이다. 덕분에 가게에 도착할무렵에는 어렵사리 두 사람의 상한 기분을 되돌려 놓는 데 성공했다. 하지만 그 바람에 나는 아직 이른 아침인데도 이미 파김치가 되어 있었다.

그날 일은, 솔직히 그다지 이야기하고 싶지도 않다.

사이토 선배는 정말로 한자리에 서 있기만 하는 통에 아주 큰 방해가 됐다. 나는 손님의 동선을 막지 않도록 선배를 여기저기 옮겨야 하는 작업까지 해야만 했다. 그러잖아도 좁은 가게 안에 체육복 차림의 중학생이 셋이나 있는 광경이 상당히 희한했던지 단골손님으로 보이는 사람들은 반드시 “어머, 뭐야, 너희들.” 하며 물었다. 다행히 사이토 선배한테 질문을 하는 용감한 사람은 없었지만 심사 틀린 표정으로 입을 꾹 다물고 팔짱을 낀 채 가게 한복판에 버티고 선 남자 중학생을 보며 손님들이 무슨 생각을 했을지 물어보기도 무서웠다.

이라이자는 ‘짜증나’와 ‘글쎄, 내가 알게 뭐람’ 이 두 마디는 하지 않았지만 손님에게 반말을 해 대서 내 기를 꽉 막히게 했다.

“중학교 직장체험이라고나 할까? 진짜 웃긴다니까.”라나 뭐라나. ‘너어느 고등학교 학생이야?’ 하고 묻고 싶어질 정도의 말씨였다. 그토록경어와 겸양어를 쓰라고 당부했건만, 대체 난 뭘 한 것이란 말인가. 그야 물론 나도 갑작스러운 상황이면 제대로 구사하지 못하긴 한다. 언젠가 교장선생님한테 꾸중들은 적도 있다. 그래도 최소한 '입니다' '아닙니다' 정도는 붙여 달라고 속으로 외쳐 대다가 손님들이 뜸할 때는 직접 말도 해 봤다. 이라이자의 대답은 이랬다.

"뭐, 경어 진짜 약해. 게다가 나, 비행클럽이랑 상관없잖아?"

음, 그렇지…… 너한테 기대한 내가 잘못이야.

그렇게 풀 죽어 있을 때 또 손님이 찾아왔다. 순간적으로 "어서 오세요." 하며 인사를 하고 보니 온 얼굴에 함박웃음을 짓고 서 있는 손님은 우리 엄마였다.

"어머나, 참 귀여운 점원들이 있네." 하며 모르는 사람인 척하니까 오히려 더 티가 났다. 이라이자가 능글맞게 웃으며 말했다.

"어, 구 짱네 엄마지?"

완전 다 들켰잖아.

엄마는 정말이지 즐겁다는 얼굴로 채소를 들고 음미하면서, 음미하는 척하면서 사실은 사이토 선배와 이라이자를 관찰하면서, 게다가 나한테 쓸데없이 눈으로 신호까지 보내면서 '얼·른·집·에·가.' 하는 내 필사적인 눈빛은 가볍게 무시한 채 유유히 장보기를 계속했다. 그러다 '오늘은 카운터만 지키고 절대 움직이지도, 잔소리 하지도 않겠다'고 선언한 호시카와 아저씨에게 "처음 와 봤는데 좋은 가게네요. 또 오고 싶어요." 하고 애교를 부리더니 또 쓸데없이 나를 향해 손을 신나게 흔들어 대고서야 겨우 밖으로 나갔다.

호시카와 아저씨가 소리 죽여 웃으며 말했다.

"저 사람이 아가씨 어머니야? 워낙 닮아서 금세 알아봤네."

쥐구멍에 들어가고 싶은 심정이라는 게 바로 이런 때 쓰는 말일 것이다.

그 뒤 교대로 휴식을 하면서 창고에서 급히 도시락을 먹었다. 먼저 이라이자가 먹고 나니 선배가 "너부터 갔다 와도 좋아." 하며 굉장한 은혜라도 베푸는 듯이 말하기에 "그럼 내가 먼저." 하며 창고로 갔다. 그 와중에도 걱정이 돼서 목구멍이 막힐 정도의 속도로 도시락을 해치우고 서둘러 돌아와 보니 그 짧은 시간 동안에 아니나 다를까 이라이자와 선배 사이에 뭐라 표현할 길 없는 불길한 공기가 감돌고 있었다. 사이토 선배가 말없이 밥을 먹으러 가고 나자 이라이자가 얼굴을 찌푸리며 넋두리를 했다.

"저 이상한 사람 말이야, 아무리 말을 걸어도 무시만 해, 최악이야."

"…… 대체 무슨 이야기를 했는데?"

"구 짱네 이야기 같은 거. 그 정도밖에 공통된 화제가 없잖아."

왜 굳이 내 이야기를 했으며 분위기는 또 왜 험악해진 건지……. 나야말로 오히려 '짜증나, 짜증나'라고 말하고 싶은 심정이야.

"미 짱, 의외로 사서 고생하는 성격이었네."

요즘 들어 엄마가 그런 말을 하며 놀리는 일이 많아졌다. 초등학교 다닐 때까지만 해도 나는 실랑이나 귀찮은 일은 요령껏 피해 가는 재주가 있었다. 그런데 지금은 완전히 고생바가지……. 말할 것도 없이, 비행클럽에 들어간 뒤부터다. 하느님 부장과 얽히면서부터라고. 모든 게 다 저 괴짜 부장 때문에…….

지금껏 일어난 이런저런 일들을 떠올리며 주먹을 쥐었을 때, 당사자인 괴짜 부장이 창고 문을 열고 얼굴을 내밀었다.

"호시카와 아저씨."

또렷한 목소리로 갑자기 호시카와 아저씨를 불렀다. 다행히 손님은 없었다.

"무슨 일이야, 도련님."

싱글싱글 웃으며 호시카와 아저씨가 되물었다. 호시카와 아저씨가 부르는 '도련님' '아가씨' 호칭에는 이상하게도 기분 나쁜 생각이 들지 않았다.

"열기구 바구니, 방금 자세히 살펴봤는데 몇 년간은 사용하지 않은 것 같군요."

멋대로 뒤져 본 거냐······ 나도 봤지만.

호시카와 아저씨는 딱히 기분 상한 기색도 없이 말했다.

"그렇지. 마지막으로 날았던 때가 벌써 4년쯤 됐나."

"왜 그만뒀죠?"

선배의 평소 말버릇인 다그치는 투에 호시카와 아저씨의 웃음이 사라졌다. 조마조마한 마음으로 둘을 지켜보고 있자니 잠시 뒤 호시카와 아저씨가 조용히 대답했다.

"······ 마누라가 죽었거든."

"기구에서 떨어져서 죽은 거예요?"

이라이자가 외치자 호시카와 아저씨는 쓰게 웃었다.

"아니. 그 사람은 난 적이 없어. 높은 곳을 무서워 해서. 난 국내 대회가 있을 때마다 우리 트럭에 열기구를 싣고 가서 날아다녔지. 가게는 그 사람한테 다 맡기고 말이야. 그런데 어느 날, 내가 하늘을 날던 바로 그 순간, 그 사람이 혼자 가게에서 쓰러졌어. 지주막하출혈이었는데, 정말 어이없게도 말이야, 구급차를 부른 건 손님이었어. 난 그 사람의 마지막을 지켜보지 못했어."

호시카와 아저씨의 어조는 지극히 담담했다. 그래도 얼굴만은 어딘가 굉장히 아픈 사람처럼 일그러져 있었다. 호시카와 아저씨의 웃는 얼굴 뒤에는 이런 고통스런 표정이 숨어 있었던 건가 싶어 내 가슴까지 쑤시듯 아팠다.

"…… 구 짱, 우는 거야?"

이라이자가 깜짝 놀라 말했다.

"그냥……."

창피하게. 굳이 지적하지 않길 바랐는데. 나는 이런 이야기에 무척 약하다. 뚝뚝 떨어지는 눈물을 주체하지 못해 주머니를 뒤졌지만 체육복 주머니에는 손수건이 없었다.

"고마워, 아가씨."

호시카와 아저씨가 카운터 옆에서 휴대용 휴지를 꺼내 툭 던져 줬다.

"후회가 돼서 날기를 관뒀나요?"

남이야 울건 말건, 여전히 따지는 투로 선배는 또 질문을 던졌다.

"후회하고는 좀 다른 것 같아." 살짝 고개를 갸웃거리며 호시카와 아저씨는 말했다. "이를테면 말이야, 연이란 건 실을 잡아 주는 사람이 없으면 못 날잖아? 말은 고삐를 잡아 주는 사람이 없으면 못 달리고. 그런 거랑 같아. 반대로 말하자면, 그런 사람이 없는 사람은 하늘을 날면 안 된다는 거지."

"방금 하신 말씀 말인데요……." 지극히 진지한 얼굴로 선배는 말했다. "연은 그렇다 치고, 말은 고삐 따위 잡아 주지 않아도 혼자 달릴 수 있잖아요?"

만화였다면 쿵, 하고 뒤로 자빠졌을 장면이다. 어째서 이 분위기에 저런 말이 나오는 걸까. 덕분에 눈물이 쏙 들어갔네, 참 나.

"…… 듣고 보니 그렇군." 호시카와 아저씨는 쓴웃음을 지었다. "뭐, 그런 면에서 도련님은 괜찮지. 무슨 수를 써서든 날게 해 주고 싶은 사람이 있으니까. 좋아, 저 낡아빠진 물건이라도 괜찮다면 빌려 주지. 다만 목숨과 관련된 일이니까 잔소리는 아주 실컷 할 거야. 돈은 못 보태지만. 들어가는 모든 비용 부담은 당연히 너희들 몫이야. 그리고 한동안은 계절이 안 좋아. 가을 이후까지 기다려야 돼."

"저기, 가능하다면 여름방학 때가 좋은데……."

내가 슬며시 끼어들자 호시카와 아저씨가 아니라 사이토 선배가 한심하다는 눈으로 나를 봤다.

"열기구라는 건 버너로 벌룬 내부의 공기를 데워서 상승하는 기구야. 주위 온도가 고온인 여름에는 충분한 부력을 얻을 수 없어."

항상 그렇듯 철저히 거만한 설명에 발끈해서 "아아, 그렇구나, 미처 몰랐습니다." 하고 내가 대답하자 "그 정도는 잠깐만 생각해 봐도 알 수 있는 거 아니야?" 하고 결정타가 날아왔다.

절로 깊은 한숨이 나온다.

선배는 여전히 거만하고 남의 기분 따위 제 알 바 아니고.

가을은 지금의 나한테는 정신이 아뜩해질 정도로 먼 미래이고.

모든 비용이란 게 대체 얼마나 드는지도 알 수 없고, 그 돈을 만들 방법도 현재는 전혀 없고.

불만도 불안도 산더미처럼 많다.

그래도 우리 비행클럽은 이날 분명히, 기념할 만한 최초의 한 걸음을 내디뎠다.

—언젠가 반드시 찾아올, 테이크 오프의 순간을 향해.

5. and so on

1.

기말 고사를 무사히 끝내고 나니 여름방학이 찾아왔다. 긴 휴가란 언제든 신이 난다. 하지만 중학교에 들어와서 처음 맞는 이 여름방학은 또 각별했다. 나는 진심으로 안도하고 있었다.

아, 이제 그 소문도 겨우 사라지는구나. 다들 잊어 주겠구나…… 아마도, 분명히, 아니 절대로!

사건의 발단은 종합학습의 일환이었던 직장체험이었다. 대체 무슨 팔자인지 나는 꿈에도 원해 본 적 없는 소규모 슈퍼마켓에 파견을 나가게 되었다. 하필이면 심술쟁이 이라이자, 도쿠라 요시코와 거기다 한 술 더 떠 거만한 하느님 부장인 사이토 선배와 함께 삼인조로 말이다.

그것 자체부터가 불행의 씨앗이어서 직장체험 기간 중 나는 말로 다

할 수 없는 고생을 했다. 매우 무거운 추를 양팔에 든 채로 중심축이 뚝하고 부러질 것만 같은 심정이었다.

갖은 고생도 간신히 끝나 체험 리포트며 파견처에 보내는 감사장까지 다 썼을 무렵, 어처구니없는 소문이 내 귀에 들어왔다.

가라사대.

"구 짱이 비행클럽의 괴짜 부장을 짝사랑한다며?"

듣는 순간 나는 그 자리에서 졸도하는 줄 알았다.

누가 그런 소문을 퍼뜨렸을까 하는 의심은 하지도 않았다.

"있잖아, 구 짱. 다 들었어." 하며 신난 얼굴로 말을 건 같은 반 여학생이 테니스부 소속이라는 사실까지는 떠올릴 필요도 없었다. 명탐정 셜록 홈즈가 아니더라도 범인은 2 빼기 1처럼 명확하고도 확실했다.

이라이자. 그때 내내 의미심장하게 히죽 대던 이라이자라고.

참 남 이야기하는 거 좋아하지. 그것도 꼭 부정적인 쪽으로. '구 짱도 참 취향 독특해. 특이한 걸 좋아하더라고.' 신이 나서 그렇게 말하며 돌아다니는 모습이 눈에 선하다 선해.

"응, 그렇게 말했어, 말했어."

시원스레 인정한 것은 이라이자와 같은 반인 루나루나였다.

"…… 어쩜 그 애는 항상 그런 말만 하고 다닐까. 어딜 어떻게 보면 그런 결론이 나오는 거야, 진짜."

내가 분노와 수치심으로 안달복달하고 있자니 루나루나는 문득 진지한 표정을 지으며 말했다.

"근데 있잖아, 나도 좀 이상하다고 생각하고 있었어."

“뭐가?”

“구 짱이 왜 이렇게 사이토 선배를 위해 애쓰는지. 처음부터 구 짱은 딱히 하늘을 날고 싶어 하지는 않았잖아.”

“그건……, 하늘을 날지 않으면 비행클럽이 아니니까. 제대로 활동을 하지 않으면, 활동보고서에 쓸 말이 없잖아. 내가 쓰잖아? 제출 안 하면 부원들의 내신이 위험해지잖아? 어디까지나 우리 모두를 위한 거잖아…….”

“알았어, 알았어. 뭘 그렇게 눈물까지 그렁그렁하면서 역설을 해.”

루나루나는 놀리듯 그렇게 말하며 웃었다.

알기는 뭘 알아. 너희 부원들이 도무지 미덥지가 않으니까 할 수 없이 내가 애쓰고 있는데 어쩜 이렇게 몰라 주는 거야. 더구나 이런 소문까지 나도는데 눈물이 안 나오게 생겼어?

“루 짱, 뭘 모르네.”

갑자기 주에리가 그렇게 끼어들기에 역시 오래 사귄 친구는 다르다 싶었더니 다음 순간 주에리는 주먹까지 치올리며 외쳤다.

“구 짱이 좋아하는 건 나카무라 선배라고.”

아, 그건 말이지. 솔직히 말해서 주에리랑 장단 맞춰 주느라 그런 건데. 됐어, 그만해.

“전부터 생각한 건데, 그거 정말이야?” 루나루나는 이 소문만 의심스럽나 보다. “어쩐지 거짓말 같은데. 역시 구 짱은,”

“됐어, 어느 쪽이든.” 나는 부랴부랴 루나루나의 입을 막았다. “저 봐, 규지가 난감해 하고 있잖아, 선배들도 곧 올 거고.”

사이토 선배는 위원회, 나카무라 선배는 야구부 미팅 건으로 둘 다 늦는다고 했다.

"회의를 좀 해 둬야지. 우리 올 가을에 열기구 타고 날아야 되잖아."

상황 파악은 하고 있는 거야? 나는 일동을 둘러봤다.

그 직장체험에서 나온 부산물이 그 얄궂은 소문만 있는 것은 아니었다. 그 창고 한 모퉁이에는, 지금은 사용하지 않는 열기구가 잠들어 있었다. 우리 비행클럽은…… 이라기보다 나는 어렵사리 주인한테서 그 물건을 빌리기로 약속을 받아 놓았다. 큰 공을 세운 것이다.

그렇다고 '자 이제 빌렸으니 하늘에 띄우면 끝' 하는 식으로 일이 술술 풀려 가는 것은 아니다. 열기구의 구피는 내구기한이 다 돼서 수리가 필요하다. 버너를 켜기 위한 연료도 필요하다. 다 돈이 들어간다. 그것도, 생각했던 것보다 많이. '하늘을 난다'는 것은 결국 부자들의 놀이라는 것을 절실히 깨닫고 있다.

"얼마 전에도 말했듯이 기구 수리에 쓸 넓은 장소 확보와 수리대금이랑 가스대금을 어떻게 벌어야 할 것인가. 뭔가 좋은 생각 있는 사람, 없어?"

의제를 제출한 순간, 좀 전까지 종알종알 떠들어 대던 사람들은 다 어디로 가고 교실 안은 적막강산이 된다. 정말 이런 말은 하고 싶지 않지만 아무 짝에도 쓸모없는 사람들이다. 학급회의가 열리면 규지는 처음부터 끝까지 한마디도 하지 않을 유형, 루나루나는 훼방될 말만 할 유형, 주에리는 사람들 몰려가는 대로 우르르 쏠려갈 유형이다. 백 년을 기다려 봐야 건설적인 의견이라고는 나올 성싶지 않다.

"…… 그런데 우리 학교, 아르바이트 금지잖아."

침묵을 견디다 못해 나는 작은 소리로 그렇게 말했다.

"용돈은 매달 아슬아슬하고."

주에리도 살며시 말한다. 옆에서 규지도 끄덕거린다.

"난, 용돈 같은 거 안 받는데."

루나루나가 태평한 목소리로 말한다.

"뭐? 그럼 필요한 물건이나 갖고 싶은 물건이 있을 땐 어떡해?"

"뭐든 엄마 아빠가 다 사 줘."

루나루나는 아무렇지 않은 얼굴로 말한다. 역시 부잣집 아가씨는 다르다.

"그럼 LP 가스 좀 사 달라고 하면 사 줄까……."

"으음, 그건 아마 안 될걸."

아마가 아니라 절대 안 되겠지. 하지만 사실 LP 가스 자체는 그리 비싸지 않다. 용돈으로 살 수 있는 범위다. 문제는…….

"그럼 구피 보수재료."

어쩌고저쩌고 하는 수입산 특수천이 필요하다고 한다. 이게 터무니없이 비싸다.

애초에 루나루나의 부모님은 열기구라는 말을 듣고 상당히 난색을 표시했다고 한다. 그녀의 성격과 과거를 안다면 그럴 만도 하다고 생각한다.

그것을 끝으로 모두 "우웅" 하며 의논(이라기보다는 침묵대결)을 하고 있자니 나카무라 선배가 왔다.

"수리 장소 말인데, 우리 단지 집회소도 괜찮으면, 여름에는 비는 날이 꽤 있어. 물론 무료야."

입을 열자마자, 지극히 쾌활하게 나카무라 선배는 그렇게 말했다.

"정말요?"

아, 역시 상급생, 믿음직해, 하며 나는 주에리와 얼굴을 마주한 채 같이 웃었다.

"그런데 에어컨이 고장이 나서 거의 작동을 못하는 상태래. 오래된 단지니까. 그래서 여름방학 동안에는 아무도 안 써. 추석 행사 의논 같은 건 밤에 기온이 내려갔을 때 하니까 낮 동안 쓰면 돼."

낮, 다시 말해서 가장 더울 때란 말인가…… 한증막이겠구나.

"음, 그래요…… 할 수 없죠. 창문 열어 놓고 어떻게든 버텨 봐야죠."

"다른 방법이 없을 것 같으면 예약해 놓을게."

"부탁드립니다."

머리를 푹 조아리는 내 옆에서 갑자기 루나루나가 뽕 하고 얼굴을 내밀었다.

"…… 사이토 선배는? 같이 안 왔어요?"

어, 그러고 보니 안 보이네. 위원회인지 뭔지 그게 더 일찍 끝났을 텐데.

"아, 그 녀석, 집에 갔어."

나카무라 선배가 시원스레 대답하기에 나도 모르게 "앙?" 하며 고개를 갸웃했다. 동아리 활동이 있는데. 의논할 일이 있는데. 부장인데.

"어디 몸이라도……?"

"아니, 그게 아니라. 위원회에서 어떤 여학생이 좀 놀렸나 봐. 그래서

'다 시시해' 하면서 가 버렸대. 그 녀석도 참, 너무 욱하는 성격이란 말이지. 우유랑 멸치 좀 많이 먹으라고 그렇게 말을 해도."

칼슘이 문제?

짜증나. 왜 안 좋은 일들은 꼭 이렇게 금세 눈치를 챌까, 나.

"저기, 혹시 그 놀렸다는 사람이 테니스부……?"

"어? 아, 아마 그럴걸?"

쾌활하게 그렇다고 하기에 나는 그만 상심하고 말았다.

집에 돌아와 "틀림없어, 또 소문에 살이 더 붙었을 거야, 내가 사이토 선배한테 고백했다가 차였다는 이야기로 변신해 있을 거야." 하며 넋두리를 했더니 엄마는 "괜찮아, 기운 내. 좋은 거 보여 줄게." 하면서 휴대전화를 꺼내 들었다.

엄마는 재빨리 휴대전화를 조작하더니 내 쪽으로 화면을 돌렸다. 뭐지, 하며 들여다봤다가 기절초풍하는 줄 알았다. 나와 사이토 선배를 찍은 사진이었다. 둘 다 학교 체육복에 앞치마 차림…… 그 말은.

얼마 전의 직장체험 때잖아.

"왜 몰래 사진을 찍고 그래."

우리 엄마, 누가 좀 제발 말려 줬으면……. 그렇게 간절히 기도한 중학교 1학년 1학기말이었다.

2.

여차저차해서 여름방학에 들어서자 나는 우선 숙제부터 정리하며 비행클럽 일은 잠시 마음 한구석에 밀쳐 두고 있었다. 제대로 된 다른 동아리는 거의 날마다 학교에 나가 연습을 하거나 숙박 예정으로 합숙훈련을 한다는 건 알고 있었지만 내 경우 지금 학교에 모여 봤자 아무 의미가 없다고 해야 하나, 뭐라고 해야 하나……. 그저 나카무라 선배가 보고 싶은 주에리는 "야, 우리 모이자, 모이자, 구 짱이 사람들한테 연락하면 다들 올 거야." 하며 졸라 댔다. 하지만 부장도 부부장도 아닌, 게다가 1학년인 내가 연락을 하다니 역시 이상하다. 그러고 보니 루나루나도 비슷한 말을 했다. 루나루나가 짧은 시간 안에 동아리에 완전히 정을 붙인 것은 잘된 일이라고 생각한다. 그런데, 왜 다들 나한테 그러는 거야. 부장한테 말하라니까, 부장한테.

어쨌거나 아무것도 하지 않는 그 괴짜 부장이 나쁘다. 덧붙여 말하자면 이상한 소문이 돌게 된 것도 다 하느님 부장 때문이다.

좀 엉뚱한 화풀이 같긴 하지만 그렇게 생각하며 여름방학의 처음 며칠간은 정말 조용히 지냈다. 그러자 "미 짱 할 일도 없어 보이고," 하며 엄마가 장에 함께 가자고 했다.

"할 일 없진 않은데, 따라가 줄게."

좀 비싸게 굴면서 역까지 가는 길은 늘 그랬듯 불평불만 경연대회가 되었다.

"…… 진짜, 내 눈에서 레이저빔이 나온다면 사람 안 맞힐 자신 없어. 이라이자도 그렇고, 하느님 부장도 그렇고……."

분노에 차서 말하자 엄마는 깔깔대며 웃었다. '참 애는 바보 같은 소리도 다 한다'고 생각하는 게 빤히 보이는 얼굴이었지만 이 '눈에서 레이저빔' 이야기도 기원을 찾아보면 다 엄마의 거짓말에서 나온 소리다.

초등학교 저학년 시절에 텔레비전에서 드래곤볼 재방송을 보다가 에너지파가 정말 나올 수 있는가 하는 이야기를 하게 되었다. 그러자 엄마는 진지한 표정으로 말했다.

"으음, 에너지파는 타고난 재능과 엄청난 수행이 필요하지만 눈에서 레이저빔을 내보내는 정도는 보통 사람들도 조금만 노력하면 가능하지 않을까."

진심으로 받아들인 나는 그 뒤 한동안 거실의 관엽식물 등을 대상으로 눈에서 레이저빔을 내보내는 연습을 계속했다. 그러다 잎사귀가 약간이라도 흔들리면 "방금 흔들렸어, 레이저빔이 조금 나왔어!" 하며 요란을 떨었다. 엄마도 "대단하네, 조금만 더 노력하면 되겠다." 이런 말을 하며 함께 수행을 계속했다. 지금 생각해 보면 바보 모녀도 그런 바보 모녀가 없다.

살짝 허무감에 젖어 타박타박 걷다가 어떤 광경을 목격했다. 재활용품 수거차량의 짐칸에서 젊은 남자들이 뭔가 작업을 하고 있었다. 자세히 보니 책 묶음 사이에서 만화책을 빼내어 종이봉투에 넣고 있었다.

"…… 뭐하는 거지."

차에서 좀 멀어진 뒤 작은 목소리로 중얼거렸다.

"아, 방금 그거 말이야." 마찬가지로 유심히 보고 있었는지 엄마가 말했다. "자신이 읽고 싶어서 빼내는 것 치고는 양이 너무 많고, 빼낸 것도 여학생 취향 만화책이었어. 아마 깨끗한 만화책만 골라내서 몰래 팔려고 그러는 거 아닐까."

"엥, 팔 수 있어?"

“팔 수 있지. 많이 낡은 게 아니면 한 권에 50엔쯤 할까? 책도 분명히 사는 사람이 있고, 중고 게임기나 CD도 팔리잖아. 마찬가지야. 저 사람, 용돈벌이 하려고 그러는 걸 거야. 그런데 쓰레기장에 있던 재활용품을 말도 없이 가져간 사람이 벌을 받은 적도 있으니까 저거, 분명히 위법일걸. 그러니까 저렇게 살금살금 하는 거지.”

우와, 범죄현장을 목격한 것인가…… 굉장히 좀스럽긴 하지만. 그래도 돈벌이가 꽤 되려나…….

나는 거기까지 생각하다가 퍼뜩 깨달았다.

좋은 생각을 해낸 것 같기도…….

“우리 집에 있는 필요 없는 책들, 제공해 줄 수도 있어. 큰돈은 안 될 것 같지만.”

엄마의 환한 목소리에 쓴웃음이 나왔다.

“나, 생각하는 게 그렇게 바로 보여?”

“그게 아니라, 지금까지 숨겨 왔지만 사실 엄마한테는 텔레파시 능력이…….”

또 저런다.

“아, 그렇구나, 알았어, 알았어.”

나는 가볍게 무시해 줬다.

단골 슈퍼마켓은 주차장 쪽으로 들어가는 편이 가깝다. 평일이고 해서 주차장은 그럭저럭 비어 있는 편이었는데도 개중에 한 대가 아주 지독한 형태로 주차되어 있었다. 분명히 주차선이 그어져 있는데도 두 대 분량 공간의 한복판에 당당하게 미니밴이 세워져 있었다.

"이런 걸 두고 임금님 주차라고 하지. 대체 무슨 생각으로 이래 놓는
건지."

내가 손가락질을 하며 그렇게 말한 순간, 생각지 못한 방향에서 대
답이 돌아왔다.

"미안해. 우리 차야."

깜짝 놀라 돌아보니 뜻밖의 인물이 서 있었다. 양손에 슈퍼마켓 봉
지를 들고서도 거만한, 보통은 생각하기 힘든 분위기를 거뜬히 자아내
고 있는 저 사람은.

"사, 사이토 선배."

임금님 주차가 아니라, 하느님 주차?

그렇게 생각한 순간, 마치 내 마음을 읽기라도 한 듯 선배는 얼굴을
찌푸렸다.

"이럴 수밖에 없어, 우리 경우."

앙? 하며 고개를 갸웃하는데 "진!" 하는 귀여운 목소리가 들렸다. 사
이토 선배의 뒤에서 휠체어를 밀며 한 아주머니가 걸어왔다. 휠체어에
는 한 여자가 생글생글 웃는 얼굴로 앉아 있었다.

"진 친구야?"

여자는 선배가 아니라 나에게 직접 물었다. 그때 내 심장은 확실히
쿵, 하고 울렸다.

단순히 외모만으로 이야기하자면 루나루나가 훨씬 예쁠 것이다. 하
지만 그 눈이…… 낮은 위치에서 빠끔히 나를 올려다보는 두 개의 눈
이 깜짝 놀랄 만큼 맑았다. 빨려들 것처럼 인상적인 눈동자였다. 갈색

머리는 예쁜 이마 위에서 정확히 반으로 갈려 느슨한 파도를 그리며 가슴께까지 드리워져 있다.

이 사람이 엔제인가. 천사라고 쓰고 엔제라고 읽는 하느님 선배의 누나…….

이때야 비로소 '진'이라는 음과 '신(神)'이라는 글자가 머릿속에서 일치되었다.

아, 선배의 이상한 곱슬머리가 길어지면 이런 느낌이겠구나…… 하는 시답잖은 생각을 하며 "아, 예." 하고 대답했다. 질문에 대답했다고 하기에는 멍청할 정도로 시간이 지났다. 게다가 답도 틀렸어. 나는 얼른 정정했다. "아, 아니요. 같은 중학교 후배입니다."

"그래." 엔제는 생글생글 웃으며 말했다. "우리 집에 놀러 와. 약속이다."

뭐라고 대답해야 좋을지 몰라 아리송하게 웃어 줬다. 내가 선배 집에 놀러 간다고? 말도 안 되죠.

"어머나 이런, 항상 우리 애가 신세를 많이 져서……."

어머니들끼리는 쓸데없이 톤이 올라간 목소리로 인사 경합 중이다. 어머니, 항상 하는 말이지만, 난 사이토 선배한테 신세진 적 한 번도 없거든요. 오히려 반대거든요.

사이토 선배의 어머니는 시원시원하니 느낌이 좋은 말씨를 쓰는 사람이었다. 키가 크고 날씬하지만 근육질이라서 한때 여자 농구부 주장이었을 것 같은 인상을 준다. 학생회 임원이었을 것 같은 느낌도 든다. 다시 말해서 우리 비행클럽에는 없는 유형이다. 사이토 선배는 적어도 이 어머니와는 닮지 않았다.

처음 만난 처지에 할 이야기가 그리 많을 리도 없다 보니 사이토 선배와 선배의 어머니는 익숙한 동작으로 엔제를 차에 태웠다. 그런 그들에게 인사를 하며 우리 엄마는 무슨 이유에서인지 사이토 선배에게 말했다.

"우리 집에도 꼭 놀러 와. 알지, 3번가 우체국. 그쪽 모퉁이를 돌면 바로 나와."

사이토 선배는 조금 귀찮은 듯 눈썹을 찌푸렸지만 그래도 등을 곧게 펴고 "예." 하고 대답했다.

엔제가 생글생글 웃으며 "빠이빠이." 하고 말했다.

슈퍼마켓에서 쇼핑카트를 가져오며 엄마가 말했다.

"여동생이 귀엽네."

"누나야. 세 살 위."

엄마는 살짝 놀란 듯 얼굴을 들더니 "아, 그래? 정말 천사 같더라." 하고 말했다. 응, 정말, 하고 나도 생각했다.

"…… 선배는, 저 누나 때문에 날고 싶은 거라고 생각해."

거의 혼잣말처럼 중얼대고 있자니 엄마는 웃으며 "그렇구나." 하고 말했다.

장보기를 마치고 돌아갈 때 보니 장애인용 주차구역은 아직도 사용 중이었다. 화려하게 개조한 날라리 자동차였는데, 의심하면 예의가 아닌지 모르겠지만 도저히 장애인이 타고 있을 성싶지 않았다.

'이럴 수밖에 없어, 우리 경우.'

사이토 선배는 아까 그렇게 말했다. 그 말뜻이 새삼스럽게 와 닿았다.

차를 사랑하는 사람들 중 극히 일부는 좁은 주차장에서 다른 차가 자신의 차를 긁기라도 할까 봐 걱정한 나머지, 일부러 장애인 공간에 주차를 한다고 들었다. 아니면 두 대 분량 공간을 차지해 '임금님 주차'를 한다는 것이다.

솔직히 이야기를 들었을 때만 해도 '이기주의네' 하는 생각만 했을 뿐, 그다지 깊이 생각하지는 않았다. 그런데 이렇게 보니 확실히 장애인용 공간이 보통 주차 공간보다 널찍했다. 휠체어를 탄 사람이 차에 오르내리기 위해서는 충분한 공간이 필요하다는 것을 지금껏 한 번도 생각해 본 적이 없었다. 그러기 위한 여유 공간이 확보된 전용 주차장을 누가 차지하고 있으면 어쩔 수 없이 매너 위반으로 눈총을 받을 주차 방법을 선택할 수밖에 없다는 사실도.

세상에는 내가 모르는 일, 상상도 못하는 일들이 많을 것이다. 누군가의 처지를 이해한다는 건 참 힘든 일인 것 같다.

드물게 기특한 기분이 되어 집에 도착했을 때, 역시 절대로 이해할 수 없는 사람도 가끔은 있다는 생각을 했다.

'엄마, 그러게 괜한 소리는 하는 거 아니야. 세상에는 인사말로 한 소리라는 것을 전혀 모르는, 말 그대로 문자 그대로 행동하는 사람도 있으니까.'

차마 말로는 못하고, 속으로 엄마의 경솔한 행동을 나무랐다. 이미 늦어 버렸지만.

엄마 역시 놀란 얼굴로 현관 앞을 바라보고 있었다.

그곳에는 아까 억지 초대를 받은 사이토 선배가 따분한 얼굴로 우뚝 서 있었다.

3.

"…… 어머나 이런, 많이 기다리게 했나 보네. 바로 와 줬구나, 잘 왔어."

역시 엄마는 엄마였다. 엄마는 나보다 정신을 빨리 차렸다.

"마침 차 한잔 할 생각이었어. 자, 자, 들어가자."

엥, 역시 집에 들이는 거야……?

보통 이렇게 오는 거야? 그것도 이런 식으로 곧바로 오냐고?

선배는 뭔가 웅얼웅얼 입 속으로 대답하며 여전히 굳어 있는 나를 버려 둔 채 엄마와 함께 현관으로 들어갔다.

"…… 그래서, 뭔가 할 말이라도 있으세요?"

거실 의자에 엉덩이를 붙이자마자 사이토 선배는 마치 교무실에 불려 간 학생 같은 느낌으로 말했다. 아니, 보통 학생은 선생님의 호출을 당하면 이런 식으로 말하지 않겠지만, 사이토 선배는 다르니까. 틀림없이 이런 느낌으로 굉장히 거만하게 물을 것이다. 직전에 그 어떤 터무니없는 일을 저질렀어도 말이다.

"아, 차 끓여야지." 선배를 집으로 끌어들인 장본인은 얼른 부엌으로 내빼 버렸다. 주전자를 불에 얹으며 "미 짱, 에어컨 좀 켜 줘. 아, 덥다." 하고 태평한 목소리로 나에게 말했다. 남들 앞에서 '미 짱'이라고 부르지 좀 마. 약이 오른 나는 테이블 위의 리모컨을 들어 '강'으로 설정해

184

버렸다. 얼른 이 찜찜한 땀을 식혀야지. 더위 탓만은 아니라는 건 명백하지만.

"우선 주스 마셔." 엄마가 쨍그랑쨍그랑 얼음 소리를 내며 오렌지 주스를 가져왔다. "과즙 백 퍼센트야. 방금 사 온 거야, 특판이라기에."

어머니, 이상하게 신 나셨네요?

"우리도 샀어요."

사이토 선배는 그렇게 말을 마치자마자 주스를 꿀꺽꿀꺽 단숨에 마셔 버렸다. 어지간히도 갈증이 난 모양이었다.

"그렇지, 그건 보면 안 사고는 못 배기지, 한 잔 더 줄까?"

엄마가 말하자 선배는 고개를 젓더니 주머니에서 손수건을 꺼내어 입가를 닦았다.

"아니, 이제 됐습니다."

어머니, 굳이 안 거들어도 되거든요. 거기 있는 건 좋은데, 아니 오히려 절실히 있어 줬으면 좋겠는데, 대화는 안 거들어도 되거든요.

마침 그때 주전자가 삐 소리를 냈다. 엄마가 부엌으로 뛰어간 참에 나는 겨우 입을 열었다.

"비행클럽 자금 말인데요." 거기까지 말하고 나도 주스 잔에 입을 댔다. 바싹 타 있던 목을 타고 넘어가는 차가운 주스가 꽤 맛있었다. "한 가지 생각한 게 있는데, 낡은 책을 모아서 팔면 어떨까요? 깨끗한 만화책은 한 권에 50엔 정도 나간대요."

사이토 선배는 잠시 생각을 하는지 뽀족한 턱에 손을 댔다.

"구피 구멍 하나당 수리비가 5천 엔 정도 든다고 했지." 안경 너머 눈을 가느다랗게 뜬 채 사이토 선배는 담담히 말했다. "구멍 하나 막는 데 만화책 백 권이라는 계산이 나와. 게다가 손상 상태에 따라서는 천 자체를 교체해야 하는데 그렇게 되면 2, 3만 엔이라고 치고 만화책 6백 권…… 현실적으로 어렵지……."

"그건 그렇지만." 목소리가 나도 모르게 커지며 선배의 말을 가로막았다. "현실적으로 아르바이트는 못하게 되어 있으니까 이렇게 깨작깨작, 구멍을 하나하나 막아 갈 수밖에 없잖아요. 게다가 사이토 선배와 나카무라 선배가 사는 단지는 넓잖아요. 게시판 같은 곳에 책이나 만화를 무료로 수거해 드린다고 선전하면 나름대로 모이지 않을까요."

오래된 단지라 엘리베이터가 없다고 들었다. 책은 무겁기 때문에 재활용 쓰레기 버리는 날에 내놓기가 귀찮아서 쌓아 두는 사람도 분명 있을 것이다.

사이토 선배는 또 잠시 생각하는 듯 고개를 갸웃하더니 굉장히 거만하게 말했다.

"일고의 여지는 있을지도 모르겠네. 물론 그것만으로는 턱도 없지만."

부엌에서 "풋" 하고 웃음 터지는 소리가 들리기에 그쪽을 날카롭게 쏘아본 다음 나는 말했다.

"그런 말 하려거든 뭔가 다른 좋은 아이디어부터 내놓고 해 주세요. 하늘, 날고 싶죠? 그럼 남의 생각에 트집이나 잡지 말고 스스로 좀 움직여요. 부탁이니까. 소원이에요."

사이토 선배는 조금 놀란 얼굴로 나를 보더니 말했다.

"전부터 생각한 건데, 사다 너 화를 참 잘 낸다. 우유도 좀 더 마시고 멸치 같은 것도 챙겨 먹고 그래."

자칫하면 '너한테만큼은 그런 소리 듣기 싫거든!' 하고 고함지르며 길길이 날뛰어서 사이토 선배의 발언을 옳은 말로 만들 판이었다. 그렇게 되지 않은 것은 절묘한 타이밍에 부엌에서 들린 엄마의 폭소 때문이었다.

"어머나 미안해, 그만 사레가 들리는 바람에."

크험, 크험, 하고 이상한 소리를 내며 엄마는 어떻게 들어도 웃음 소리인 것을 무척 억지스럽게도 '사레 들린 것일 뿐'으로 바꿔 버렸다.

"사이토, 홍차 괜찮지? 밀크티를 탔어. 두 사람 다 칼슘을 많이 섭취해야지. 성장기이기도 하니까."

상냥한 얼굴로 홍차와 쿠키를 들고 걸어온다. 자신의 몫까지 야무지게 챙겨 와서는 함께 차 한잔 하겠다는 거네.

"언제 한번 천천히 이야기하고 싶었어, 반가워." 정말 반가운 얼굴로 엄마는 자리에 앉자마자 말했다.

"아." 사이토 선배는 따분하다는 듯 홍차를 한 모금 홀짝인다. 정말이지 상대가 누구건 결코 태도가 바뀌지 않는 사람이다.

"사이토 이름, 좀 특이하잖아. 누가 붙인 거야?"

엄마가 상냥하게 물었다. 아니, 그게 첫 화제예요?

"…… 어머니입니다."

약간 눈썹을 찌푸리며 선배는 대답했다. 우왕, 그만해 엄마. 그거 틀림없이 뇌관일 거야.

"어머니, 처음 뵀지만 멋진 분이더라. 하느님처럼 위대하고 전지전능해지라는 뜻이 담겨 있는 건가?"

이제 그만해, 엄마. 조바심치며 나는 끼어들었다.

"아, 뭐랄까, 딸한테 해파리 같은 이름이나 지어 주는 사람한테 특이한 이름이라는 소리는 듣고 싶지 않을걸."

내가 생각하기에도 슬픈 자학 개그였지만 사이토 선배는 웃음기라고는 없이 말했다.

"뭐, 그렇죠."

…… 딱히 하느님 부장이 나를 도와줄 거라는 기대는 하지도 않았지만 그래도 좀, 뭔가 표현 방법이라든가…….

"제 생각에는," 속으로 피눈물을 흘리고 있는 나는 아랑곳하지 않은 채 사이토 선배는 담담히 말을 이었다. "신이란 요컨대 천사를 비호하는 존재예요."

말을 마치자 선배는 등을 곧추세운 채 밀크티를 마치 무슨 의식이라도 치르듯 경건하게 마셨다.

"잘 마셨습니다."

주머니에서 손수건을 꺼내어 또 입가를 훔친다. 깨끗한 손수건을 가지고 다니고, 그 손수건으로 입가를 훔치는 남자, 태어나서 처음 봐. 아니 뭐, 나쁘다는 건 아니고.

"그럼 사다, 부원들한테 연락해서 긴급회의 준비를 좀 해 줘."

"저, 선배는 뭘……."

"가이세이한테는 내가 말해 둘게. 집회소를 쓸 수 있는 가장 가까운 날짜를 잡으라고 하지.”

이상하게 은혜라도 베푸는 듯한 선배의 그 말투에 나는 그만 “고맙습니다.” 하고 대답해 버렸다.

“그럼, 난 이제.”

사이토 선배가 일어서기에 한시름 놓으려는 순간, 엄마가 함박꽃 같은 웃음을 띠우며 말했다.

“정말 즐거웠어, 또 와.”

사이토 선배는 눈썹을 찌푸리며 살짝 싫은 표정을 짓더니 아주 못마땅하다는 태도로 말했다.

“……예.”

4.

“…… 아 왜 멋대로 또 오라고 하는 거야, 알고 일부러 그러는 거지, 진짜 또 온다니까, 틀림없어. 어떻게 할 거야, 난 몰라!”

선배가 돌아간 뒤 꽥꽥거리며 소란을 피우는 나를 본 체 만 체한 엄마는 천하태평 그 자체인 말투로 말했다. “그래도 어쩌다 마침 청소한 직후라 다행이었네.”

“지금 청소가 중요해?”

“중요하지. 부장님, 딱 보니까 예민해 보이던데? 게다가 확실한 누나 보이네. 그것도 상당히 중증이야. 누나가 그렇게 귀여우니 당연한가. 미짱 어떡해, 결혼하면 힘들겠다.”

“누가 누구랑 결혼을 하는데.”

그렇게 내뱉으며 나는 부랴부랴 내 방으로 올라왔다. 기왕 이렇게 된 거 한시라도 빨리 클럽회의를 열어서 '또 와'를 무효로 만들어야지. 그리고 단지 게시판에 붙일 '낡은 책 수거 안내' 알림장도 만들어야지. 많으면 많을수록 좋겠지. 회수 일시와 연락처는 우선 비워 두고. 루나네 아파트에도 붙이면 안 될까? 거기, 게시판이 있던가?

이런저런 생각을 하며 냉큼 작업에 매달렸다. 식탁 위에 신문을 깔고 A4 용지에 밑글을 쓰고 있는데 뭘 하는지 부스럭대던 엄마가 올라왔다.

"미 짱, 미 짱. 특별히 내가 소장하고 있던 만화책 제공해 줄게. 그리고 이제 안 읽을 것 같은 책이랑 실수로 두 권 사 버린 신간이랑……."

"…… 고마워. 도움이 되네."

그렇구나, 먼저 우리 집에 있는 필요 없는 책부터 모아야지. 부원들한테도 알려야겠다고 생각하면서 받으려고 하니 엄마는 갑자기 뻗었던 팔을 쏙 거뒀다.

"음, 그런데 역시, 어떻게 할까. 한 번 더 읽은 다음에 줄까."

"아니, 번개처럼 팔아 주겠어."

엄마한테서 책을 강제로 빼앗아 종이봉투에 넣었다. 엄마는 선배를 집에 끌어들인 책임을 확실하게 져야지, 안 그래?

매직으로 '낡은 책 수거 안내'를 쓰고 있는데 전화가 울렸다. 별 생각 없이 수화기를 들자 난데없이 "비행클럽 부장 사이토라고 합니다." 하는 목소리가 들리기에 너무 놀라 끊을 뻔했다. 진짜 완전 빠른 거 아니야, 전화라니? 아까 집에 나타난 것도 그렇고, 이건 순간이동 능력이 있다고밖에 볼 수 없어.

"아, 예, 아까는……."

입 속으로 우물우물 인사말을 하려는데 선배가 매정하게 가로막았다.

"이번 주 금요일로 정했어. 방금 가이세이한테 물어봤더니 그날은 집회소가 하루 빈다고 해."

"아, 다행이네. 그럼 낡은 책은 직접 집회소로 들고 가기로 해요. 그리고 희망하는 사람에 한해 각 호수별로 회수하러 가는 식으로 해요. 지금 안내문 만들고 있으니까 그렇게 쓸게요. 그리고…… 연락처는, 선배 쪽으로 해도 될까요?"

"어째서?"

다그치듯이 선배가 되물었다.

"어째서라니, 난 우선 여학생이고, 다른 단지에 전화번호 같은 걸 붙였다가 장난전화라도 오면 곤란하잖아요."

"우리 집도 엔제가 전화 받는 경우가 많아. 장난전화는 곤란해." 선배는 매몰차게 말했다. "아, 가이세이네 집은 괜찮겠다. 그 녀석 집 전화번호로 적어."

"괜찮겠어요?"

"어, 상관없어."

마음대로 단정 짓네 이 사람. 당사자한테 확인도 안 해 보고 단호하게 잘라 말하네. 내가 기막혀 하고 있는데 사이토 선배는 이런 때는 또 참 시원스럽게도 부장다운 지시를 계속해서 내렸다.

"그럼, 다 쓰고 나면 우리 집에 팩스로 넣어 줘. 내가 복사해서 게시판에 붙일 테니까."

"…… 고맙습니다. 아, 그리고 선배네 집에도 안 보는 책이 있으면 가져와 주세요. 선배 독서 좋아하니까 책 많죠? 우리 집도 지금 모으는 중이에요."

"아, 그렇구나. 알았어, 찾아볼게. 다른 부원들한테도 다 그렇게 전하고." 철저히 거만하게 말하더니 사이토 선배는 덧붙였다.

"그리고 잘 생각해 볼 테니까."

"예?"

내가 무심코 되묻자 선배는 초조한 목소리로 말했다.

"아까 네가 말했잖아. 자금 모금 아이디어 말이야. 아직은 생각나는 게 없지만 잘 생각해 보지."

아, 그래도 마음에 두긴 했구나. 왠지 우스워져서 나는 웃고 말았다.

"알겠습니다. 기대할게요."

전화를 끊은 뒤 퍼뜩 웃음을 거뒀다. 엄마가 '꺅, 부장님이랑 러브러브 통화!' 하며 놀릴까 봐 경계한 것이다.

하지만 어디까지나 쓸데없는 걱정이었다. 엄마는 내가 여태껏 봉투에 담아 둔 만화책을 온 바닥에 펼쳐놓고 정신없이 읽고 있는 중이었다.

금요일, 주에리를 불러내 조금 일찍 단지 내 집회소로 갔다. 책을 운반해야 하기 때문에 모두 자전거로 집합이다. 각자 집에서 쓸모없는 책과 함께 종이봉투, 가위, 책을 묶거나 자전거에 쌓기 위한 끈 등을 지참하라고 연락해 뒀다. 구 짱이 하는 일에 준비는 빠진 데 없이 철저하리니.

집회소 앞에는 아니나 다를까 한 손에 책을 든 사이토 부장이 있었다. 그나마 교복은 아니었지만 면바지에 폴로셔츠, '아버님, 휴일인데 어디 가십니까' 싶은 차림이었다.

"좀 캐주얼한 옷 없나."

주에리가 말하기에 정말, 하며 나도 끄덕였다. 캐주얼한 차림의 사이토 선배 모습은 상상도 되지 않지만.

"한증막에서 육체노동 하게 될 거란 거 빤히 알면서."

그래서 나는 반팔 후드티에 반바지 차림으로 왔는데. 하기는 뭐 주에리도 아래쪽은 찰싹 달라붙는 반바지 차림이지만 위쪽은 레이스가 치렁치렁하게 달린 미니원피스 차림이었다. 자세히 보니 하트 모양 펜던트까지 달려 있었다. 나카무라 선배한테 귀엽게 보이고 싶은 그 마음을 잘 알기에 면박 주고 싶은 기분도 들지 않았다.

우리가 다가가자 사이토 선배는 책 위로 위협하듯 번득이는 시선을 던졌다. 주에리는 반사적으로 내 뒤로 숨었고, 나는 움찔움찔하며 "곤니치와(점심 인사―옮긴이)." 하고 인사했다. 그러자 선배는 일부러 말을 고쳐 주듯 무척이나 밉살스럽게 "오하요(아침 인사―옮긴이)." 하고 대꾸했다.

"음, 지금, 10시 반쯤 됐죠?"

이런 미묘한 시간을 집합 시각으로 결정한 사람은 물론 사이토 선배다. 아침 일과가 이때쯤 끝난다면서……

"'곤니치와'는 오전 11시부터 오후 5시까지야."

사이토 선배는 어쩌면 그렇게 무식하냐는 듯한 얼굴로 사람을 비딱하게 내려다봤다.

"웅, 그래도 〈동물의 숲〉에서 '곤니치와'는 10시부터였던 거 같은데……."

뒤에서 작은 목소리로 웅얼대는 주에리에게 나는 "게임 이야기는 됐어." 하고 입 다물게 했다. 일을 더 복잡하게 만들고 싶지 않았다.

"으음……." 인사말 문제는 넘어간 채 슬며시 물었다. "무슨 일 있었어요?"

어쩐지 평소보다 훨씬 심기가 안 좋아 보이는데.

그러자 하느님 부장은 뾰족한 턱으로 옆을 휙 가리켰다. 그곳에는 벌써 책 다발이 작은 산처럼 쌓여 있었다.

"아, 벌써 가지고 왔네요. 고마운 일……."

"잘 봐." 선배는 매섭게 말을 막았다. "헌 잡지랑 신문 같은 팔지 못할 물건들이 꽤 많이 섞여 있어. 이건 사다의 실수야. 안내문에 신문, 잡지는 안 된다고 썼어야지. 여기 있는 동안에도 몇 명이나 와서 신문을 두고 가려는 바람에 거절하느라 고생했어."

엥, 고생이라니, 어떤 식으로 거절했을지 생각하니 무서워지네요. 게다가 그게 다 내 책임이라고?

"선배도 그 안내문 읽었잖아요. 게다가 복사한 사람도 게시판에 붙인 사람도 선배죠. 그래 놓고 어떻게 나한테만 주의를 줄 수 있는 거예요?"

"모자란 부분을 지적해 주지 않으면 인간은 성장하지 않잖아."

내 발언의 앞부분은 완전히 무시한 채 선배는 태연히 말했다. 변함없이 사람을 깔아보는 시선. 아니, 하느님의 시점에 그토록 온화하던 나도 머리끝까지 화가 나고 말았다.

"난 칭찬받으면서 성장하는 스타일이거든요. 아니, 누구나 다 그래요. 죽어라 열심히 했는데 무서운 얼굴로 모자란 점만 지적하고 야단만 치면 의욕이 사라진다고요. 그래 가지고 성장이 되겠어요? 가끔씩은 칭찬도 해 주고 토닥여도 주고 좀 그래 보라고요!"

목청이 터져라 외친 내 목소리에 사방은 쥐 죽은 듯이 조용해졌다.

말을 마친 순간 '망했다' 하는 생각은 했지만 속이 후련해진 것도 사실이었다. 사이토 선배의 반응이 무섭긴 했지만 다행인지 불행인지 선배의 반응은 보지 않고 끝났다. 갑자기 등 뒤에서 끼익 하는 타이어 소리가 들리더니 "많이 기다렸지." 하는 쾌활한 목소리가 들렸기 때문이다. 돌아보니 새빨간 오픈카에서 루나루나가 내리는 참이었다. 순백의 소매 없는 원피스에 챙 넓은 모자를 쓴 게 딱 피서지에 놀러가는 공주님이었다. 오늘은 지저분해지는 육체노동이라고 그렇게 말했는데, 우리 클럽 여학생들은 참말이지.

운전석에는 피부를 구릿빛으로 태운 한 남자가 선글라스를 끼고 있었는데, 루나루나한테 짐을 건네더니 우리 쪽을 한 번 쳐다보지도 않고 쌩하니 차를 출발시켰다.

"…… 방금 그 사람, 누구야?"

부르릉 하는 소리가 멀어진 뒤 물어보니 화려하게 등장하신 루나루나는 시원스럽게 말했다.

"우리 아빠. 짐이 무거워서 데려다 달라고 했어."

"와, 대단하다." 주에리가 흥분한 목소리로 외쳤다.

"젊다, 멋있다."

"아하하, 전해 줄게."

루나루나는 구김살이 없다. 주에리는 "같은 중학생 부모님인데 어떻게 이렇게 다를까?" 하고 연방 중얼댔다. 하지만 그 화제는 오래가지 않았다. 큰 짐을 안은 나카무라 선배가 시뻘건 얼굴로 숨을 몰아쉬며 나타났기 때문이다.

"안녕하세요."

선배 못지않은 발그레한 얼굴로 주에리가 인사하자 나카무라 선배는 "아, 안녕!" 하고 밝게 대꾸했다. 그래, 인사라는 게 이래야지.

"와, 역시 한 번에 옮기는 건 무리였어. 직접 가지러 와 달라는 집이 꽤 많아서 말이야."

나카무라 선배는 땀을 뻘뻘 흘리며 어떻게 다 들고 왔나 싶을 정도로 많은 책 묶음과 종이봉투들을 우르르 바닥에 내려놓았다. 사이토 선배는 아주 냉정하게 말했다.

"좀 살살 다뤄, 팔 물건들이야."

한마디 위로쯤 해 줄 수도 있을 텐데, 하고 생각하는데 설상가상으로 덧붙여 말한다.

"아, 너 이거, 대부분 잡지잖아. 당장 돌려주고 와."

심하다. 하느님이 아니라 악마야.

"…… 저, 잠깐만요."

별안간 어디서 기어들어 가는 목소리가 들렸다. 돌아보니 화단 그늘에서 규지가 나타났다.

"깜짝이야, 언제부터 있었어?"

놀라서 물어보니 시뻘건 얼굴로 "저기…… 처음부터……." 하고 작은 소리로 말했다. 몸집은 커다란데 애는 어쩜 이렇게 존재감이 없을까.

"그런데 왜?"

내가 되묻자 규지는 둥그런 몸을 힘겹게 구부리고 잡지더미를 확인하기 시작했다.

"아, 이 사람, 잡지는 읽고 바로 버리는 사람이구나. 응모권이랑 부록 같은 게 그대로 붙어 있어."

기쁜 표정으로 얼굴을 들었다가 나와 눈이 정확히 마주치자 규지는 당황한 듯 고개를 숙였다.

"응모권?"

얼굴을 들이미니 움찔하며 제 얼굴을 치운다. 왜 이렇게 겁을 먹을까. 난 위협한 적 없는데, 내가 누구 같은 사람도 아니고.

적정 거리를 확보하자 규지는 한시름 놓은 듯 설명하기 시작했다.

"음, 이런 월간만화 잡지 같은 데 자주 붙어 있는 건데…… 몇 호 분량을 모은 다음 응모용지에 붙여서 보내면 인기 만화 관련 상품이나 드라마 CD 같은 걸 살 수 있어요."

"산다고? 받는 게 아니라?"

"으, 응. 전원에게 선물을 준다고 되어 있지만 사실은 정액소액환(50엔에서 최고 천 엔까지 일정 금액의 증서를 사용해 송금하는 것—옮긴이)을 보내게 하는 경우가 많은 모양…… 인데 일반에는 비매품이라서 팬들한테는 무척 귀중한 거야. 입수하기 힘든 만큼 시장에 풀린 양도 적고. 응,

이 작품도 이번 달부터 애니메이션으로 만들어져서 단박에 인기가 올라갔는데 이 응모권은 4월호부터 모아야 하는 거거든…… 여기에 다 있네. 그러니까 이걸 오려서 다 모으면, 틀림없이 팔릴 거야.”

“팔다니…… 어디서?”

“인터넷 경매로.”

“와, 이런 게?”

뭔데, 뭔데, 하며 다들 몰려들어 규지의 이야기를 들었다. 규지도 평소와 달리 말이 매끄러웠다.

“그것 말고도 이건, 최신판으로 막 나온 건데 다음 책이 나오려면 아마 연말은 돼야 할 테니까 미수록 부분을 잘라서 세트를 다 갖추면 분명히 살 사람이 있을 거야. 마침 권두컬러이기도 하고. 이거 봐, 이 부록인 미니 포스터도 덤으로 붙여 두면 값이 꽤 올라갈 수도 있어.”

“다음 편 기다리기가 힘든 사람이 사는 거네…….” 나는 진심으로 감탄했다. 세상에는 버리는 사람이 있으면 줍는 사람도 있는 거구나. “그런데 인터넷 경매라는 거, 잘은 몰라도 중학생한테는 힘든 거 아니야?”

“아, 그건 걱정 없어. 우리 부모님이 하시니까 부탁하면 ID랑 전용계좌를 빌려 줄 거야. 물론 낙찰자와 거래하는 일은 전부 내가 해야지.”

규지가 단호하게 말했다. 어라, 왠지 규지가 참 믿음직하다. 어느 동아리 하느님 하고는 천지차이인걸. ‘응모권’ 이야기를 듣던 루나루나가 이마에 집게손가락을 붙이고 말했다. “내가 가져온 책에도 뭔가 그런 게 붙어 있었던 거 같은데…….”

루나루나가 가져온 꾸러미를 들여다보고 고개를 갸웃했다. 비닐봉지로 깔끔하게 감싼 문고본이 뭉텅이씩 잔뜩 들어 있었다. 청소년 소설 같은데, 자세히 보니 한 뭉텅이는 모두 같은 제목인 데다 아무리 봐도 헌책 같지 않았다. 당장 서점에 진열해도 좋을 상태였다.

"이게 뭐야?"

"아, 엄마 책. 필요 없대."

"어머니가 왜 이렇게 많이 가지고 있었어?"

"아, 엄마 거라고 해야 하나, 엄마 게 맞긴 한데, 엄마가 쓴 책이야. 다른 사람 책도 많지만. 뭘 자꾸 보내 준대. 이제 놔둘 자리가 없다면서."

"와, 루 짱 어머니, 소설가야? 굉장하다."

괴상한 목소리로 목청을 높인 이는 주에리였다.

"뭐. 요즘에는 옛날처럼 많이 쓰지는 않는 것 같지만." 대수롭지 않다는 듯 말하더니 루나루나는 포장을 하나 뜯었다. "이거 봐, 응모권 있잖아."

아닌 게 아니라 책 띠지에 이벤트용 응모권이 하나 붙어 있었다. 책 사이에 끼워져 있는 광고지에 상품목록이 자세히 소개되어 있었다. 다섯 장이면 오리지널 책갈피, 열 장 모으면 캐릭터 특제 휴대전화 고리. 열다섯 장이면 특제 머그컵, 이렇게 단계적으로 상품이 커지는 구조였다.

"우와, 쉰 장이면 캐릭터 특제 피겨라니, 대체 얼마나 사라는 거야? 이런 인형 필요도 없는데."

나도 모르게 중얼댔더니 다른 책에서 빼낸 광고지를 보고 있던 규지가 "아니," 하고 힘줘 말했다.

"이거 애니메이션으로도 나와서 굉장히 인기 있는 캐릭터이고, 이번

피겨는 아주 잘 빠진 데다 제작수량이 상당히 적어서 인터넷에서도 화제가 된 적 있어. 응모기한도 다 됐고 응모권 쉰 장만 모으면 값이 상당할 것 같은데……."

대충 쓱 헤아려 봤지만 이벤트 대상이 아닌 책도 많아서 다 모아 봐야 마흔여섯 장이었다. 그것도 충분히 대단하지만.

"넉 장이 모자라네……. 나카이, 어떻게 안 될까?"

사이토 선배가 뻔뻔하게 묻자 루나루나는 고개를 갸우뚱했다.

"음, 모조리 다 챙겨 왔는데, 응모권만 오리는 건 보존용 책이라도 허락해 줄 것 같기도…… 물어볼게요."

그 말에 사이토 선배는 씨익 웃으며 말했다.

"큰 힘이 될 거야, 고마워."

뭐지, 방금 이건. 뭔가 보아서는 안 될 장면을 본 것 같은……. 그게 아니라 하느님 부장도 역시 예쁜 여학생한테는 친절하구나.

루나루나도 놀랐는지 별안간 뺨을 발갛게 물들이고는 웬일로 기특한 소리를 했다.

"도움이 된다고 생각하면 기분 좋으니까."

어쨌거나 우리는 행동을 개시했다. 2학년 콤비와 나는 의뢰받은 집을 돌며 책과 잡지 수거에 돌입했다. 왜 여자 중에서 나만 힘쓰는 일에 동참해야 하는지 불만이었지만 규지는 잡지 오려내기의 중심인물이니 별수 없었다. 나머지 여자애 두 명은 육체노동에 적합한 차림새도 아니긴 했다. 백 엔 숍에 봉투를 사러 보내거나 다 오려낸 잡지를 정리하거나(이것들과 신문은 어린이회에서 폐품 수집을 하는 날까지 집회소 창고에 맡겨 두기로 했다), 팔 만해 보이는 물건은 따로 정리하는 일을 맡겼다. 그래도 날이 더워서 이 일 역시 손도 지저분해지고 꽤 힘들어 보이기는 했다.

놀랍게도 중간에 규지의 어머니가 주먹밥과 보리차를 가지고 오셨다. 오전 중에 끝내지 못하면 우선 점심을 먹기 위해 해산할 예정이었기 때문에 정말 큰 도움이 되었다. 육체노동 뒤에 먹는 매실 장아찌 주먹밥이 정말 꿀맛이었다. 나는 잠깐 '체육계도 나쁘지 않을지 모르겠네' 하는 간사한 생각도 했다.

루나루나의 휴대전화를 빌려 집에 "점심 됐어." 하고 전화를 했더니 엄마가 말했다.

"마침 호시카와 아저씨한테서 수리비용 견적서가 팩스로 왔어."

"어, 정말? 얼마래?"

"깎고 또 깎아서 5만 엔이래."

"비싸다."

중학생한테는 너무도 큰 금액이었다.

"출혈 대방출이라서 더 깎는 건 불가능하대."

엄마는 굉장히 즐거운 듯 아래 글을 읽어 줬다. 절로 한숨이 나왔다.

루나루나한테 휴대전화를 돌려주고 통화내용을 말해 줬더니 루나루나를 빼고는 모두 '으악' 하는 표정을 지었다. 주에리가 불안한 얼굴로 말했다.

"여기 있는 책들이 그렇게 비싸게 팔릴까?"

"어쨌든 팔러 가자."

나는 힘들 거라는 생각을 하면서도 밝게 대꾸했다.

오후 작업을 거쳐 저녁 무렵, 우리는 땀과 먼지로 꾀죄죄해진 꼴로 역 근처 헌책방에 갔다. 자전거가 없는 루나루나를 나카무라 선배 자전거의 짐칸에 태웠더니 주에리가 토라지기도 하고, 그 주에리가 휘청대는 바람에 책을 길바닥에 떨어뜨리기도 하고, 미성년자가 책이며 게임을 팔려면 부모님의 승낙서나 신분증 등이 필요하다는 이야기를 듣기도 하고, 루나루나가 가져온 지나치게 깨끗한 새 책 때문에 의심을 받기도 하고 온갖 일이 다 있었지만 자세한 내용은 생략하기로 한다.

결론. 모두 합해서 4천 7백 3십 엔.

루나루나가 가져온 책은 그럭저럭 괜찮은 가격이었고, 나머지는 거의 공짜나 다름없는 가격이었다. 엄마가 알면 울겠네, 이거.

의기소침해진 일동에게 하느님 부장은 엄숙하게 말했다.

"여섯 명이서 하루 종일 애썼는데 목표금액의 10분의 1도 못 채웠어. 시급으로 환산하면 한 사람당 백 엔도 안 되겠는데."

기분 더 가라앉는 그런 소리는 좀 하지 마세요. 그렇게 생각했지만 역시 말은 끝까지 들어봐야 한다.

"…… 하지만 아직 모치다의 경매 건이 남아 있기도 하고 나도 다른 방법을 생각해 볼 거야. 다들 오늘 열심히 해 줬어. 부장으로서 고맙다는 인사를 하고 싶다. 고마워."

그렇게 말하고는 씨익 웃은 것이다.

어리둥절해 있는 일동을 남겨두고 사이토 부장은 지는 해를 향해 자전거 페달을 밟기 시작했다. 조금 뒤처져서 나카무라 선배가 따라갔다.

"잠깐 기다려, 나도 같은 단지에 살잖아."

그 등짝을 향해 주에리가 안녕, 하며 손을 흔들었다. 우리 1학년은 그 자리에서 해산했다. 루나루나의 집은 바로 근처이고, 규지는 자전거로 전혀 다른 방향이었다.

"…… 사이토 선배한테 대체 무슨 일이 있었던 걸까? 해가 서쪽에서 뜨는 거 아닌지 모르겠네……."

신호를 기다리며 그렇게 중얼대자 주에리가 어이없다는 얼굴로 살짝 웃었다.

"정말 몰라?"

"응, 뭘?"

"구 짱한테 혼나서 그러는 거잖아."

"뭐?" 하고 고개를 갸웃했을 때, 신호등이 파란불로 바뀌었다.

혼낸 건지 아닌지는 모르겠지만 분명히 말을 하긴 했다. '무서운 얼굴로 모자란 점만 지적하고 야단만 치면 의욕이 사라진다고요'라고.

그래서 웃음 작렬? 루나루나한테도, 우리한테도?

'가끔씩은 칭찬도 해 주고 토닥여도 주고 좀 그래 보라고요'라고도 말했다.

그래서 우리한테 '고마워'라고 말했다고?

열심히 페달을 밟는 사이 왠지 몰라도 얼굴이 달아올랐다.

분명 이 여름 더위와 석양을 받아서 그리고 물론 있는 힘껏 페달을 밟기도 했고…… 기타 등등의 이유들 때문이야. '기타 등등'이란 참 편리한 단어다. 일본인다운 모호함이랄까. 적당히 얼버무리기 좋다고나 할까. 아, 영어에도 있었지 'so~ that'이 아니라 'so so'도 아니고 맞다,

'and so on'이라는 표현.

앤 소 온. 앤 소 온.

나는 의미도 없이 입 안으로 되풀이하며 집을 향해 자전거 페달을 꾹꾹 밟았다.

5.

"…… 펫시터요?"

앵무새처럼 되풀이하자 사이토 선배는 엄숙하게 끄덕였다.

"응, 작은 동물 전문이지만. 날씨가 많이 덥잖아? 낮에 온 집 안 문을 꽁꽁 닫아 두고 나가면 어항 물은 끓는 물이 된다고. 사람도 열사병에 걸릴 실온에서 작은 동물들은 순식간에 죽어 버릴 거 아니야…… 그래서 에어컨을 켜 놓고 나가기도 하는데 전기요금이 감당이 안 되지. 그러니까 낮 동안만 돌보는 거야. 햄스터나 금붕어, 작은 새, 뭐, 단지 내에서 키울 수 있는 애완동물들은 그런 수준이니까 먹이 주는 거랑 청소는 안 하고 그냥 에어컨 켜 놓은 방에서 맡아 주기만 하는 거지. 주인한테 데리러 오라고 하고 가령 한 번에 50엔이나 백 엔 정도 받으면 수요는 있을 거라고 생각하는데. 이거면 아르바이트에 포함되지도 않을 테고 숙제나 뭐 다른 일도 할 수 있고."

"음, 굉장히 좋은 아이디어라고 생각…… 하지만."

"하지만?"

하지만 선배가 왜 또 우리 집 거실에서 음료수를 마시고 있는 건데요!

네네 그렇죠, 우리 엄마가 그만 '또 와'라고 해 버리는 바람에 그런 거죠. 자문자답하고 나 지금 뭐하니. 머릿속으로만 말도 못하고.

엄마의 '또 와'는 그 사이에 클럽활동이 끼어 있든 말든 확실히 유효했다. 입이 보살이라는 말, 정말이라니까, 진짜.

"…… 하지만." 근본적인 의문은 제쳐 두고, 나는 사이토 선배의 아이디어를 긍정적으로 검토해 봤다. "어디서 맡아요?"

"가이세이한테 말해 봤는데 힘들다고 하더라."

"별일이네요."

항상 군말 없이 희생하는 사람인데.

"그 녀석 집, 남동생이랑 여동생이 아직 어려서 '동물이라니, 애들이 분명 손댄다니까. 잘못하면 죽일 수도 있어'라고 하더군."

나카무라 선배의 말투를 흉내 내는 게 뜻밖에도 비슷해 재미있었다. 역시 오랜 친구 사이가 맞구나.

"아, 어린애들은 좀 그렇겠네……."

당연하다는 듯 대화에 끼어든 엄마가 말했다.

"그래서 할 수 없이, 우리 집에서 맡기로 했어."

"예, 선배 집에서?"

남한테 맡기는 게 당연하고, 자신은 아무것도 안 하는 움직이지 않는 절대 부동의 사이토 선배가?

"물론 맡는 동안 외출이 전혀 불가능한 건 나도 곤란해. 그러니까 너희들도 교대로 참가해 줘야겠는데."

"예, 선배 집에?"

누가? 누구와? 몇 명이서?

"집에 폐 끼치는 거 아닐까. 낮에 누가 항상 집에 계셔?"

엄마가 재빨리 물었다. 천하태평인 것 같아도 역시 딸을 둔 부모가 맞긴 하군.

"보통은 엔제가 있어요. 심한 더위는 엔제 몸에 안 좋기 때문에 한여름에는 집에 있을 때가 많아요. 엔제는 동물도 좋아하고 붙임성이 좋으니까 괜찮습니다. 게다가 사다, 우리 집에 놀러오겠다고 엔제랑 약속했잖아요."

"약속…… 아, 약속."

그러고 보니 하긴…… 했는데.

"내내 집 안에만 있으려면 심심하겠네……. 어머니가 같이 계셔?"

엄마의 질문에 선배는 가볍게 끄덕였다.

"기본적으로는요. 짧게 파트타임 일을 하러 나가시기도 하는데 그동안에는 제가 엔제를 돌봅니다. 될 수 있으면 혼자 두지는 않으려고 해요. 엔제가 외로워하니까."

"다정한 남동생이네."

엄마의 말에 선배는 살짝 어깨를 으쓱했다.

"그렇지도 않아요. 저는 엔제를 지키기 위해서 태어났으니까요."

전에도 말했었지. 신이란 요컨대 천사를 비호하는 존재 어쩌고. 그래서 우리 엄마한테 누나보이라는 말까지 들었다. 그런 티는 하나도 내지 않은 채 엄마는 말했다.

"누나를 아끼는 마음이 깊구나. 우리는 자식이 하나뿐이라 부러워."

어느새 완전히 엄마와 선배의 대화가 되어 있다. 나는 말없이 음료수를 마셨다.

"저희도 원래는 하나만 낳을 생각이었다고 해요." 늘 그렇듯 무표정인 채로 선배는 말했다.

"엔제가 없었다면 저는 이 세상에 없었을 거예요."

"응, 무슨 말이야?"

엄마와 나는 동시에 고개를 갸웃했다. 선배는 아주 귀찮다는 식으로 설명했다.

"부모님은 아무래도 엔제보다 일찍 돌아가실 거잖아요? 그렇게 되면 엔제 혼자 살아야 하는데, 그게 힘드니까. 그래서 자식을 하나 더 낳기로 했다고 해요. 어릴 때부터 쭉 그런 말을 들어 왔어요. 천사를 지키는 수호신이라고."

평생, 누나 뒤치다꺼리를 하게 하려고? 그러기 위해서, 단지 그것만을 위해서 낳았다고?

"…… 그건 너무해."

나도 모르게 큰소리로 말해 버렸다.

"뭐가?"

굉장히 이상하다는 얼굴로 선배가 나를 봤다.

너무하지 그럼. 그럼, 엔제가 없었다면 선배는 필요 없었다는 거야? 게다가 그 말을 어릴 때부터 쭉 해 왔다고?

그건, 너무한 거 아니야?

어릴 때 부모님께 물어본 적이 있었다. 아들이었으면 좋겠다고 생각했어? 아니면 딸이었으면 좋겠다고 생각했어? 물론 '딸'이라는 대답을 기대했던 것이다.

하지만 돌아온 대답은 조금 달랐다.

"미즈키였으면 좋겠다고 생각했어."

두 분 다 입을 모아 그렇게 말했다.

그것이 당연하다고 생각해 왔다. 그런 거라고 생각해 왔다.

"…… 너무해."

생각이 쉽사리 말로 표현되지 않았다. 대신 왠지 몰라도 주르륵 눈물이 나왔다.

"난 그렇게 생각하지 않아." 뜻밖에도 날카로운 어조로 선배는 말했다. "당연하잖아, 그건…… 가족이니까."

그러고 나서 벌떡 일어나더니 빠르게 말했다.

"그럼, 펫시터 건은 1학년들한테 네가 좀 전달해 줬으면 해. 게시판 안내문은 이번에는 내가 써 줄 테니까."

"아, 예. 고맙습니다."

나도 모르게 또 고맙다고 해 버렸다. 한 번 나온 눈물은 멈출 생각을 하지 않고 뺨을 타고 뚝뚝 떨어졌다.

분위기가 어색해진 채 사이토 선배가 돌아간 뒤 나는 엄마에게 조심조심 물어봤다.

"나, 잘못한 걸까. 선배, 화난 거 같아."

부모님 험담을 했다고 생각했을지도 모른다.

당황한 나에게 엄마는 훗, 하고 웃으며 말했다.

“화난 게 아니라, 어쩔 줄 몰랐던 게 아닐까? 딱 보니까 여자가 울면 열심히 도망가는 스타일이네.”

내가 아무 말 없이 있자 엄마는 “수호신이라……” 하며 혼잣말처럼 중얼거렸다.

“미 짱 있지, 이름 짓는다는 게 말이야, 부모의 소원일 때도 바람일 때도, 때에 따라서는 저주일 때도 있는 거네.”

“응.”

사람은 절대 전지전능한 신이 될 수 없는데. 고시엔 야구 소년만 해도, 되고 싶어도 될 수 없는 사람이 대부분이잖아. 보석처럼 아름답고 고귀하라든가. 달이 두 개라서 루나루나라든가. 엄마 말처럼 소원이기도 하고, 때로는 강압이기도 하고…… 저주이기도 해, 정말로.

“때에 따라서는 부모의 지성이 의심스럽기도 하지.”

내가 살짝 째려봤더니 적군은 ‘어머나 무슨 소리람?’ 하는 표정을 지었다.

“…… 그나저나 미 짱.” 이상하게 의미심장한 어조로 엄마는 말을 꺼냈다. “골치 아픈 첫사랑이다, 꽤나, 그치?”

마침 남은 음료수를 마시던 나는 최악의 타이밍에서 놀라 숨을 들이마시는 바람에 심하게 재채기를 했다.

“갑자기 무슨…….”

“뭘, 미 짱 눈에서 레이저빔이 나오던걸.”

태연한 얼굴로 엄마는 말했다.

“그런 게 어디서 나오는데! 제발 그만 좀 해, 그런 말하는 거.”

“듣기 싫은 말이 정곡을 찌를 때가 꽤 많은 법이지.” 엄마는 한바탕 깔깔대며 웃더니 문득 진지한 표정을 지었다.

“있잖아, 미 짱. 사람이 다른 사람한테 뭔가를 해 주고 싶다고 생각하는 거. 자신이 없으면 아무것도 안 된다고 생각하는 거야. 그야 물론 때에 따라서는 단순한 자만이기도 하고 대부분은 착각이지만 말이야. 하지만 그런 특수한 착각은 다른 이름으로 부르는 거야.”

“무슨 말인지 하나도 못 알아듣겠어.”

샐쭉해진 나를 무시하고 엄마는 말을 이었다.

“못 알아듣겠으면 못 알아들어도 돼, 하나도. 하지만 문제는 옆에서 볼 때 너무 빤히 보인다는 거. 어떻게든 해 주고 싶다고 생각한 그 시점에 이미 빠진 거잖아, 아무리 생각해도.”

“안 빠졌거든요. 그게 아니라니까, 절대로, 결단코, 하나도, 한 톨도, 요만치도……”

무의미하게 단어를 늘어놓으며 거의 반은 혼란 상태에 빠진 머리로 나는 생각했다.

아니야, 정말 아니야. 내가 그 괴짜 하느님 부장에게 품고 있는 감정은 기껏해야 의무감이고 책임감이고…… 또 뭐지? ‘기가 막힌다’라든가 ‘포기’라든가 ‘분노’…… 기타 등등일 뿐, 그런 이상한 것은 섞여 있지 않아. 절대로, 결코.

‘앤 소 온’의 알맹이 따위, 일일이 끄집어내어 꼼꼼히 살펴볼 가치도 없어. 그러니까 ‘기타 등등’으로 뭉뚱그리는 거잖아.

“…… 절대 아니거든. 엄마 착각이거든.”

들으란 듯 중얼대며 나는 우당탕탕 계단을 올라갔다. 비행클럽의 부원들에게 전화연락을 해야 한다는 '의무'인지 '책임'인지를 민첩하게 수행하기 위해서.

6. We Can Fly

1.

"…… 2만 4천 5백 엔? 진짜?"

전화기에 대고 내가 괴상망측한 소리를 내지르자 수화기에서는 웃은 것인지 뭔지 웅얼대는 듯한 숨소리가 들려왔다.

"대단하다, 규지. 믿을 수가 없어, 어떻게 그 휴지쪼가리 같은, 게 아니라 휴지 자체가 그런 가격에…… 정말 버리는 사람도 있고 줍는 사람도 있는 세상이 맞구나."

흥분한 바람에 영문 모를 소리를 하고 말았다. 이번에는 확실하게 규지가 웃은 것 같았다.

"사실은 나카이 덕분이야. 그 피겨 응모권, 마지막 30분 동안 경쟁이 엄청 치열하다가 결국 2만 엔이 넘어갔어."

“대단하다, 규지가 없었다면 그대로 팔아치웠을 텐데. 고마워, 진짜 고마워.”

“아니, 정말, 다 나카이 덕분이라니까…….”

규지는 내내 수줍은 말투로 반복했다. 좋다, 겸손한 사람이란. 정말 마음이 정화되는 것 같아.

진하게 감동하고 있는데 갑자기 규지가 전혀 상관없는 이야기를 꺼냈다.

“아, 저기 말이야, 사다. 지금 고시엔에서 하고 있잖아, 여름 대회…….”

“하고 있지. 우리 지역 대표는 금세 져 버렸지만.”

“그렇지…… 그, 우리 말이야, 해마다 가족끼리 연습하는 사이사이 구경도 가고…… 특집 프로그램은 녹화까지 해서 보고 그러는데. 굉장히, 뭐랄까, 괴로웠어. 너도 저기서 야구를 하게 될 거라고 옆에서 계속 말하는데 정작 나는 절대 안 될 거라고 생각하니까. 그런데 그 말을 못 하니까.”

“아아, 응.”

나는 조금 숙연하게 맞장구를 쳤다. 그 사정은 트램펄린 때 다 파악했다.

“그래서 말이야.” 말수 없던 평소 규지는 어디로 갔나 싶을 정도로 유창하게 말했다. “올해는 연습도 없으니까 가족끼리 느긋하게 보고 있는데. 정말 재미있어. 보고 있으면 정말 두근거리고 조마조마하고, 설레고…… 괴롭지가 않아. 나, 야구를 싫어한다고 생각했는데 사실은 그게 아니었어. 싫었던 건 부모님의 기대에 부응하지 못하는 나 자신이었고, 사실 야구는 재미있는 거라는 거 이제야 깨달았어."

"…… 그렇구나. 잘됐다."

"응. 비행클럽 덕분이야."

기쁜 목소리로 규지가 그렇게 말하니 나까지 기뻤다.

"아직 하늘 구경도 못했지만."

익살을 떨었더니 규지는 후후하며 웃었다.

"구경도 못했지만, 그래도 그래. 그래서 사다 너한테도 고맙다는 말이 하고 싶어서."

"어이쿠, 나카무라 선배 덕분이잖아."

"응, 나카무라 선배한테도 고맙다고 인사는 했지만……."

했지만, 까지 말하고는 머뭇거리는 걸 보고 딱 감이 왔다.

"아, 그래. 루나루나한테도 경매 건, 이야기해 줘야지." 아까 규지는 두 번이나 '나카이 덕분'이라고 말했었다. "전화했어? 좋아하지?"

"어? 아, 아니……."

"왜, 기회잖아. 틀림없이 좋아할 거야."

나는 완전히 '소심한 조카를 격려하는 친척 아주머니'가 된 기분이었다. 어휴, 답답해. 그렇게 예쁜 여학생한테 공공연히 전화할 수 있는 기회가 그리 자주 오는 건 줄 알아?

"아니, 저……." 답답한 어조로 규지는 말했다. "네가 전화 좀 해 주면……."

"엥, 왜?"

"…… 사이토 부장한테도."

그쪽까지? 겸손한 것도 좋지만 자신의 공을 좀 선전하고 돌아다닌들 아무도 손가락질 안 할 텐데. 아니 정말, 겸손은 눈부신 미덕이기는 하지만 말이야.

아니 그래도…… 하고 입을 열려는데 규지가 "충분해." 하며 웬일로 남의 말을 딱 잘라먹었다. "비행클럽의 시동부터 활동보고서까지 가장 열심히 해 준 사람은 사다 너니까, 내가 조금이라도 보탬이 됐다면 그걸로 충분해."

단호한 그 말에 나도 모르게 눈물이 나올 뻔했다.

어떤 심술쟁이 부장과 달리 이 얼마나 착한 아이란 말인가. 또 대번에 친척 아주머니 모드가 돼 버렸다.

"알았어, 다 맡겨." 규지의 큰 공을 내가 사람들한테 다 선전해 주겠노라고 약속한 뒤 전화를 끊었다.

2.

"…… 그렇게 된 거야. 대단하지? 2만 4천 5백 엔이라니까."

내가 거친 숨을 내쉬며 보고하자 주에리는 유난히 나를 말똥말똥 쳐다보며 말했다.

"…… 규지, 애썼네."

"그래, 애썼지, 대단해."

내 일인 것처럼 나는 가슴을 쫙 폈다.

"…… 애썼는데."

왠지 몰라도 한숨을 쉬더니 주에리는 말했다. 뭐야, 이 심심한 반응은. 좀 더 감동해 봐.

"알아봤는데 인터넷 경매는 출품료가 들어가는 모양이야."

그때까지 말없이 듣고만 있던 사이토 선배가 늘 그렇듯 엄숙한 어조로 말했다.

"아, 그래요? 몰랐네."

"조금만 생각해 보면 알 수 있는 거야. 출품자한테서 돈을 안 받으면 경매 사이트는 어디서 돈을 벌어."

"아, 그렇군요, 선배 말이 맞는데요."

완전히 심드렁하게 받아 줬다. 사이토 부장은 불쾌한지 눈썹을 움찔했지만 그대로 말을 이었다.

"그러니까 모치다한테 출품료와 수수료 같은 필요경비를 번 돈에서 확실하게 빼라고 전해 줘."

나는 그제야 퍼뜩 깨달았다. 그래, 규지는 분명하게 일러 두지 않으면 그 부분을 혼자 떠맡을 아이지.

용케 생각이 미쳤네, 사이토 선배. 그런 세속의 잡일들에 가장 약할 것같이 보이는 사람인데.

"선배, 그거 전화로 말해 주세요. 부장이 직접 칭찬해 주면 규지 틀림없이 기뻐……."

"구 짱이 전화하는 게 어때?"

아주 잽싸게 주에리가 말했다. 뭐, 그런가. 사이토 선배가 평소 하는 대로 전화를 하면 규지, 기뻐하기보다는 겁먹을지도 모르겠네.

나와 같은 생각을 했는지는 모르겠지만 사이토 선배는 "부탁해." 하며 거만하게 말하고는 일어섰다.

"다녀오세요."

우리 세 사람은 손을 흔들었다.

우리란 주에리와 나 그리고 엔제다.

우리는 사이토 부장이 생각해 낸 '여름방학 펫시터' 아르바이트를 하는 중이었다. 무더운 날에 에어컨 없는 집안은 눈 깜짝할 사이에 40도까지 올라간다. 사람도 위험하지만 작은 애완동물은 파리 목숨이다. 그렇다고 에어컨을 켜 둔 채 외출을 하면 전기요금이 많이 나온다.

듣자 하니 해마다 이 시기에 사이토 선배의 어머니가 친구의 햄스터를 며칠씩 맡아 준 데서 생각해 낸 것이라고 한다.

"항상 고맙다면서 비싸기만 하지 우리 집 식구들 입맛에는 안 맞는 화과자를 사오거든. 그런 맛없는 선물은 필요 없으니까 현금으로 달라고 할 생각이야."

엄숙 그 자체인 얼굴로 하느님 부장은 부원들에게 그렇게 설명을 마쳤다. 설마 그 말, 상대에게 직접 할 건 아니죠? 느낌 좋은 어머니가 번역해서 친구 분한테 전해 주는 거 맞죠?

그런 차마 말 못할 불안감은 있었지만 막상 시작해 보니 의외로 수요가 많았다. 아침부터 저녁까지 맡아 주는데 애완동물 우리 하나당 80엔이라는 요금이 싸게 느껴졌기 때문인지도 몰랐다. 광고지에는 사이토 부장이 인터넷에서 얻은 정보도 참고로 해서 넣었다. 에어컨 온도를 25도로 설정해 놓고 24시간 동안 켜 둘 경우 약 3백 엔이다. '낮

동안 12시간만 켜 놓아도 150엔. 하지만 우리한테 맡기면 겨우 80엔, 백 엔짜리를 내도 거스름돈이 있습니다. 가계는 물론 지구 환경에도 도움이 되죠.'라는 문장은 참으로 설득력이 있었다. 물론 그 문장을 쓴 것은 이 몸이시다.

예상도 못했다고 하면 생각이 짧다고 할지 모르겠지만, 1박이나 2박으로 맡아 달라는 의뢰도 꽤 들어왔다. 개중에는 추석휴가 기간인 일주일 내내 맡아 달라는 의뢰도 있었다. 여행이며 귀성 기간 동안 부탁한다는 의뢰였는데 '기본적으로 먹이주기나 물갈기, 청소는 일절 하지 않습니다.'로 밀고 나가자 의뢰는 1박까지만 남았다. 물론 할증요금도 받고, 모든 맡은 동물은 '만에 하나 무슨 일이 생겨도 책임은 묻지 않습니다.'라는 계약서에 사인까지 받으며 조심하고 또 조심했다. 사실 동물을 맡는다는 것은 생명을 맡는 일인데 무슨 일이 있다 해도 중학생인 우리가 책임을 질 방법은 없었다.

이번 펫시터 건과 관련해서는 솔직히 말해, 약간이긴 하지만 하느님 부장을 다시 보게 되었다. 머리는 좋은지 몰라도 아무것도 하지 못하는 사람, 아니 안 하는 사람이라고 생각해 왔으니까. 맡는 장소도 솔선해서 자신의 집을 제공해 줬고, 동물을 맡기는 사람과 교섭하는 일도 자신이 도맡았다. 실질적으로 그 두 가지가 가장 중요한 부분이니까…… 뭐, 부장이니까 당연하다면 당연한 일이지만.

어쨌든 부장이 솔선해서 열기구 수리비용에 부족한 자금을 벌 방법을 강구해 준 일은 무척이나 고마웠다. 그러니 그것을 실행하는 데 몸 사릴 생각은 전혀 없었다.

없지만······.

문제가 하나 있었다.

자신의 집에서 애완동물을 맡는 데는 아무 문제가 없다. 그리고 다른 사람의 애완동물을 소액이기는 하지만 돈을 받고 맡는 이상, 내내 옆에서 지켜볼 의무는 있는 것이고 그럴 작정이다. 그러나 외출을 전혀 못하게 되는 것은 곤란하다. 따라서 자신이 볼일을 보러 나가야 할 때는 누가 집에 와서 교대를 해 줬으면 좋겠다는 것이 사이토 선배가 내건 조건이었다. 물론 지당한 의견이지만 여학생들 부모님의 반대에 부딪쳤다. 밀실에서 남녀가 둘만 있는 것은 절대 안 된다는 것이다.

사이토 선배의 어머니는 낮 동안 파트타임 일을 하러 나간다. 누나인 엔제는 어머니와 함께 가끔 특수교육센터에 다닌다고 한다. 그렇게 되면 집 안에 사이토 선배 혼자만 남는 일이 실제로 생기는데, 그 오만 불손한 하느님 부장과 단둘이 있는 것은 나도 절대 사양이었다. 주에리도 못한다고 했고. 무서움을 모르는 루나루나는 괜찮다고 했지만, 부모님이 안 된다고 한 모양이었다.

"외출할 일이 있어서 너희들을 부르는 거니까 단 둘이 있는 동안은 인수인계하는 몇 분 정도가 고작이잖아." 하고 하느님 부장은 화를 냈다. 마음은 알지만 성낸다고 사태가 정리되는 것이 아니었다. 그래서 여자는 둘씩 가는 게 낫겠다는 결론이 나왔고, 나카무라 선배와 규지는 문제없다고 하기에 차례를 짜는데 이번에는 사이토 선배가 반대를 했다. "엔제가 집에 혼자 남게 될 경우에는 어떻게 할 건데? 남녀 둘만 있는 게 안 된다면, 당연히 그것도 안 되는 거지."

마치 복수라도 하듯 그렇게 말했다. 이렇게 해서 각 방면 모두 이해할 수 있는 당번 표를 만들기가 참으로 복잡해지고 말았다.

"…… 이거 꼭 그거 같다. 선교사와 식인종이 무사히 강을 건너려면 어떻게 해야 하나, 뭐 그런 거."

무심코 그렇게 말했다가 실수했다는 생각이 들었다. 이렇게 되면 사이토 선배더러 식인종이라고 한 것처럼 들렸을지도.

하지만 내 걱정과는 달리 사이토 선배는 훗, 하고 웃으며 말했다.

"옛날부터 유명한 논리퍼즐이지. 한 번에 배에 탈 수 있는 사람은 두 사람까지고, 선교사와 식인종은 각각 세 사람, 차례대로 건너가고 싶지만 식인종 숫자가 한 명이라도 많으면 선교사는 잡아먹히고 만다…… 자, 전원이 무사히 건너려면 어떻게 해야 하나, 그거. 질투심 많은 남편을 가진 부부 세 쌍 버전도 있어."

"아…… 그러니까 부인은 남편이 없는 곳에서 다른 남편과 함께 있으면 안 되겠네요."

"그렇지."

마치 '참 잘했어요' 하고 말하듯 선배는 대답했지만 왠지 몰라도 지금까지 그랬던 것처럼 밉살스런 느낌은 들지 않았다.

나카무라 선배도 비슷한 생각을 했는지 클럽미팅이 끝난 뒤 말했다.

"사이토도 요즘 왠지 둥글둥글해진 것 같아……."

뭐, 둥글둥글해졌다는 것까지는 좀 과장일지 모르지만 모난 성격이 약간 누그러졌다는 느낌은 있다.

반대로 한 가지 우울한 것은, 루나루나가 요즘 이상하게 가시 돋친 말투를 쓰게 되었다는 점이다. 원래부터도 입바른 소리를 사정없이 내뱉는 아이였지만 악의가 없다는 것을 알기에 그다지 마음에 두지는 않았었다. 그런데 요즘 들어 왠지 몰라도 나에게만 유독 뾰족뾰족한 작은 가시로 찌르는 말을 던진다. 사이토 선배한테 있던 가시가 이쪽으로 이동한 건가? 그런 느낌이었다.

아아, 하는 생각을 했다. 여학생 셋이 모이면 너무 어려워. 나와 주에리는 소꿉친구라 사이가 좋기 때문에 나중에 그 사이에 끼어든 루나루나는 소외감을 느끼는 경우도 많았을 것이다. 조금 더 신경을 썼어야 했다. 아마도 루나루나는 차분하고 다정한 주에리와 친해지고 싶을 것이다. 그래서 훼방꾼인 나를 공격하는 거겠지.

여자들끼리 있다 보면 살짝만 삐끗해도 상황이 꼬일 수 있다. 강 건너기 논리퍼즐과 비슷하게, 우리는 지금 같은 배를 타면 안 되는 두 사람이다.

클럽에서 모일 때면 주에리나 루나루나와 함께 열심히 '시답잖은 잡담'을 할 때보다, 조금 긴장한 채로 사이토 선배와 대화할 때 더 마음이 편해지는 나를 깨닫고 퍼뜩 놀라곤 한다.

3.

그렇게 해서 한여름인 8월 어느 날, 나와 주에리 그리고 루나루나 세 사람은 펫시터 당번으로 사이토 부장의 집을 방문하게 되었다. 이 '배'에는 정원이 정해져 있지 않기 때문에 퍼즐의 답을 찾기엔 꽤 괜찮았다. 에어컨이 켜진 방에서 셋이 힘을 합쳐 숙제나 하자는 내 제안에 두 사람도 기분 좋게 응했다.

그런데 우리를 보자마자 사이토 선배가 내뱉듯이 말했다.

"…… 참 이렇다니까. 여자애들은 툭하면 이렇게 몰려다니려고 하더라."

어쩜 이렇게 매정할까. 우리도 이래저래 다 사정이 있거든요. 뭐, 그래봐야 그 사정도 사이토 선배한테는 '시시하다' 한마디면 끝이겠지만.

어쨌든 "몰려와서 죄송합니다." 하고 고개를 숙인 뒤 외출하는 선배를 배웅했다.

남은 우리는 약속한 듯 방 모퉁이를 봤다. 그곳에는 이제 막 맡은 햄스터가 달캉달캉 경쾌한 소리를 내며 쳇바퀴를 돌리고 있었다.

아닌 게 아니라 햄스터 한 마리 지키는 데 너무 우르르 몰려온 감은 있었다. 게다가 이곳에는 또 한 명의 여자가 있었다.

금속제 우리에 얼굴을 꼭 붙인 엔제가 햄스터를 열심히 바라보고 있었다. 우리가 도착했을 때부터 내내 그러고 있었다. 인사소리도 전혀 안 들리는 모양이었다.

루나루나한테는 미리 엔제 이야기를 조금 해 뒀다. 붙임성도 좋고 정말 천사같이 귀엽다고 했기 때문에 '이야기가 다르잖아' 하는 표정이 루나루나의 얼굴에 그대로 드러났다.

"자, 숙제, 숙제." 나는 두 사람의 등을 밀어 얼른 앉혔다. "얼마나 했어? 영어 말이야, 필기체로 교과서 베끼기 날마다 한 페이지씩 하라는 게 가장 싫어. 얼른 끝내지도 못하고. 못하는 날이 있으면 자꾸 밀리게 되고."

"아, 그건 말이야." 주에리가 태평하게 말했다. "무조건 알파벳을 크게 쓰면 돼. 그리고 단어와 단어 사이는 엄청나게 떼어 놓고. 해 봐, 차이를 실감할걸."

"역시 날림의 여왕."

"어, 그게 날마다 하라는 뜻이었어? 난 시킨 데까지만 하면 끝인 줄 알았는데."

루나루나가 천연덕스럽게 말했다. 나는 하하하 웃었다.

"그럼 좋게. 그래도 다행이다, 지금이라도 알아서. 주주 작전으로 가면 그렇게……."

"됐어, 뭐. 착각하고 있는 편이 더 좋아."

여전히 자유분방한 루나루나.

"정확하게 하는 게 좋을 것 같은데."

내 입으로 말해 놓고는 아차 싶었다. 아니나 다를까 루나루나는 예쁜 눈썹을 치뜨며 말했다.

"흥, 역시 성실한 우등생은 다르시네요."

별 말 아닌 듯하지만 역시 가시가 돋쳐 있었다.

"그나저나." 천하태평 그 자체인 어조로 주에리가 끼어들었다. "우리 말이야, 비행이랑은 아무 상관없는 일만 하고 있다, 그치. 폐품수집이며 애완동물 뒤치다꺼리며……."

속으로 크게 고마워하며 나는 대답했다.

"그러게, 그래도 트램펄린은 했잖아."

"아, 그것도 말이야, 날았다기보다는 떨어진 거지."

루나루나는 웃고 난 쓴웃음을 지었다.

"루 짱은 진짜로 떨어졌고." 주에리 말씀.

"규지는 깔개 신세가 됐고." 내 말씀.

"응응, 바닥에 쿵 쓰러졌지."

"원래 팔자가 그런 사람이 있다니까."

깔개로 삼은 장본인이 무시하듯 웃기에 살짝 규지 편을 들어 주고 싶어졌다.

"그래도 규지, 돈 버는 데는 크게 활약했잖아. 평소에는 소심하고 얌전해도 할 때는 한다 싶어서 멋지더라, 루 짱. 아, 루 짱이 가져다 준 책 덕분이기도 하고, 정말 두 사람한테는 진짜 고마워……."

그렇게 말하고 나니 루나루나의 얼굴이 눈에 띄게 굳어지기에 심장이 철렁했다.

"저기 구 짱. 그런 거 좀 짜증나거든."

"어, 어?"

"왠지 요즘 자꾸 나한테 규지를 밀어 주더라. 말해 두는데, 전혀 내 스타일 아니거든. 구 짱이야말로 '큰곰 작은곰' 좋아하잖아? 규지, 작은곰이랑 닮지 않았어? 둘이 사귀지 그래?"

루나루나는 농담처럼 말하고 있었지만 눈은 웃고 있지 않았다.

아차, 싶었다. 그렇게 집요하게 굴 생각은 없었지만. 루나루나 앞에서 규지의 칭찬을 한 것은 분명 이번까지 합해서 두 번째인데. 기분 나빴던 거구나.

"어…… 미안…… 그럴 생각이 아니었는데. 마음 상했다면, 미안해."

나는 헤헤 웃으며 간신히 그렇게 말했다.

"…… 됐어. 사과할 일은 아니잖아."

루나루나는 쌀쌀맞게 대꾸했다. 어색한 공기가 흘렀다.

어쩌지, 뭔가 말을 하는 게 좋을까, 아니면 조용히 있는 편이 좋을까 고민하고 있는데 갑자기 뒤에서 괴상한 목소리가 들렸다.

"이거 좀 봐, 귀여워."

돌아보니 엔제가 함박웃음을 짓고 있었다. 우리 안에서는 햄스터가 해바라기 씨를 솜씨 좋게 까서 먹고 있었다.

"엔제가 더 귀여워."

주에리가 그렇게 말하고는 생긋이 웃었다. 한시름 놓으며 "정말." 하고 동의했다. 루나루나를 살펴볼 용기는 없었지만 훗, 하고 웃는 기척이 느껴지기에 마음속으로 엔제와 주에리 그리고 햄스터에게 고맙다는 인사를 했다.

그 뒤로는 별 파란 없이 지나갔고(내가 지나치게 신경을 썼을 뿐 파란이라고 할 것까지는 없었는지 모르겠지만), 미리 말했던 시간에 딱 맞춰서 사이토 선배가 돌아왔다.

"이제 가도 좋아."

우리를 보자마자, 집에 들어서기가 무섭게 던진 한마디다.

"…… 뭐야, 좀 다른 식으로 말할 수도 있는 거잖아."

선배의 집이 있는 단지를 빠져나와 이 정도면 절대로 들리지 않겠다 싶은 장소까지 가자 우리 세 사람은 일제히 불만을 폭발시켰다.

"구 짱 말이 맞아." 루나루나도 퉁퉁 부은 얼굴로 말했다. "간식거리

사오라는 말까지는 하지도 않아. 뭐라고 한마디 토닥여 주면 하늘이
무너지나.”

말에도 태도에도 아까와 같은 가시가 하나도 느껴지지 않아 나는
기분이 좋아졌다. 아, 역시 공공의 적은 동료의식을 높여 주는구나. 이
런 경우 적이 그 동료들의 리더라는 사실에 조금 문제가 있지만.

“그래도 뭐, 격려해 달라는 것도 좀 억지일지 모르겠다.” 주에리가 차
분하게 말했다. “우리, 에어컨 켜 놓고 잡담이나 해 댔잖아.”

“숙제도 조금 했는데.”

내가 말하자 루나루나가 “진짜 조금.” 하며 끼어들었고 다같이 까르
르 웃었다.

그때 문득 주에리가 “아,” 하고 외치더니 그 자리에 멈춰 섰다. 두 손
을 깍지 낀 ‘사랑에 빠진 소녀 포즈’를 보니 얼른 감이 와서 주에리의
시선을 따라가 봤더니 아니나 다를까, 앞에 나카무라 선배가 보였다.
동아리 활동을 마치고 돌아오는 길인지 교복차림이었다. 우리를 보자
“헛,” 하며 체육계다운 인사를 했다.

“아, 오늘이 사이토 집에 가는 날이었나. 수고했어.”

선배가 수고했다는 말까지 해 줬다. 정말 좋은 사람이다 싶어 뭉클
했다.

“우리 동아리 여학생들은 사이가 좋아서 좋다.”

나카무라 선배는 가는 눈을 더 가늘게 뜨고 말했다. 그 말투가 묘하
게 절절하기에 나와 루나루나가 고개를 갸웃하자(주에리는 사랑에 빠진 소
녀 포즈인 채로 얼음 상태였다) 나카무라 선배는 쓴웃음을 지으며 말했다.

"아까 말이야, 학교에서 반 여자애들이 나한테 하소연을 하더라고…… 동아리 합숙 때문에 동아리 사람들이 완전히 분열됐다고. 듣자 하니 1학년 중에 좀 질이 안 좋은 애가 있는데 그 애가 전부터 남의 비밀 이야기며, 누가 누구 욕을 하고 다닌다는 이야기들을 뒤에서 종알대며 돌아다닌 모양이야. 합숙 때는 얼굴 볼 시간이 길다 보니 뭔가 여러 가지 일이 있었던 모양이야. 덕분에 싸움에 절교에 나중에는 탈퇴 희망자까지 속출하고 엉망진창인가 봐."

설마 싶었다. 그래도, 혹시…….

"…… 저, 그 동아리, 무슨 동아리예요?"

쭈뼛쭈뼛 물어보니 나카무라 선배는 심드렁하게 말했다.

"테니스부."

역시.

주에리나 루나루나 역시 속으로 같은 생각을 했을 것이다.

그 질 나쁜 1학년생이란…….

ㅡ분명히 이라이자다.

4。

어디까지나 강 건너 불구경이었어야 했다.

하지만 살다 보면 믿을 수 없는 일도 벌어진다는 것을 나는 이제 알았다. 강 건너에 불이 났구나, 하며 마음 놓고 있다가는 불씨가 화약고를 짊어지고 이쪽으로 날아드는 사태가 현실에서도 일어난다는 사실을 말이다.

한 통의 전화가 도화선이었다.

“…… 가입해 줄게.”

수화기 너머로 이라이자, 즉 도쿠라 요시코가 단호하게 말한 것이다.

“엥?”

저쪽의 말이 이해가 되지 않아 나는 고개를 갸웃했다. 그러자 이라이자는 짜증스런 목소리로 재빨리 말했다.

“4월에 구 짱이 동아리 가입하라고 했잖아.”

“엥, 뭐?”

그렇게는 말한 적 없을 텐데……. 뇌보다 먼저 사태를 파악한 심장이 쿵쿵대며 뛰기 시작했다.

“내가 테니스부에 들어가서 안타깝다고 했잖아.”

그렇게도 말한 적 없을 텐데. 하지만…….

내가 미처 입을 열기 전에 이라이자는 한마디로 선언했다.

“비행클럽에 가입해 줄게.”

고마워하라는 듯한 말투였다.

“그럼 테니스부는?”

간신히 돌아온 내 목소리는 한심할 정도로 심하게 잠겨 있었다.

“그만뒀어.” 지극히 시원스럽게 이라이자는 말했다. “재미없더라.”

“아…… 그래.”

“자, 그럼 9월부터 그쪽에 참가해 줄 테니까 부장한테도 그렇게 전해 줄래?”

그 말에 퍼뜩 깨달았다. 그래, 하느님 부장이 있었지. 우리 비행클럽

난공불락의 요새가. 나는 서둘러 말했다.

"부장 이야기가 나와서 말인데, 요시코 너도 알지? 굉장히 까다로운 사람이야. 그러니까 중간에 가입하는 건 허락하지 않을 거야, 미안하지만. 왜 1학년짜리가 멋대로 정하냐면서 나만 혼낼걸."

"아, 그래?" 코웃음 치는 듯한, 아주 기분 나쁜 말투로 이라이자는 말했다. "하기는 이상한 부장이니까. 그럼 말이야, 물어나 봐. 끊는다."

이라이자는 그렇게 제 할 말만 하고 전화를 끊어 버렸다.

장난 아니잖아. 지금 이 시점에 웬 이라이자? 앞으로 터질 문제들이 눈에 훤히 보인다고. 그러지 않아도 가시밭길인데…….

나는 곧바로 사이토 선배한테 전화를 했다. 융통성 없는 까다로운 성격이 이런 때는 도움이 되는 법이지. 최고의 방파제야. 우선 보고만 하고 이라이자한테는 '역시 안 된대, 미안해, 워낙 독불장군이라서 말이야' 하고 둘러대면 원만하게 끝나는 거지, 그럼.

다행히 사이토 부장은 집에 있었다. 아니, 뭐 다행이라기보다는 오늘도 역시 펫시터 역할을 하고 있을 것이다. 오늘은 뭐라고 했더라? 새였나, 햄스터였나.

평소와 다름없는 무뚝뚝한 선배에게 나는 이라이자의 희망사항과 테니스부의 자초지종을 설명했다. 은근슬쩍 이라이자의 과거 악행까지 섞어 가며 다 이야기한 뒤 "…… 역시 안 되겠죠?" 하며 신탁을 기다렸다.

"…… 괜찮아, 가입 허락할게."

순간, 허락이라는 단어가 부정의 의미였던가? 하며 나는 넋 나간 생각을 했다.

"예? 하지만…… 예에?" 진짜요? 진심으로 하는 말이에요? 나는 거의 울기 직전의 혼란 상태에 빠져 있었다. 호들갑이라 하지 말라, 내 유아기 경험을 통해 이미 이라이자의 존재는 거의 트라우마나 마찬가지였다. "하지만, 저기, 선배도 만난 적 있잖아요, 직장체험에서."

"응, 만났지. 그런데?"

그런데? 선배도 굉장히 불쾌한 얼굴 했었잖아. 괜찮겠어요, 정말 괜찮겠어요?

"오는 사람 안 막고, 가는 사람 안 붙잡아."

별안간 사이토 부장이 말했다.

"아?"

"우리 동아리 방침."

늘 그렇듯 거만하고 퉁명스럽고 무뚝뚝한 말투였다. 나는 진심으로 화가 치밀었다.

"아, 그럼 내가 비행클럽을 관둔다고 해도 말릴 마음이 없나요?"

나도, 내가 왜 그런 말을 했는지 알 수 없었다. 하느님 부장은 지극히 냉담하게 대답했다.

"그건 내가 결정하는 게 아니잖아."

아아, 그렇군요.

전화를 끊은 나는 몹시 침울해졌다. 잠깐 그 자리에 멍하니 서 있다가 문득 생각이 나서 주에리에게 전화를 걸었다. 주에리네 집 전화번호는 전화번호부를 보지 않아도 자동으로 떠오른다.

15분 뒤, 나는 근처 공원에 있었다. 등나무 덩굴 아래 벤치가 우리가 좋아하는 장소였다. 그늘진 곳이라 여름에도 시원하고 오도카니 외떨어진 곳에 있어서 비밀 이야기를 하기에도 좋았다.

벤치에 앉아 발부리로 엷게 깔린 모래를 깎고 있자니 주에리가 나타났다.

"구 짱, 표정이 어두워."

늘 듣는 느긋한 어조를 듣자 안도가 되는 한편 조금 짜증도 났다.

"어두울 수밖에, 내 말 좀 들어봐."

주에리가 옆에 앉을 때까지 기다리지 못하고 나는 이야기를 꺼냈다. 큰일이야, 비행클럽 창단 이래 최대 위기야, 하면서.

다 듣고 난 주에리는 "그렇구나." 하며 위기에 전혀 어울리지 않는 느슨한 태도로 맞장구를 쳤다. "그럴 것 같기는 했는데."

"뭘 그래?"

"요시코 말이야, 혹시 지내기 불편해져서 테니스부를 그만두게 되면 우리한테 오겠구나, 하고."

"왜? 어째서 우리?"

내가(그럴 생각은 아니었지만) 권유했기 때문에?

"그 애, 구 짱 엄청 좋아하니까."

"또 그런 농담만……."

"정말이야. 보면 알아."

주에리가 웬일로 진지하기에 나는 할 말을 잃고 주에리의 얼굴만 말똥말똥 바라봤다.

"구 짱은 '이인조'의 무서움을 모르지?"

느닷없는 말에 나는 고개를 갸웃했다.

"체육시간에도, 이과 실험시간 같은 때도, 그것보다도 훨씬 시시한 시간 때우기용 게임 같은 걸 할 때도. '자, 지금부터 두 사람씩 한 조가 되어 주세요' 하고 선생님이나 어린이회 반장이 말하면 그 순간 내 가슴이 얼마나 쿵쾅쿵쾅 뛰는지 모르지."

"응, 무슨 말이야?"

"홀수일 때는, 혼자 남을지도 모른다. 짝수일 때도, 남은 사람들끼리 하는 수 없이 짝이 될지도 모른다. 그리고 그룹별로 나눌 때도 말이야. 모든 그룹이 다 날 필요 없다고 하면 어떻게 하나…… 그런 생각을 하느라 심장이 쿵쿵 뛰고 얼굴이 불타듯이 달아오르는데 반대로 몸은 굉장히 차가워져서…… 그런 기분, 느껴 본 적 없지, 구 짱은. 다들 구 짱을 좋아하니까. 다들 구 짱과 짝이 되고 싶어 하니까. 그래서 난 항상 필사적이었어. 구 짱을 빼앗기지 않으려고…… 왜냐하면 구 짱은, 먼저 '짝꿍하자'고 말하는 애랑 그냥 짝이 돼 버리니까."

내가 어지간히도 이상한 표정을 짓고 있었는지, 주에리는 나를 편하게 해 주려는 듯 부드럽게 웃었다.

"미안, 그게 나쁘다는 말이 아니야. 정반대야. 항상 정말 부러웠어. 나 말이야, 다들 날 맹하게 보는데, 사실 그거, 내가 만들어 낸 부분도 있거든…… 그래도 잘 안 되더라고. 어떻게 하면 구 짱처럼 될 수 있을까. 최근에 조금이지만 알게 된 사실인데, 모든 사람들이 좋아하고 누구랑 있어도 잘해 나갈 수 있는 사람은, 거리를 두는 데 능숙한 거 같아. 지나치게 다가가지 않아. 나는 그게 안 돼. 좋아하는 사람한테는 찰싹 달라붙고 싶어. 그래서 미움 받아, 항상. 구 짱한테도."

"어? 내가 언제 주주를 미워해……."

놀라서 부정했더니 주에리는 방긋이, 정말 기쁜 얼굴로 웃었다.

"응, 구 짱은 상냥하니까. 그런데 나, 다 알아. 5학년 때부터 6학년 때까지 내가 반에서 분위기 어색하게 만들 때마다 구 짱이 감싸 준 거. 그런데 그 때문에 구 짱까지 반에서 따돌림당하고……. 미안해. 나 있잖아, 구 짱이랑 둘이 짝꿍으로 있을 수만 있으면, 그걸로 충분했어. 하지만 구 짱은 그게 아니었지. 갑자기 사립중학교에 간다고 한 거, 그 때문이었던 거 나도 알아. 나, 구 짱의 마음을 알면서도 구 짱이랑 떨어지는 게 무서워서, 그래서 나도 사립 시험을 치기로 했던 거야. 미안해, 사과해야 한다고 늘 생각하고 있었어."

몇 번이고 사과를 해 대는 통에 나는 혼란에 빠져 있었다.

주에리의 말은 사실 짚이는 데가 있었다. 나는 주에리를 정말 좋아하지만, 함께 있으면 힘들 때도 있었다. 솔직히 말해서 도망치고 싶었다. 여자들 사이의 미묘한 힘 균형이며, 섬세하고 때로는 잔인한 인간관계 등을 한번 완벽하게 새로 정비하고 싶었다. 주에리 없이 0에서부터 다시 시작하면 잘할 자신이 있었다.

이런 인간답지 못하고 그릇된 동기로 시작한 수험이 잘 풀릴 리 없었다.

물론 이런 이야기는 주에리에게 못한다. 솔직히 나는 주에리를 깔보며 나보다 한 단계 아래인, 지켜줘야 할 존재라고 생각해 왔다. 물론 허물없는 사이이고 정말 좋아하며 안심할 수 있는, 하지만 때때로 짜증스러우면서 귀찮은 존재……. 아마 여동생이 있으면 이랬을 거라는 그런 느낌이다.

어쩌면 주에리는 내 이런 오만한 생각을 다 알고 있었는지도 모른다. 그런데도 '구 짱, 구 짱' 하면서 졸졸 따라다닌 것일지도 모른다. 내가 생각했던 것보다, 아니 어쩌면 나보다 훨씬 많은 것들을 깨닫고 있는지도.

만약 그렇다면…….

나란 사람은 어쩜 이리 부끄러운 인간일까. 혼자 잘난 체하고 독선적이고, 나야말로 대체 뭐하는 녀석인가? 하는 느낌…….

"…… 요시코가 나를 좋아한다는 말은,"

돌고 돌아 이제야 주에리가 말하려는 것이 무엇인지 깨달았다. 주에리가 "응." 하고 끄덕였다.

"말했지? 다들 구 짱이랑 짝꿍이 되고 싶어 해."

"왜?"

"음, 잘 설명은 못하겠지만 구 짱은 절대로 상대를 거절하지 않으니까? 구 짱은 몰랐던 모양이지만 요시코는 항상 구 짱을 노렸어. 난 항상 조마조마했어. 그래서 그 애는, 좀 껄끄러워."

"그게 이유야? 그 강렬한 남 욕이랑 험담이랑 독설이 이유가 아니고?"

내가 열거한 단어가 우스웠는지 주에리는 쿡하고 웃었다.

"그 애가 하는 험담 있잖아, 싸움의 무기이기도 하지만 사실은 꽃다발이기도 해."

“꽃…… 다발?”

“나랑 사이좋게 지내자, 하면서 내미는 선물.”

“…… 싫은 선물이다.”

“그래도 험담이라는 거 이야기꽃 피우는 데도 꽤 효과가 있고, 상대랑 의기투합하는 데도 꽤 도움이 될 때 있잖아.”

“으…… 뭐, 그렇기도 하지.”

사이토 선배 험담을 하면서 여자 셋이서 곧잘 이야기꽃을 피우지요, 네네. 그 광경을 본 나카무라 선배가 ‘우리 동아리 여학생들은 사이가 좋아서 좋다’는 말까지 할 정도로.

“난 있잖아, 구 짱. 요시코, 가입시켜도 좋다고 생각해. 사실 우리 동아리 정도밖에 없잖아, 그 애를 받아 줄 것 같은 곳은. 아마 지금쯤 소문도 파다하게 퍼졌을 테고.”

“…… 자업자득이잖아.”

나도 모르게 중얼거렸다가 아, 난 어쩜 이리 밴댕이 소갈딱지일까 싶어 스스로 싫어졌다. 주에리는 나를 상냥하다고 하지만, 사실은 반대야. 주에리야말로 진정한 의미에서 상냥해.

“뭐 어쨌든, 부장이 좋다고 했으니 내가 이러쿵저러쿵 할 일은 아니지. 오는 사람 안 막고 가는 사람 안 잡는다니까. 내가 그만둔다고 해도 말리지 않는대, 그 사람.”

나는 살짝 투덜대듯 말해 봤다. 그러자 왠지 몰라도 주에리가 재미있다는 듯이 웃었다.

“그렇군, 그런 거구나.” 하며 주에리는 뭔지 몰라도 혼자서 납득하고 있었다.

"뭐가 그런 건데?"

"구 짱이 충격을 받은 진짜 이유. 요시코랑은 상관없네."

"상관없지 않은데?"

정말이지 주에리랑 이야기하다 보면 무슨 소리인지 못 알아들을 때가 있다. 옛날부터 그랬다. 지금은 더 그렇다. 말하는 데 맥락도 없고 두서도 없고…… 혼자서 뭔가 알았다며 좋아하고.

아니면 이건…… 내가 심하게 멍청하고, 눈치가 없어서 그런 거야?

오늘만큼은 왠지 자신이 하나도 없었다.

"그런 표정 짓지 않아도 돼, 구 짱." 주에리는 팔딱 일어나더니 내 얼굴을 들여다보며 말했다. "다들 구 짱 정말 좋아하니까."

"다들이라니?"

"다들이 다들이지. 구 짱이 생각하는 것보다 훨씬 많이 좋아해."

그렇게 말을 마치자마자 주에리는 허리를 숙여 내 목에 꽉 매달렸다.

"…… 더워, 주주."

무심코 그런 밉살스런 말이 튀어나온 것은 창피했기 때문이다. 게다가 지금껏 여동생 같다고 생각해 온 아이가 뭔가 갑자기 훨씬 어른이 되어 버린 것 같은 기분이 들어서 분했기 때문이다.

주에리는 친언니처럼 무척이나 상냥한 목소리로 말했다.

"…… 우리 꼭 날자, 구 짱."

5.

그렇게 주에리는 혼자 자리를 떠났다. 저 혼자 이야기하고 이해하고. 그래, 뭐 다 좋은데 내 문제는 하나도 해결되지 않았잖아. 안 그래도 루나루나가 날 귀찮아하고 싫어하는데 거기다 부채질을 할 이라이자까지 새로 가세하는 데다 하느님 부장은 여전히 거만하고 심술궂고 퉁명스럽고……. 뭐, 마지막 부분은 어제오늘 일이 아니니까 그냥 넘어가기로 하고.

한 가지, 주에리의 말을 듣고 새삼 떠오른 게 있었다. 그래, 우리는 날아야 한다. 지금까지 '그야말로 우여곡절의 표본' 같은 일만 겪어 왔지만 그 모든 것은 하늘을 날기 위해 필요한 일이었다.

그러기 위해서는 이번 위기를 어떻게든 극복해야 한다. 겨우 이까짓 일 때문에 비행클럽을 공중분해시킬 수는 없다.

벤치에 앉은 채 멍하니 생각하고 있는데 바로 옆에서 모래 밟는 소리가 들렸다. 얼굴을 들었다가 심장이 멎을 만큼 놀랐다.

그곳에는 이라이자가 웃는 것인지 마는 것인지 모를 얼굴로 서 있었다.

"…… 구 짱 어머니가 여기에 갔다고 해서."

"우리 집에 갔었어?"

"응? 나도 끼워 줘."

여전히 자신이 하고 싶은 말만 하는 아이였다. 나는 살짝 어깨를 으쓱하고 말했다.

"걱정 마. 사이토 선배가 괜찮다고 했으니까. 그리고 주에리도 괜찮대. 받아 주자고 하더라. 나카무라 선배는 마음이 착하니까 분명히 괜찮다고 할 거고, 규지도 그렇고. 루나루나는 딱히 반대 안 할 거라고 생각해.”

단숨에 그렇게 말하자 이라이자는 진지한 표정으로 물었다.

“구 짱은?”

“어?”

“구 짱은 내가 들어갔으면 좋겠어?”

ㅡ‘너 지금껏, 비행클럽이랑 사이토 부장 마구잡이로 깔봤잖아?’

ㅡ‘네가 말했잖아? 중학생이 하늘을 날 수 있을 리 없다고.’

ㅡ‘도대체가, 기구 수리비용을 다들 고생고생 장만해서 이제 겨우 희망이 보이는 이 시점에, 뒤늦게 끼어들어 한자리 차지하려고 하다니 너무 뻔뻔한 거 아니야?’

해 주고 싶은 말은 산더미처럼 많았다. 나는 나카무라 선배처럼 인간성 좋은 사람이 아니라서 밴댕이 소갈딱지니까.

말하고 나서는, 이건 단순히 싫은 소리를 하는 것도, 조롱도 아니야. 모두 사실이니까. 속으로 그렇게 생각했다.

하지만 말하지 못했다. 이라이자의 매달리는 듯한 그리고 거의 반은 울 것 같은 얼굴을 보고 있자니.

이라이자가 나를 무척 좋아한다고 주에리는 말했다. 그게 사실일까 싶다. 과거에 당한 수많은 짓궂은 행동들과, 들었던 수많은 험담들을 생각해 보면 도저히 믿기지 않는다.

주에리가 말했지. 이라이자가 하는 험담들은 꽃다발이라고. 나랑 사이좋게 지내자며 내미는 선물이라고.

만약 그것이 사실이라면 나는 꽤나 많은 선물을 받았다고 생각한다. 필요 없어, 그런 선물. 뭐가 그리 서툴러. 여러 의미로 완전히 잘못됐잖아.

생각하다 보니 자꾸 화가 났고, 또 동시에 미칠 듯 우스워졌다. 왜 이렇게 난감한 사람들만 모여드는 걸까. '유유상종'이라는 말은 현재 가장 듣고 싶지 않은 말이다.

"…… 요시코 너 있잖아, 하늘 날고 싶어?"

나는 천천히 물어봤다. 이라이자는 눈을 조금 크게 뜨더니 꾸벅하고 끄덕였다.

"구 짱이랑 함께라면 날고 싶어."

"그래."

이렇게까지 직접적으로 이야기하는데 나도 그냥 눈 딱 감아 줄 수밖에 없다. 마음을 다잡고 빙긋이 웃어 줬다.

"그럼 비행클럽에 들어올 수밖에 없네."

그러자 이라이자는 정말 기쁜 얼굴로 웃었다.

이라이자가 돌아가고 난 뒤 문득 떠오르는 게 있었다. 옛날에 엄마가 그런 말을 한 적이 있었다.

'오늘 요시코 어머니가 고맙다고 하시더라.'라고.

도덕인지 종합인지 수업시간에 반 친구 전체의 좋은 점을 써내라고 한 적이 있었다. 최종적으로 그 종이는 본인한테 돌아갔는데 이라이자의 좋은 점은 '없음'이라고 쓴 아이들이 많았다고 한다. 적었다고 해 봐야 기껏 '멋쟁이' 정도.

'미즈키 한 명만 종이 한가득 요시코의 좋은 점을 써 줬어요.' 이라이자의 어머니는 그렇게 말했다고 한다. '요시코도 무척 기뻐했습니다.' 라고도.

별일 아니었다. 나는 그 종이를 가득 채워야 하는 줄로만 알고 끙끙대며 그 작업을 해치웠을 뿐이었다……. 반 친구 전원의 분량을. 물론 가장 힘들었던 아이는 이라이자였다. 긍정적인 생각과 언어의 마술을 구사해서 '나서기 좋아한다'는 '적극적이다'로, '남의 흠 찾기를 좋아한다'는 '눈치가 빠르다'로 말을 바꿔서…… 그래서 나한테 돌아온 반 친구들의 종이를 봤을 때는 경악했다. 대부분이 한 줄만 써놓았거나 한 줄은커녕 단 한 마디만 있기도 했다. 그래도 '없음'이라고 쓴 아이는 한 명도 없었다. 이라이자는 '상냥한 부분'이라고 적었다.

이라이자가 나를 좋아하는 이유로 짐작되는 것은 이 일 하나뿐이다. 물론 완전히 헛다리를 짚은 것일지도 모르고 딱히 이유 따위는 없을지도 모른다. 그래도 당시의 이라이자에게는 무조건 사과하고 싶다.

미안해. 난, 조금도 상냥하지 않았는데, 하고.

집에 돌아갔더니 엄마가 "큰일 났어, 큰일." 하며 법석을 떨었다. "비행클럽 대 위기야."

"이라이자 일이라면 괜찮을 거야…… 아마."

이제 긍정의 힘으로 밀고 가는 수밖에 없어.

그러자 엄마는 고개를 휘휘 저었다.

"무슨 소리야. 그게 아니라 방금 있지, 부장님한테서 전화가 왔는데 비행클럽에서 맡은 애완동물이 도망을 쳤대."

<h2 style="text-align:center">6.</h2>

대체 오늘 일진이 왜 이래, 하면서 허겁지겁 집을 나섰다.

책임지고 맡은 애완동물이 도망을 치다니 이런 큰 문제가 또 어디 있을까. 도망쳤는데 찾지 못했다는 말로 끝날 일이 아니다. 죄송합니다, 변상해 드리겠습니다, 하는 말로 끝날 문제도 아니다.

오늘 맡은 동물이 뭐였더라? 혹시 새라면 뒷일은 차마 생각하기도 싫었다. 신호대기 중인 교차로에 자전거를 세운 채 나도 모르게 전선에 앉은 새를 올려다봤다. 저건 참새, 저건 비둘기…… 잉꼬나 카나리아는 보이지 않았다. 혹시 보인다 하더라도 잡을 방법이 없었다. 그야말로 하늘을 날지 않고서야.

올 여름만 이미 수없이 왔던 단지에 도착하자마자 황급히 자전거 자물쇠를 채우고 사이토 선배의 집 초인종을 눌렀다. 딩동 하고 10분의 1초쯤 되는 타이밍에 벌컥 문이 열렸다. 어머나, 선배의 초조한 얼굴은 생전 처음 봐, 하고 짧은 순간 나는 생각했다.

선배 뒤쪽으로 휠체어에 앉아 훌쩍훌쩍 울고 있는 엔제가 보였다.

"구 짱 미안해. 내 잘못이야."

아이처럼 딸꾹질하듯 울며 엔제가 말했다.

"이제 괜찮아. 사다도 와 줬으니까."

무척이나 상냥하게 말하는 사이토 선배에게 얼른 물어봤다.

"오늘 맡은 게 뭐였죠?"

241

“모르모트 한 마리.”

선배의 대답에 우선 하늘은 날지 않아도 되겠구나 싶어서 나는 안심했다.

“그런데 어쩌다 도망을 쳤어요?”

“조그만 당근이랑 잎사귀를 있잖아, 베란다에서, 모르모트한테…….”

종잡을 수 없는 엔제의 설명을 가로채듯 선배가 보충했다.

“베란다 화단에서 어머니가 미니당근이랑 상추를 키우는데. 그걸 모르모트한테 먹이려고 했던 모양이야. 우리를 활짝 열어 놓은 상태에서 엔제가 그것들을 따는 사이 사라진 것 같아. 나는 그때 부엌에서 물을 끓이는 중이라 몰랐어. 보다시피 좁은 집이고, 어쩌면 베란다를 통해 바깥으로 나갔을지도 모르겠어. 내 실수야.”

“선배가 사과할 일이…….”

“사과하는 거 아니야.”

굉장히 거만하게 선배는 말했다.

“…… 그렇군요.”

사이토 선배한테는 입에 발린 배려 따위 아무 짝에도 쓸모없는 짓이란 걸 잊고 있었네.

나는 문제의 베란다로 가서 지금은 닫혀 있는 유리문 너머 바깥을 봤다. 휠체어를 위해 개조된 상태라 방과 베란다 사이에는 문턱이 없었다. 그곳에는 모르모트가 좋아하는 음식들이 있고, 울타리 안쪽에는 맛있어 보이는 여름풀들이 잔뜩 우거져 있었다. 확실히 모르모트가 곧장 베란다로 나갔을 가능성이 높았다. 이곳은 1층이라 울타리 사이를 통해 바깥으로 도망쳤을 가능성도 있기는 했다. 하지만…….

나는 뱅그르르 돌아 실내로 몸을 틀었다.

"모르모트는 아직 집 안 어딘가에 있지 않을까요."

"어째서?"

사이토 선배는 이상하다는 듯이 고개를 갸웃했다.

"옛날에 키운 적이 있는데 모르모트는 기본적으로 야행성이에요. 베란다에는 지금 석양이 정면으로 쏟아지고 있잖아요. 밝은 쪽을 피해서 오히려 어디 안쪽에 숨어 있을 것 같은데."

게다가 베란다에는 엔제가 있었다. 겁쟁이 동물인 모르모트가 낯선 사람이 있는 방향을 도주경로로 선택했을 리 없었다.

"집 안은 벌써 다 찾아봤어."

선배는 살짝 정색을 하고 말했지만 믿을 수 없다. 엄마가 말했었다. '남자들이 찾아봤다고 하는 말은 절대 믿을 수가 없어'라고.

"선배, 가느다란 막대 같은 거 없어요? 효자손도 좋고 먼지떨이도 좋고 아무 거나."

효자손은 없었지만 먼지떨이는 있었다. 그것을 좁다란 가구 사이사이 틈새에 살살 밀어 넣어 갔다. 오디오 밑의 좁다란 공간을 뒤지고 있자니 사이토 선배가 뭐라고 구시렁구시렁 투덜대기 시작했다.

"걔, 상당히 뚱뚱했어. 아무리 그래도 그런 틈새에……."

말이 끝나기도 전에 끼익, 하는 소리가 들렸다. 바닥을 손톱으로 긁는 소리가 들리더니 다음 순간 엄청난 기세로 갈색과 흰색의 털 뭉치 비슷한 것이 튀어나왔다.

“찾았다!”

선배 말대로 조금 뚱뚱한 모르모트는 보기와는 달리 무섭게 민첩했다. 벽을 따라 맹렬한 속도로 달아나는 것을 둘이서 협공해 간신히 포획에 성공했다.

“구 짱, 고마워. 고마워.”

엔제가 또 아이처럼 울며 말했다. 천만의 말씀입니다, 하면서 웃었더니 엔제도 얼굴을 구기며 웃었다.

“다른 사람들한테도 찾았다고 연락해야지. 나카무라 선배랑, 다들 괜히 바깥을 헤매고 다니는 건 아닌지.”

문득 생각이 나서 말했더니 사이토 선배는 “어?” 하면서 이상하다는 표정을 지었다.

“가이세이는 안 불렀는데?”

이번에는 내가 “어?”라고 말할 차례였다.

“왜요? 나카무라 선배, 바로 근처에 살잖아요. 같은 단지, 같은 동이잖아요? 나카무라 선배는 집에 있었다면 곧장 달려왔을 텐데.”

“그렇긴 한데…… 그냥 너한테만 전화했어.”

“왜요? 왜 나한테만?”

집요하게 묻자 사이토 선배는 난처한 듯 고개를 저었다.

“그게 좋겠다고 생각했으니까. 실제로 이렇게 금방 찾아 줬잖아.”

“구 짱 대단하다는 말을 항상 입에 달고 살아.”

옆에서 엔제가 명랑하게 말했다.

내가 대단해? 어디가? 항상 입에 달고 살아? 아니 그보다 집에서는 나를 구 짱이라고 부르는 거야?

뭔가 온갖 것들이 머릿속에서 한꺼번에 소용돌이치는 바람에 제대로 처리하지 못한 채 나는 먼지떨이를 쥐고 장승처럼 서 있었다.

"뭐, 어쨌거나 찾아서 다행이야."

총정리라도 하듯 하느님 부장이 말하더니 내 어깨를 툭 두드렸다.

"갑자기 불러내서 미안해. 저 앞까지 바래다 줄게."

저 앞까지라니 어디까지?

무의미한 생각을 하면서 나는 선배를 따라 현관으로 가 신발을 신었다. 엔제가 "빠이빠이." 하며 손을 흔들어 줬다.

건물을 나왔을 때 선배가 갑자기 말했다.

"…… 아, 그러고 보니 오늘 전화받은 신입 부원 건 말인데."

"이라…… 아니, 도쿠라 말이죠."

"잘됐네."

불쑥 말을 꺼낸 선배의 얼굴에는 희미한 웃음기마저 감돌고 있었다.

"왜요?"

'이 말만 오늘 몇 번째야' 하며 자신에게 면박 주고 싶은 대사를, 나는 또 반복하고 있었다.

"다섯 명째잖아. 설마 몰랐어?"

기가 막힌다는 듯이 하느님 부장은 말했다. 여전히 멍하게 있는 나에게 선배는 맙소사, 하며 설명을 시작했다.

"우리 학교, 원칙적으로 2학년은 연말에 동아리 활동 끝나잖아. 지금 상태로 가면 나머지 인원이 네 명이 되니까 비행클럽은 또 정식 동아리 인정을 못 받게 돼. 신규로 예산을 받을 수 없게 된다고.”

나도 모르게 앗, 하고 소리를 냈다.

그랬다. 멍청하게도 까맣게 잊고 있었다. ‘원칙적으로’라고 선배가 굳이 말했듯이 야구부 공식시합 출장멤버에 등록되어 있거나 브라스밴드 전국대회에 참가하는 경우에는 3학년도 활동이 허락된다. 하지만 그런 일은 불면 날아갈 신세인 우리 비행클럽과는 아무 상관없는 딴세상 이야기다.

“혹시 내년에 들어오는 신입생이 하나도 없다고 해도 다섯 명만 있으면 우선 너희들끼리 1년 동안은 동아리 활동을 이어 갈 수 있잖아.”

“정말…… 그랬네요.”

이라이자는 비행클럽의 존속을 위해 필요한 더없이 소중한 다섯 번째 사람이었던 것이다.

“내신 걱정도 많이 하는 것 같더구먼.”

처음 듣는 사이토 선배의 놀리는 말투에 나는 입 안으로 “아아” 혹은 “어어” 같은 모호한 소리만 낼 뿐이었다.

사이토 부장은 우리 일까지 꼼꼼히 생각해 주고 있었던 것이다. 2학년들이 빠진 뒤의 일까지 걱정해 주고 있었던 것이다.

뜻밖이고 놀랍고 신기하고…… 고맙고 황송하다. 하느님인 만큼, 응.

“뭐, 내가 걱정할 일은 아닐지도 모르겠지만. 사다만 있으면 신입생들도 들어와 줄 거 같고.”

“엥, 아니, 설마…….”

무리죠, 이런 이상하고 괴상한 동아리. 그렇게 생각했지만, 사이토 부장은 자신만만하게 말했다.

"지금 부원들도 사다 네가 있기 때문에 모인 거라고 생각해. 고맙게 생각해. 고마워."

좀 이상한 이야기지만. 지금껏 겪은 이런 고생 저런 고민, 이상하고 괴상한 비행클럽에 얽힌 모든 일들이 바로 이 순간, 단숨에 보상받은 것 같은 느낌이 들었다.

"…… 저, 선배, 나……."

그때 내가 무슨 말을 하려고 했던 것인지는 나조차 영원히 알지 못하게 되었다. 불현듯 아득한 저 하늘 위에서 두꺼운 목소리가 내려왔기 때문이다.

"야, 사이토! 찾았어?"

올려다보니 꼭대기 층 근처 창에서 감자 머리가 불쑥 튀어나와 있었다. 같은 동에 사는 나카무라 선배였다. 그가 목청껏 외친 직후, 이번에는 뒤쪽 화단 그늘에서 "아앗," 하는 목소리들이 들려왔다. 그리고 쫄래쫄래 나온 것은 비행클럽의 나머지 멤버들인 주에리와 루나루나 그리고 규지였다.

"아아, 나카무라 선배, 분위기 파악 못하는 것까지 멋있어."

심히 들뜬 목소리로 주에리가 말했다. 그쪽으로 뛰어가 "뭐야, 다들 여기서 뭘 하고 있었던 거야?" 하며 따지듯 묻자 루나루나가 "그쪽이야말로 뭘 하고 있는 건지." 하며 매서운 목소리로 받아쳤다.

"두 사람 말이야, 웬만하면 얼른 좀 사귀지? 정말 민폐도 이만저만이어야지, 눈 뜨고 봐 줄 수가 없네. 성질난다고. 그치, 규지?"

들으란 듯 루나루나가 말하자 규지까지 살짝 쓴웃음 섞인 얼굴로 "그러게." 하고 말했다.

"찾았어."

사이토 선배는 평소대로 무뚝뚝하게 나카무라 선배의 질문에 대답한 다음 누구에게랄 것도 없이 말했다.

"식인종과 선교사 대집합이다."

아직 사태파악이 안 된 나에게 주에리가 차분하게 설명해 줬다.

"있잖아, 우리, 구 짱 엄마한테서 전화받았어. 우리가 맡은 애완동물이 도망을 쳐서 큰일이 났다고. 그런데 이미 해결된 것 같네."

귀를 의심한다는 말은 이런 것을 두고 하는 말이리라. 아니 왜 멋대로 남의 동아리 명부를 뒤져서 긴급소집까지 하고 그래, 엄마가.

"…… 아, 엄마 진짜."

내 커다란 외침에 다들 깔깔대며 웃었다. 사이토 선배까지 웃었다.

여름방학도 이제 끝을 향해 달리고 있었다. 발그레 달아오른 뺨을 어루만지며 지나가는 바람은 어렴풋이 가을 기운을 머금고 있어 어쩐지 기분 좋고 시원했다.

7.

마술을 보고 있는 줄 알았다.

크기는 딱 이불싸개 정도였다. 카키색의 튼튼해 보이는 가방에서 알록달록한 얇은 천이 자꾸자꾸 넘쳐흐르는 물처럼 미끄러져 나온다. 집회소 바닥은 순식간에 사각사각한 천으로 뒤덮이고 말았다.

아무것도 없는 곳에서 마술사가 알록달록한 천을 끄집어내는……
그런 느낌이다. 짙은 감색 바탕에 빨간색 노란색, 파란색 별 무늬가 띠
처럼 흐르고 있다. 그 위에서 흰색으로 'Milky Way'라 적힌 문자 도안
이 춤을 춘다.

"아, 호시카와(星川)에 아마노가와(天の川, 은하수)라."

사이토 선배가 거만하게 지적했다. 호시카와 아저씨는 조금 쑥스러
워하며 머리를 긁적였다.

"그게, 마누라 취향이야. 나야 뭐, 이런 소녀 취향 말고 스카이드래곤
같은 강한 이름으로 짓고 싶었는데 마누라가 자꾸 고집을 부리는 바
람에……."

변명처럼 늘어놓는 아저씨의 모습이 재미있었다.

"이름 멋진데요."

내가 말하자 주에리도 "정말." 하며 동의했다. 그런데 옆에서 굉장히
쓸데없는 소리를 하는 부원이 있었다.

"그 부인이란 분, 호시카와 아저씨가 혼자 좋아서 기구를 타고 있는
사이에 돌아가셨죠."

나는 부랴부랴 이라이자의 팔을 잡아당겼다.

"그런 말은 하는 거 아니야."

이라이자는 할 말과 못할 말을 정말로 분간할 줄 모르는 모양이라
서 성가셔 하건 말건 일일이 주의를 주기로 결심했다.

이라이자의 가입 인사는 정말 끔찍했다.

"나만 평범한 이름이라, 여기 있는 사람들처럼 희한한 이름이 아니라

서 좀 튈지도 모르겠지만 잘 부탁드립니다."라지 뭔가. 그래서 나중에 살짝 "야, 그런 말이 어디 있어." 하고 말했더니 "구 짱 이름, 어릴 때부터 부러워했어. 내 이름은 너무 평범해서 재미없으니까. 귀여운 이름이라 좋겠다고 생각했지."라며 진지한 얼굴로 말했다. 위로인 줄 알았는데 곧바로 "그런데 설마 해파리일 줄이야." 하며 웃음을 터뜨리는 바람에 내 머리에서는 김만 폴폴 더 났다.

"자, 큰 수리는 전부 해 뒀으니까 이제부터는 너희들이 작은 구멍을 찾아서 보수해. 보수용 테이프는 이거. 색깔 잘 칠해야 돼."

이라이자의 대사는 멋지게 흘려보내고 호시카와 아저씨가 작업설명을 시작했다. 바닥을 가득 메운 쪽빛 천에 알록달록한 별 무늬가 물결치고 있는 모습이 마치 진짜 은하수 속에 있는 기분이었다.

"저기, 구 짱." 주에리가 조용히 말을 걸었다. "나카무라 선배, 야구부 그만두기로 했대."

"어, 왜?"

"죽도 밥도 아닌 짓 그만두고 이쪽에 전념하기로 결정했다고 아까 사이토 선배랑 이야기하는 소리 들었어."

"그렇구나……"

나카무라 선배도 내면에서 뭔가 매듭을 지은 것이리라.

"…… 있잖아, 주주. 4월에는 말이야, 우리가 날 수 있을 거라고는 전혀 상상도 못했잖아. 늘 바닥을 기어다니는 벌레가 설마 하늘을 날게 될 거라고는 생각 못하는 것처럼. 정말 놀랍다, 그치?"

"그러게." 주에리는 태평하게 맞장구를 쳤다. "바퀴벌레도 그렇고, 방심하고 있으면 갑자기 날아올라서 간 떨어지게 만들지.”

“…… 그 비유는 좀 싫다.”

둘이 얼굴을 마주하며 쿡쿡 웃었다.

“그럼 애벌레. 번데기에서 나비가 되잖아.”

“그건 예쁘니까 좋다.”

나는 누구누구 못지않게 거만한 자세로 팔짱을 꼈다. 그러고 있는데 원조 강력 거만한 목소리가 튀어왔다.

“거기 두 사람, 게으름 피우지 말고 작업이나 해.”

“네에.”

둘이 하모니로 대답하고는 별 바다를 향해 뛰어가면서 나는 확신이 들었다.

우리는 날 수 있다.

반드시 날 수 있다.

7. take off

1.

어릴 때는 꿈에서라면 자유롭게 하늘을 날 수 있었다. 어중간하게 몸이 커 버린 지금은 날 듯 날 듯하다가 떨어지는 꿈만 꾼다. 고꾸라지는 듯한 감각 속에 눈을 뜰 때면 어둠 속에서 혼자 쓴웃음 짓는다.

진짜 어른이 되고 나면 하늘을 나는 꿈 따위, 전혀 못 꾸게 될지도 모른다.

"…… 이제 가을 다 됐네, 가을에는 문화제가 있지. 어이, 너희들, 준비는 잘돼 가고 있어?"

어쩐지 일부러 티가 나는 쾌활한 목소리로 다치키 선생님은 말했다.

방과 후다. 동아리실 하나 없는 신세인 우리 비행클럽 부원들은 늘 그렇듯 2학년 2반 교실에 모여 늘 그렇듯 쓸데없는 잡담을 시작한 참이었다. 그때 갑자기 고문인 다치키 선생님이 등장한 것이다. 아니, 그것보다 동아리 활동 시간에 온 건 처음이잖아. 고문이라는 사실도 까맣게 잊고 있었네.

"…… 노부나가, 무슨 일로 별안간 들이닥친 거지? 지금까지는 나 몰라라 팽개쳐 두고 있었으면서."

내가 속닥속닥 말하자 이라이자가 다 안다는 얼굴로 말했다.

"아, 뭐라더라, 야지마 선생님. 10월부터 출산휴가가 끝나고 복귀한대."

"정말이야? 벌써?"

"브라스밴드 가을 연주회가 걱정돼서 일정을 앞당겼대. 노부나가, 우리 고문해야 된다면서 그쪽 고문 대리 거절했잖아. 여기서 열심히 하고 있다는 걸 겉으로나마 보이지 않으면 곤란하지 않을까?"

"그렇군."

단번에 납득이 된다. 그나저나 어떻게 당시 테니스부였던 이라이자가 비행클럽이 발족될 무렵의 일까지 자세히 알고 있는 건지.

"끝내 줘요, 선생님." 나카무라 선배가 명랑한 목소리로 장담했다. "두고 보세요, 끝내 주게 날아 줄 테니까."

그 말에 다치키 선생님은 아아, 하며 끄덕였다.

"트램펄린. 그런데 그걸 어디서 빌릴 생각이야?"

"…… 트램펄린."

너무도 옛날 옛적 이야기를 하는 바람에 일동은 힘이 쏙 빠졌다. 그 모습에 놀란 선생님은 고개를 갸웃했다.

"어, 활동보고서에는 트램펄린이 어쩌고……."

"그게 언젯적 이야기예요."

나카무라 선배가 말하자 기가 꽉 찬다는 듯 사이토 선배도 말했다.

"트램펄린으로 통통 뛰는 게 비행이라니, 선생님께서 진지하게 그렇게 생각하신다면 안타까운 일이네요."

아, 지금, 살짝 화난다. 트램펄린 아이디어를 낸 것도 준비한 것도 난데요…….

혼자 소심하게 화내고 있는데 하느님 부장은 중2 남학생 주제에 저 위엄은 뭔가 싶을 정도로 근엄하게 말했다.

"비행클럽이니까 하늘을 나는 것이야 당연하죠."

"날다니…… 무슨 수로?"

다치키 선생님은 신기하다는 듯 물었다.

"열기구요."

클럽 전원이 한소리로 말했다. 이어서 다들 열기구를 빌려 준 사람이 있었다는 사실과, 구피 수리도 끝났고 이제 시기만 기다리고 있다는 사실 등을 저마다 이야기했다.

아, 기쁘다, 뭔가 일체감이 진하게 느껴지네, 이렇게 한가로운 생각을 하고 있는데 갑자기 폭탄이 떨어졌다.

"안 돼, 안 돼. 위험해서 안 돼. 떨어지면 어떡할 거야."

무심코 웃고 말았다. 다른 사람들도 거의 웃긴다는 얼굴로 '무슨 말을 하는 거야?' 하듯 서로 얼굴을 마주 보고 있었다. 분위기를 알아챘는지 다치키 선생님은 무지막지하게 무서운 얼굴을 하고 말했다.

"정말 안 된다. 얼마나 높이 올라갈 생각인지 모르지만 까딱 잘못하면 죽어. 그런 위험한 짓을 학교에서 허락할 것 같아? 문화제에서는…… 그래, 열기구가 하늘을 나는 구조라든가, 이런저런 그림이나 사진 넣고 전시패널을 만들어서 벽에 붙이면 돼. 그 정도가 중학생다운 거야, 그래."

한동안 아무도 말이 없었다. 나 역시 너무도 지독한 상황에 말문이 막혔다. 선생님의 말이 얼핏 이해가 되지 않아, 아니, 이해하고 싶지 않아서 넋 나간 듯 그저 입을 헤벌리고 있었다.

우리 태도를 '반대 없음'으로 이해한 모양인 선생님은 이때다, 싶어 빠른 어조로 말했다.

"전시 장소는 내가 확실하게 확보할 테니까. 고문으로서 그 정도는……."

"…… 누가 고문인데요."

낮고 차가운 목소리가 울려 퍼지기에 누군가 싶었더니 바로 내 목구멍을 타고 나온 목소리였다.

"지금까지 고문 선생님, 없는 것이나 마찬가지였잖아요. 처음부터 끝까지 모른 척 팽개쳐 두다가 이제야 겨우 나타나서는 훼방을 놓는 건가요. 지금 이 시기에, 이제 와서 안 된다고 하면 우리가 예, 알겠습니다, 하면서 포기할 거라고 생각하세요? 의욕 없으면 의욕 없는 대로, 우리는 괜찮으니까 새삼스럽게 어슬렁어슬렁 나오실 것 없이, 그냥 끝까지 뒤로 빠져 주시면 안 될까요?"

'이제야 겨우'라든가 '새삼스럽게'라든가 '그냥' 같은 단어에 필요 이

상으로 힘을 주며 단숨에 속내를 토해낸 다음, 퍼뜩 정신이 들었다. 주
변은 다시금 절간처럼 조용해져 있었다. 다치키 선생님은 다소 겁먹은
듯한 얼굴로 나를 보고 있었다.

"아니, 아무리 그래도." 반론하는 선생님의 목소리가 상당히 작아져
있었다. "학교측에 아무런 보고도 하지 않고 별안간 하늘을 날 거라
니."

"그건." 갑자기 누가 큰소리를 냈다. 놀랍게도 규지였다. "그건 선생님
이 생전 오시지 않았으니까 그렇죠. 기구 이야기는 벌써 한참 전, 1학
기 때 나온 건데."

"맞아요." 나카무라 선배가 거들었다. "1학기 때 사다의 부탁을 받고
몇 번이나 선생님을 찾아가서 동아리 활동에 얼굴 좀 보여 달라고 부
탁드렸잖아요. 그런데 선생님이 무시했어요. 이런 중요한 순간에 누굴
괴롭히려는 것도 아니고 그런 말을 하는 법이 어디 있어요, 진짜 너무
하시네."

"아니, 괴롭히는 게 아니라."

"애당초." 다치키 선생님의 말을 칼같이 끊어 버리고, 사이토 선배가
평소의 그 거만한 어조로 말하기 시작했다. "비행클럽이니 나는 건 당
연한 일이죠. 갑자기 날겠다고 하는 게 아니에요. 처음부터 항상, 나는
것이 전제인 동아리입니다."

"게다가 선생님……." 주에리까지 조심스레 발언했다. "기구를 빌려
주신 호시카와 아저씨, 선생님의 친척이라고 들었는데요?"

"아, 맞다, 맞다, 맞아요, 주주, 말 잘했다." 덩달아서 루나루나까지 입

을 열었다. "아무 말도 못 들었다니 그게 훨씬 놀랍네요."

"아니, 친척이라고는 해도 난 돌아가신 부인 쪽이고, 만난 것도 장례식이랑 결혼식 때 정도라……"

"몰라요, 그런 건." 나는 최대한 차갑게 받아쳐 줬다. "아까 말했잖아요. 이제 뒤로 빠져 주세요."

"사다 너, 성격이 좀 바뀐 거 같다?"

왠지 섬뜩하다는 눈으로 나를 보기에 소녀 마음에 조금 상처를 입었지만 그게 문제가 아니었다.

"선생님, 우리, 이미 날기로 결정했어요."

단호하게 말했는데도 다치키 선생님은 여전히 웅얼웅얼 연설을 했다.

"아니 그래도, 너희들이 아무리 우겨도 학교로서는 위험행위를 용인할 수 없어. 이건 너희들을 위한 말이야. 애초에 어디서 날 생각이야? 교정도 사용 허가를 받아야 돼. 그런 허가가 내려올 리도 없지만, 상식적으로 생각해서……"

선생님은 줄줄이 늘어놓으면서 슬금슬금 물러날 자세를 잡았다.

"도망치지 마세요!"

나는 그렇게 외쳤다가, 아무리 그래도 말이 지나쳤나 싶어서 입을 다물었다. 그 모습을 본 다치키 선생님이 갑자기 세게 나왔다.

"뭐야, 그 말투. 누가 봐도 지금 억지를 쓰고 있는 건 너희들이야. 추락하면 어쩔 거야. 너희들이 죽어서 내가 잘리게 되면 최악이잖아……"

말투는 어디까지나 세게 나오면서도 발은 퇴각을 계속해 다치키 선생님은 이미 입구 근처까지 물러나 있었다.

그곳으로 성큼성큼 다가가는 학생이 있었다. 줄곧 아무 말 없이 상황을 지켜보던 이라이자였다. 그녀는 다치키 선생님의 어깨를 쿡쿡 찌르더니 뭐라고 소곤거렸다. 그 순간 다치키 선생님의 턱이 딱 소리를 내며 떨어…… 진 것 같은 기분이 들었다.

"무, 무, 무슨 소리야, 너…… 그, 그, 그거 협박이야……?"

"어머나, 선생님도. 단순한 잡담이잖아요."

이라이자의 그 달콤한 목소리를 듣자 내 등줄기로 뭔가가 휘리릭 지나갔다.

"그, 그래 봐야 난……."

"그러니까요오, 선생님. 급할 것도 없는데 당장에 안 된다고만 하지 마시고, 조금만 더 검토랄까, 생각해 주셨으면 한다는 거지요오."

이라이자의 간지러운 목소리에, 뭐 이해는 가지만 선생님은 얼굴을 실룩대며 끄덕였다.

"아, 뭐, 검토 정도는, 그래…… 생각해 볼게, 그럼 또 보자."

하하핫, 하며 건조한 웃음소리를 남긴 채 다치키 선생님은 도망치듯 자리를 떴다.

이라이자가 우리 쪽으로 몸을 틀더니 더없이 우쭐한 얼굴로 히죽 웃었다(분명 그 자리에 있던 모든 이들이 부르르 몸서리를 쳤을 것이다).

"다치키 선생님, 무사안일주의의 전형 같은 사람이기도 하고, 정면으로 부딪쳐 봤자 구렁이 담 넘어가는 식으로 요리조리 피해갈 뿐이라니까. 우리가 아무리 하고 싶다고 해도 위험하다는 사실에는 변함이 없으니까 평행선인 거지. 저런 사람은 약점을 콱 붙잡아서 타협을 해야 말이 통해."

역시 약점을 붙잡고 있었구나.

내심 식은땀을 흘리며 나는 겨우 입을 열었다.

"고마워, 덕분에 살았어."

이라이자도 참, 쥐 잡아 왔다며 주인의 칭찬을 기다리는 고양이 같잖아.

"아직은 시간을 번 것뿐이야." 몹시 흡족한 얼굴로 이라이자는 말했다. "나머지는 호시카와 아저씨 쪽을 확실하게 굳혀 놓아야."

"설마 호시카와 아저씨의 약점까지 잡고……."

"설마. 호시카와 아저씨 같은 사람한테는 구 짱 스타일이 좋지 않을까?"

"…… 그래?"

내 스타일이, 뭐지? 그렇게 생각하며 나는 궁금했던 것을 물었다.

"저기, 참고로 다치키 선생님의 약점이……."

"별것 아니야. 무슨 범죄 같은 것도 아니고. 우리 사촌이 비디오 대여점에서 아르바이트를 하는데 선생님이 거기 손님이래. 왜, 선생님 이름 외우기 쉽잖아? 그래서 들킨 거지. 뭐 어쨌거나, 직업이 교사쯤 되면 온갖 부분에서 방심하면 안 된다는 이야기지."

같은 편으로 있는 것도 싫지만, 적이 되면 백 곱절은 더 싫은 이라이자는 그렇게 말하더니 또 히죽이 웃었다.

2.

"…… 구 짱의 끝내 주는 박력으로 한방에 날려 버렸네."

걸으면서 주에리가 다가와 속닥속닥 귓속말을 했다.

"끝내 주는 박력이라니."

"왜, 아까 구 짱, 대단했어. 사이토 선배 신이 붙었나 싶을 정도로 무서웠어. 역시, 사랑의 힘은 대단해."

처음부터 끝까지, 그중에서도 마지막 부분은 흘려듣기 힘들었지만 나는 하, 하고 깊은 한숨만 쉰 채 넘어갔다. 어설프게 반박했다가는 '꺄, 구 짱, 부끄러워하네, 귀·여·워' 하고 찢어지는 목소리로 말하며 몸을 배배 꼴 것이 빤했다. 길거리에서 그렇게 고함을 질렀다가는 아주 맨홀에라도 뛰어들고 싶어질 것이다, 정말이지.

여름방학 끝 무렵의 모르모트 도주 사건 이후, 비행클럽 안에서는 나……와 사이토 선배가 '그렇고 그런 사이'라는 공통된 인식이 생겨나고 말았다. 자기들 마음대로 그렇게 인정해 버리면 사람 참 난감하다. 그런 사실이 요만큼도, 한 조각도 없는 데다, 애초에 당사자인 사이토 선배 자신은 모두가 공통적으로 인식하는 범위 바깥에서 혼자만 있는 느낌이 확연히 들었다. '그렇고 그런 사이'에는 전혀 흥미도 없어 보이기도 했다.

뭐, 아무래도 이런 쪽 이야기는 여자애들이 더 좋아하는 법인데 사이토 선배한테 직접 이야기할 배짱이 있는 아이가 없다 보니 결국 나혼자만 희생양 비슷하게 되어 버렸다. 여름방학 전에 시작된 끔찍하게 불편한 정황은 수습되기는커녕 오히려 악화되어 가는 느낌이었다.

하여간에 다들 너무 들떠 있다니까. 누가 비행클럽 아니랄까 봐, 하는 말장난을 하자니 시시하기도 하고.

어쨌든 지금 꼭 해야 할 일은, 문화제 때 하늘을 날기 위한 기반 다지기다. 열기구의 제공자이며 협력자인 호시카와 아저씨의 약점을 콱 붙잡아…… 이건 아니었지, 사고를 걱정하는 학교측을 어떻게 설득해야 좋을지 상담할 필요가 있다. 그것도 다치키 선생님이 쓸데없이 움직이기 전에. 이것이 이라이자의 의견이다.

"…… 노부나가 같은 사람은 말이야, 일단 물러났다가도 금세 '역시 안 돼' 하고 생각을 바꾼단 말이지. 그렇게 되면 가장 빠른 길은 호시카와 아저씨한테 따져서 협력을 못하게 하는 거잖아. 자신이 악역이 되지 않기 위해서라도 호시카와 아저씨한테서 '아무래도 기구 못 빌려주겠다'는 말이 나오게 하려면 어떻게 해야 할지 계속 고민하고 있을 걸, 분명히."

이라이자는 자신만만하게 그렇게 말했다.

"설마 그런 심한 짓까지 할까."

심성이 고운 나카무라 선배가 고개를 갸웃하자 주에리는 응응, 하며 끄덕였다. 그러자 이라이자는 "세상을 모르네." 하며 밉살맞게 얼굴을 찌푸렸다. "자기방어에 들어간 어른이란 생물은, 추잡스러워. 도저히 상상할 수 없을 정도로 비열한 짓을 태연하게 한다니까."

이제 겨우 열세 살인 주제에 대체 얼마나 어른의 추잡스러운 부분을 봐 왔다고 그러니, 넌.

그렇게 면박을 주고 싶었지만 이라이자의 말은 토를 달 수 없을 만큼 설득력이 있었다. 그래서 지금, 이렇게 다들 몰려 올망졸망 호시카와 슈퍼마켓으로 향하는 중이다.

이라이자가 가입하고 나서 느낀 것이지만, 그녀의 나서기 좋아하는 부분이나 억지스러운 부분, 목적을 위해서는 수단방법을 가리지 않는 부분은 사실 비행클럽에 있어 고맙고도 필요한 요소였다. 애초에 가장 중요한 부장부터가 그저 무조건 '날고 싶어, 날고 싶어' 하며 염불이나 외울 뿐 무엇 하나 구체적인 방책을 생각해 내거나 행동하는 사람이 아니다. 완전히 '너희들끼리 알아서 잘해 보거라'로 밀고 나가는 대갓집 나리 스타일이다. 그리고 다른 부원들은, 사람은 좋은데 '좋은 사람은 그다지 도움이 안 될지도 모른다'는 평소 생각을 한층 더 강하게 만들어 주는 사람들뿐이다. 이렇게 말하는 나 자신도 사실은 누구를 인솔하거나 지도하는 일 따위 솔직히 귀찮아하는 게으름뱅이이고.

그런데 지금은 이라이자가 적극적으로 무언가 제안을 하고 내가 승인을 하거나 수정안을 내기만 하면 그때부터는 뭐, 전원이 일사불란하게…… 까지는 아니지만 비교적 빠르게 행동할 수 있었다. 모두 제각각인 데다 매사에 설렁설렁 행동했던 4월 무렵을 생각하면 참으로 감개무량하다.

적재적소란 말은 참 적절한 말이다. 테니스부에서는 무시무시한 파괴자의 위용을 과시하던 이라이자도 비행클럽에서는 (놀랍게도) 꽤 고마운 존재가 되어 가고 있었다. 여전히 문제가 될 발언을 많이 하지만 문득 깨닫고 보니 그녀를 대하기가 예전만큼 불편하지는 않았다.

—그러게 그런 말까지 하는데.

걸으면서 한숨 쉬듯 생각한다.

'구 짱과 함께라면 날고 싶어.'

그렇게 이라이자는 말했다. 비행클럽에 들어오고 싶다고 했을 때.

왠지는 모르지만 이라이자는 나를 좋아한다고 한다. 자신에게 호의를 품고 있는 사람을 계속해서 싫어하기는 참 어려운 일이다. 설령 그 호의 자체가 의심스러운 발언이 종종 나온다고 하더라도.

결국 이라이자는 그다지 변한 게 없는데 변한 것은 오히려 내가 받아들이는 방식일 뿐인지도 모른다. 결론은 마음의 문제라는 건가?

그리고 또 한 사람. 역시 문득 깨닫고 보니 여름방학 때는 노골적으로 가시가 돋쳐 있던 루나루나의 태도도 눈에 띄게 부드러워져 있었다. 장난꾸러기에 변덕쟁이에 생각나는 대로 말해 버리는 경향은 있지만 기본적으로 심술궂지 않고, 심성이 고운 아이다. 게다가 굉장히 시원스런 성격이다(이런 면에서 심술궂고 악의가 있고 집요하고 음침한 이라이자와는 크게 대조적이다). 이라이자와 루나루나. 약간 특징적이라고 해야 하나, 색다른 면이 있는 이 여자애들 두 명과 잘 지낼 수 있게 되면서 순식간에 동아리 활동이 즐거워졌다. 아, 동아리 활동이라는 게 이렇게 즐거운 거였나? 싶을 정도였다. 인간관계란 정말 소중한 것이라는 사실을 실감한다.

비행클럽이 즐거워진 것은 아마도 '하늘을 난다'는 최대 목표이자 유일한 목표에 가까워져 가고 있다는 이유도 있을 것이다. 낡은 열기구를 스스로 수리해서 두둥실 하늘로 떠올린다. 이렇게 멋진 일이 또 있을까.

중학생이 하늘을 날다니, 절대 불가능하다고 생각했다. 누가 그렇게 말하지 않아도 나 자신이 가장 불가능하다고 생각했다. 동아리의 다른 아이들도 분명 그렇게 생각했으리라. 딱 한 사람, 하느님 부장만 빼고.

애초에 사이토 선배가 입학하자마자 기존 동아리를 모두 거부하고 혼자 활동하기 시작한 것이 비행클럽의 발단이었다. 그 뒤 이럭저럭 1년 반이 흘러 동아리 멤버는 모두 일곱 명으로까지 늘어났다. 그리고 우여곡절 끝에 문화제 때는 기구를 띄울 수 있는 단계에까지 이르렀다.

이건 꽤 대단한 일이라고 생각한다. 그 말이 사이토 선배가 대단하다는 뜻인지는 좀 헷갈리지만.

나는 앞장서서 걷는 부장의 등을 힐끔 쳐다봤다.

―아니, 대단한 거야. 혼자서 1년을 버텼으니. 모든 사람들이 비웃고 어이없어 하고, 그런데도 계속해서 오로지 하늘을 날고 싶다는 생각을 해 왔다…… 터무니없을 정도로 완강하고 한결같이.

그건 역시, 상당히 대단한 일이야. 참 바보 같다는 생각도 들지만 역시 대단해. 그렇기에 힘을 보태 줄 수밖에 없었다.

그건 선배와 똑같은 바보가 되겠다는 뜻이기도 하고, 선배와 함께 비웃음을 받겠다는 뜻이기도 하다. 처음에는 '왜?'라는 생각이 들었지만 요즘에는 그냥, 뭔가 포기하고 있다…….

"…… 구 짱."

갑자기 주에리가 얼굴을 들이댔다. "무슨 즐거운 생각이라도 하고 있었어? 아주 생글생글 웃던데."

"엥, 아, 그야……." 콩닥콩닥하며 나는 대답했다. "열기구로 나는 거, 신나겠다, 뭐 이런 생각."

주에리는 싱긋이 웃으며 끄덕였다.

"그치."

그 맞장구에 딱히 무슨 다른 뜻이 있는 것은 아니겠지만 괜히 초조 해져서 나는 빠른 어조로 말했다.

"그나저나 다치키 선생님이 방해를 안 해야 될 텐데. 설마 그 의욕 없는 고문 선생님이 최종 보스일 줄이야. 놀랍다고 해야 하나, 어이가 없다고 해야 하나."

"아직 최종 보스라고 할 수는 없지. 다치키 선생님 정도는 그냥 중간 보스 수준 아니야?"

앞서 걷고 있던 루나루나가 이야기에 끼어들었다. 그 말을 받아 뒤 에 있던 이라이자도 "맞아." 하며 끄덕였다. "얼굴로 따지자면 최종 보 스는 호시카와 아저씨지. 호시카와 아저씨는 얼굴도 목소리도 무섭잖 아."

여자 넷이서 꺄악, 진짜, 진짜, 하며 까르르 웃었다. 다음 순간, 위협 적인 목소리가 울려 퍼졌다.

"누구 얼굴이 무섭다고?"

별안간 눈앞에 불쑥 얼굴을 내미는 바람에 여자 넷이서 약속이라도 한 듯 또 꺄악, 하고 비명을 내질렀다. 사이토 선배가 보란 듯이 귀를 막고 있는 모습이 얼핏 보였다.

"아, 호시카와 아저씨." 이라이자가 한 말 다 들었겠구나 싶어서 나는 일부러 최상급의 웃는 얼굴을 만들었다. “여기서 뭐하세요?”

“담배 가게에서 나왔는데 뭘 했겠어?”

호시카와 아저씨는 담배를 상당히 많이 피운다.

“아직 누가 무슨 말 없던가요?”

빙 둘러 속을 떠봤다. 호시카와 아저씨는 재미있다는 듯 히죽히죽 웃었다.

“누가 무슨 말을 하러 온대?”

“아니요……”

“어, 전화 오네.” 갑자기 호시카와 아저씨가 귀에 손을 댔다. “…… 우리 가게인가?”

호시카와 슈퍼마켓은 겨우 몇 집 건너에 있다.

“아니요, 아닌 것 같은데요.”

감이 왔다. 타이밍을 봐서는 다치키 선생님의 전화일지도 모른다.

초조해져서 다른 아이들을 쳐다봤는데 그런 내 눈빛을 귀신같이 이해하고 달리기 시작한 이는 이라이자였다. 그야말로 척하면 척이네.

“어? 저 심술쟁이 애는 왜 갑자기 뛰는 거야?”

“아무것도 아니에요. 그보다 호시카와 아저씨, 오늘은 할 이야기가……”

나는 그렇게 입을 열었지만, 얼버무릴 틈도 없이 가게에 도착하고 말았다. 가게 카운터 옆 전화를 멋대로 받고 있는 이라이자를 보자 호시카와 아저씨는 얼굴을 찌푸렸다. 그런 표정을 지으니 안 그래도 무서운 얼굴이 더 무서워졌지만 정작 이라이자는 태연했다.

"호시카와 아저씨, 이 전화, 진짜 더럽네요. 뭔가 냄새도 나."

또 쓸데없는 소리를 하네.

"…… 누구한테 온 전화였어?"

위협적인 목소리로 호시카와 아저씨가 물었다. 이라이자는 수화기를 찰카닥 내려놓고는 천연덕스럽게 고개를 저었다.

"아, 그러니까, 잘못 걸려온 전화였어요."

이라이자는 엄청나게 뻔뻔한 목소리로 말하더니 감쪽같이 속였다는 얼굴로 히죽이 웃었다.

3.

"…… 이제 와서 학교의 허가를 못 받았다니……."

떨떠름한 얼굴로 호시카와 아저씨가 투덜대듯 말하자 하느님 부장은 힘차게 끄덕였다.

"이제 와서 말도 안 되죠, 정말."

사이토 선배한테 푸념해 봐야 안 통한다는 사실을 호시카와 아저씨는 아직 배우지 못한 모양이었다.

"이제 와서 묻겠는데, 너희들 부모님은 모두 다 이해하고 계신 거야?"

"부모님이 무슨 상관인데요?"

사이토 선배의 당당한 말에 호시카와 아저씨는 할 말을 잃은 듯 입을 다물더니 하, 하고 한숨을 쉬었다.

"…… 여기가 편의점도 아니고, 거기 그렇게 교복 입은 꼬맹이들이 우르르 몰려 있으면 곤란해. 손님들한테 폐가 된다고."

아저씨는 작은 소리로 그렇게 투덜댔다.

"손님 없잖아요."

이라이자가 태연한 얼굴로 말하자 호시카와 아저씨는 발끈했다.

"너희들 때문에 못 들어오는 거잖아."

"아, 저기 우리, 뭘 좀 살게요."

나는 서둘러 냉장고를 들여다봤다. 가장 싼 소다 맛을 꺼내자 다른 부원들도 우로나란히 자세로 같은 아이스크림을 꺼냈다. 루나루나만 혼자서 태연히 하겐다즈를 고르고 있었지만.

카운터에서 계산을 하면서 가만히 호시카와 아저씨를 봤더니 난처한 듯 한숨만 쉬고 있었다.

"…… 뭐, 처음부터 어려운 일이기는 했어. 아가씨 기세에 그만 깜박 넘어갔지만. 하늘을 날다니 분명 바보나 하는 짓이야. 떨어져서 큰 부상을 입건, 사망을 하건 어른이라면 자기책임이고 제 집 자식이라면 쌍방이 충분히 이해한 결과인 그야말로 자기책임인 거고…… 열기구 동료들은 모두 그런 바보들뿐이다 보니 나도 마비되어 있었던 거야……."

"우리도 자기책임은 알고 있어요. 충분히 이해하고 있어요."

"아니, 몰라. 나는 선생님이 겁내는 거 이해해. 생각해 봐, 떨어져서 죽지는 않는다고 해도 바람에 휩쓸려서 어디 민가 지붕에 걸리게 되면 지붕 일부나 텔레비전 안테나를 망치게 되지. 그럼 수리비만도 몇 십만 엔이 들지 몰라. 아가씨들이 척척 낼 수 있어? 못 내지. 그때는 부모님이 나서야 한단 말이야. 현실에서는 부모님과 상관없는 일이 아니란 말이지."

대꾸할 말이 없어서 나는 그저 소다 맛 아이스크림만 핥았다. 여름 동안 그렇게 맛있던 아이스크림이 이제는 그저 으슬으슬 춥게만 느껴진 것은 계절이 바뀐 탓만은 아닐 것이다.

"부모님뿐만이 아니야." 우리가 아무 반론도 못하고 있는 것을 보자 호시카와 아저씨가 또 말을 이었다. "열기구를 날리기 위해서는 상당한 넓이의 땅이 필요해. 전선이 없고, 차를 타고 들어갈 수 있어야 하고, 이른 아침, 다른 사람들이 들어오지 않는 그런 장소. 교정을 사용할 수 있도록 허가가 떨어지지 않으면 달리 그런 장소를 찾을 방법이 없잖아?"

"아침에, 첫새벽에, 몰래 살짝 들어가면요?"

조심조심 주에리가 말했다. 주에리 치고는 대담한 의견이었다. 하지만 호시카와 아저씨는 매정하게 고개를 저었다.

"공공건물 침입죄인가 뭔가로 내가 체포돼. 게다가 사람만 들어가면 끝나는 일이 아니야. 문을 열지 못하면 열기구를 들일 수가 없어."

"게다가 이른 아침이더라도 운동부 연습이 있으니까……." 나카무라 선배가 말하기 곤란한 얼굴로 중얼댔다. "확실하게 사용 허가를 받아서 그날은 다른 동아리가 사용하지 못하도록 하지 않으면 아마 위험할 거야."

"그때는 정말 자기책임만으로 끝나지 않지. 무슨 일이 일어났을 경우 고소당하는 건 학교, 체포되는 건 나, 손해배상청구를 당하는 건 너희 아가씨, 도련님들의 부모님…… 뭐, 그렇게 되는 거야."

그때 뒤에서 짝짝 손뼉 치는 소리가 들렸다.

"역시 호시카와 씨, 좋은 말씀을 해 주시고 계시네요."

돌아보니 이름만 고문인 다치키 선생님이 있었다. 예상은 하고 있었기 때문에 크게 놀라지는 않았지만 얼굴 한가득 웃음 짓고 있는 모습을 보니 부아가 났다.

"…… 무슨 일로 오셨어요?"

차갑게 쏘아붙였더니 다치키 선생님은 살짝 겁먹은 얼굴로 나를 보며 말했다.

"아까 전화 받은 거, 사다냐?"

"아니요."

뭐야, 고문 선생님인 주제에 네 명밖에 없는 여학생 목소리도 구분을 못하다니. 목소리 전혀 다르거든요.

어른이란 참 비겁하다고 뼈저리게 느꼈다. 평소 자주성을 키우라고 그렇게 강조하면서 실은 아이들이 일벌이지 않고 그저 가만히 있기만 바라는걸. 아무것도 하지 않는 동안에는 방치해 둘 수 있으니까. 요컨대 자신들이 편하게 지낼 수 있으니까. 그래서 정말 아무것도 하지 않고 있으면 '이 모양이니까 자율 교육은 안 돼' '요즘 애들은 패기가 없어서' 이렇게들 말하지. 정말 멋대로 하고 싶은 말만 하고 있잖아. 이젠 정말 성질 난다고.

내가 원망 섞인 눈으로 빤히 노려보자 선생님은 마음이 불편한지 눈을 돌렸다.

"아, 방금 호시카와 씨가 말씀하신 것처럼 말이야, 말로는 자기가 책임진다지만 중학생이 무슨 책임을 질 수가 있어. 그러니까 하늘은 못 날아. 어른 말 들어, 말했지. 내 말대로 열기구 관련 전시 패널이나 만들어서……."

"중학생은 책임질 수 없다고 하시는데." 감히 거부할 수 없는 어조로 갑자기 사이토 선배가 다치키 선생님의 말을 가로막았다. "모르세요, 선생님?"

너무도 노골적으로 '무지를 비웃는' 듯한 말투였다. 뭐, 늘 그렇긴 하지만. 선생님도 발끈한 표정으로 되물었다.

"모르다니, 뭘?"

"책임연령이라는 말이 있지요. 현재 법률상으로는 만 14세부터 분명히 책임을 지게 되어 있습니다. 그리고 저는 지난주에 생일이었고요."

선배가 알아들었느냐는 식으로 거만하게 말하기에 그만 나도 모르게 옆에서 말하고 말았다.

"축하드립니다."

"어, 그래."

하느님 부장은 거만하게 한 번 까딱했다.

"책임연령이라니 너." 다치키 선생님은 눈을 부라리며 말했다. "형사 사건이라도 일으킬 생각이야?"

"모든 책임은 부장인 제가 지겠습니다."

대화가 통하지 않는다. 통하지 않지만 그래도 뭔가 사이토 부장 믿음직한걸.

"저는…… 저희들은 날 겁니다. 반드시 날 거예요."

다치키 선생님이 할 말을 잃자 옳거니 하며 사이토 선배는 거침없이 말했다.

다음에 입을 연 사람은 나카무라 선배였다.

"사이토가 한번 말을 꺼내면 절대로 굽히지 않는다는 거, 선생님이 가장 잘 아시죠."

다치키 선생님의 목구멍 안에서 끄윽, 하는 소리가 들렸다. 퍼뜩 생각나기에 나도 말해 봤다.

"저기, 학교 보험이라는 게 있잖아요. 그런 식으로 비슷하게 분명 동아리 단위로 들기도 하고 그러죠…… 이벤트를 하는 날 하루에 한정해서 들면 그리 비싸지도 않을 테고."

"으……음."

"선생님의 허가가 없어도 반드시 날 거예요."

사이토 부장은 염불 외듯 반복했다. 이제 다치키 선생님은 천하에 둘도 없이 한심한 표정을 짓고 있었다.

그때 껄껄대며 웃는 소리가 울려 퍼졌다. 호시카와 아저씨였다.

"이건 뭐, 도리가 없네요, 선생님." 왠지 즐거운 목소리로 호시카와 아저씨는 말했다. "이 녀석들, 아무리 말려도 안 들어요. 보세요, 이 녀석들의 밉살스런 얼굴을. 아주 반항할 마음으로 똘똘 뭉쳐 있잖아요. 이거야 참, 어떻게 하는 게 좋을까요…… 이대로 이 녀석들한테서 손 떼고 이 녀석들끼리 무리하다 큰 사고를 내는 것과, 어른인 우리가 확실하게 감시하고 어른들 관리 하에서 하늘을 날게 하는 것 중에 말이에요."

그 말에 나는 부원들의 얼굴을 둘러봤다. 다들 하나같이 웃음을 띠우고 있었다. 반대로 방금 전까지 같은 편이라고 믿었던 사람에게서 뒤통수를 맞은 다치키 선생님은 순식간에 소심한 태도로 나왔다.

"하지만 호시카와 씨……. 그러다 혹시 떨어지기라도 하면……."

"아, 괜찮아요, 괜찮아." 우리가 '진짜?' 하고 생각할 만큼 가벼운 어조로 호시카와 아저씨가 말했다. "열기구라고 해서 바람 타고 둥실둥실 여행만 하는 물건은 아니니까요. 계류비행이라고 튼튼한 로프에 묶어서 소형트럭에 고정시켜 두고 애드벌룬처럼 낮게 띄우면 됩니다. 목장이나 유원지에서 관광객들 상대로 하는 수준으로 하고 비바람만 조심하면 위험할 거 하나도 없습니다."

"그래도……." 다치키 선생님의 목소리는 조금 전보다 약간 가라앉아 있었다. "요즘 부모님들은 말이 많습니다. 학교도 그렇고 저도 그렇고. 호시카와 씨 역시."

"그럼 이렇게 합시다. 어이, 너희들." 호시카와 아저씨가 우리를 돌아보며 말했다. "너희들 모두 부모님한테 말이야, 혹시 무슨 일이 생기더라도 학교측에 절대 불평하지 않겠다는 동의서 받아와. 그게 선생님과의 타협점이야."

아저씨는 어울리지도 않는 윙크를 우리에게 날렸다.

"…… 알겠습니다."

날아오르는 구체적인 방법에는 약간 동의할 수 없는 부분이 있기에 나는 떨떠름하게 끄덕였다. 다른 아이들도 같은 생각을 하는 듯한 얼굴이었다. 단 한 명, 사이토 선배만은 조금 전과 똑같은 표정으로 어른

두 명에게 선언하듯 "우리는 반드시 날 거니까요." 하고 말했다.

남의 이야기도 좀 듣고, 이야기의 흐름도 좀 파악해 줬으면…… 하고 이 사람에게 바라는 것은 무리한 바람일지도 모르겠다.

그와는 별개로 루나루나 혼자 시무룩한 표정을 하고 있었지만 그 사실을 다시 떠올린 것은 꽤 지나고 난 뒤의 일이다. 그때는 다 녹아 버린 컵 아이스크림을 플라스틱 스푼으로 뱅글뱅글 돌리고 있는 그녀를 보며 '아, 아까워' 하는 생각만 했을 뿐이다.

4.

"…… 으음, 그럼 대표, 우선 학교로 돌아가." 굉장히 못마땅하고 떨떠름한 얼굴로 다치키 선생님이 말했다. "교정 사용 허가랑 보험 건으로 몇 가지 확인 좀 하게."

"알겠습니다."

사이토 부장이 앞으로 나가자 다치키 선생님이 구조를 요청하는 눈으로 나를 봤다.

"부장 한 사람이면 되겠어요?"

혹시나 해서 나는 물어봤다. 선생님은 비에 젖은 강아지처럼 고개를 푸르르 흔들었다.

"아니, 사다도 가자…… 부탁이야."

"…… 알겠습니다."

나는 하는 수 없이 끄덕였다. 결국 신청서류를 제출하게 될 테고 사무적인 이야기로 들어가면 아마 내가 없이는 안 될 것이다. 문화제까지 이제 꾸물댈 시간이 없다.

"그럼 나는 스쿠터를 타고 왔으니 먼저 돌아가서 기다리마."

지친 목소리로 말하더니 다치키 선생님은 터벅터벅 가게를 나갔다.

"아싸, 이겼다."

히죽이 웃으며 이라이자가 말했다. 이게 뭐 승부였나? 생각하며 호시카와 아저씨를 향해 고개를 숙였다.

"정말 고마웠습니다…… 잘못될까 봐 걱정 많이 했어요."

"진짜." 이라이자도 명랑하게 말했다. "중간까지는 우리를 포기시키려고 해 놓고 선생님이 오자마자 우리 편을 들어주고, 친척이라더니 혹시 사이 엄청 나쁜 거 아니에요?"

너, 눈 그렇게 반짝반짝 빛내면서 자꾸 그런 말 할래.

"아니, 그렇지는 않아." 호시카와 아저씨는 쓰게 웃었다. "사이가 좋고 말고 할 것도 없는 게, 부인들끼리 친척이니까 거의 남이나 마찬가지야. 하지만 뭐…… 난 아무래도 옛날부터 학교 선생님이라고 하는 인종하고는 궁합이 안 맞더라고."

"그러시겠죠, 이해가 갑니다."

동병상련이라는 식으로 사이토 선배가 끄덕였다. 호시카와 아저씨는 무척 복잡해 보이는 표정을 지었다. 그럴 만도 하겠지, 사이토 선배랑 같은 취급받는 건 좀, 응?

"사이토 선배가 궁합이 안 좋은 게 뭐 우리 학교 선생님뿐인가. 애초에 사이토 선배랑 궁합이 맞는 사람이 존재하기나 해요?"

나는 아주 소박한 질문이란 생각으로 말한 것이었다. 그런데 곧바로 주에리가 말했다.

"그러게, 구 짱 정도뿐이겠지."

그 순간 자리의 분위기가 흐물흐물 녹은…… 것 같은 기분이 들었다.

앗하, 하며 이라이자는 기분 나쁘게 웃었고, 루나루나는 어깨를 으쓱했다. 규지는 지금까지 한마디도 하지 않은 주제에 눈이 마주치자 쓰윽 외면하고. 아, 나카무라 선배, 그렇게 흐뭇한 표정으로 의미심장하게 바라보지 좀 말아 주세요. 그보다 선배, 주에리한테 열렬한 사랑을 받고 있잖아요. 나카무라 선배가 그 사실을 어떻게 생각하고 있는지, 아니면 아직도 전혀 눈치 채지 못하고 있는지 진짜 수수께끼다. 게다가 다들 왜 저 두 사람은 안 놀리는 건데? 불합리해. 부조리해. 이해가 안 가.

나는 하, 한숨을 쉬고는 기운 없이 말했다.

"그럼 학교로 돌아가서 사무적인 일처리를 하고 오겠습니다."

가령 저항해 본들 '아아, 그래그래그래, 그렇지' 하는 식으로 말이지, 무슨 아기 달래는 것 같은 흐름으로 갈 게 뻔하잖아. 다 알거든, 진짜.

"그럼 나머지 녀석들은 여기 일이나 거들고 가."

호시카와 아저씨가 그렇게 말하자 이라이자가 "뭐어." 하며 노골적으로 싫은 기색을 보였다.

"뭐라니? 실컷 방해했고, 나한테도 자원봉사 실컷 강요하고 있고, 그거 몰라 너희들? 은혜는 노동으로 갚는 거야."

"아, 그럼 난, 저쪽으로 갈래."

우리 쪽으로 뛰어오려는 이라이자의 팔을 주에리가 꽉 붙들었다. 그와 동시에 정말이지 쌀쌀맞은 어조로 사이토 부장이 말했다.

“필요 없어. 둘이면 충분해.”

갑자기 내 팔꿈치를 잡더니 성큼성큼 걷기 시작했다. 이라이자가 따라오지 않았으면 하는 마음은 잘 알겠지만, 도망친다는 게 이라이자 못지않게 노골적으로 보이잖아요, 선배.

“…… 잠깐만, 선배. 나 꼭 연행되는 기분이에요.”

경찰서로 끌려가는 좀도둑 같다는 생각이 들어서 저항하자 사이토 선배는 놀란 얼굴로 손을 놓았다. 선배는 그대로 미묘하게 거리를 두고 걷기 시작했다. 뭔지 모르게 말이야, 등짝에 수많은 시선이 꽂히는 듯한 기분이 드는 건, 자의식과잉인 걸까…….

모퉁이를 돌고서야 겨우 한시름 놓았다.

“…… 선배도 역시 도쿠라가 불편한가 봐요.”

쿡, 하고 웃자 사이토 선배는 기분이 상한 듯 말했다.

“딱히…… 불편하고 말 것도 없는데.”

아, 그러신가요. 어째서 이 사람은 대답도 그렇고 말하는 거 하나하나가 이리 뾰족할까……. 반사적으로 ‘싸움을 받아 주지’ 하는 모드로 돌변하게 된다니까. 이만한 것도 처음보다는 약간 나아진 것 같기는 하지만. 아니면 내가 익숙해진 건가?

조금만 더, 대화의 캐치볼에 도전해 볼까.

“…… 그나저나 도쿠라 쟤, 또 분명히 시답잖은 소문 퍼뜨릴 거예요. 선배랑 내가 둘이 사이좋게 사라졌다는 둥. 쟤는 왜 만날 그런 소리만 하고 다니는지, 참 이해가 안 간다니까요.”

아, 나도 참, 왜 이라이자 이야기만 계속 하는 거람? 뭔가 다른 즐거운 화제가 얼마든지 있을 텐데.

"나도 왜 그러는지는 전혀 몰라."

따분하다는 듯이 선배는 말했다. 하기는 따분한 화제이기는 하지.

"좋아, 이때다 싶으면 그렇게 소란을 만들고 싶은 나이일까요."

하하 웃으며 흘려보낸답시고 한 말이었다. 그런데 내 입으로 말해 놓고는 '좋아'라는 말이 왠지 '좋아해'라는 말로 머릿속에서 멋대로 변하는 바람에 뺨이 불타오르듯 뜨거워졌다.

사이토 선배가 신기한 생물을 보는 눈으로 나를 본다. 하지 마, 그렇게 빤히 보지 마요…… 제발.

등에서 기분 나쁜 땀이 흥건히 배어 나왔다. 왠지 가을 치고는 이상하게 덥지 않아? 아이스크림 먹을 때만 해도 춥다고 생각했는데 역시 덥네. 아, 왠지 갑자기 목이 타.

"…… 그때 이후로 쭉 네가 한 말을 생각해 왔어."

별안간 사이토 선배가 입을 여는 바람에 나는 펄쩍 뛸 만큼 놀랐다.

"그때 이후로?"

무슨 이야기지? 언제 이야기지?

"그건 너무해, 라고 했잖아. 엔제가 없었다면 나는 태어나지 않았을 거라는 말을 했을 때."

선배의 이야기가 이런 식으로 널을 뛰다니 별일이다.

물론 똑똑히 기억하고 있다. 여름방학, 선배가 느닷없이 우리 집에 왔을 때 일이다. 그때 어쩌다 나온 이야기 중에 들었다. 선배가 장애가 있는 누나를 위해 이 세상에 태어났다는 말. 천사를 지키는 수호신이라는 말을 들으며 자랐다고.

"그때 너, 울었잖아. 솔직히 이해도 안 됐고 불쾌했어. 난 네가 불쌍해할 만한 처지라고는 생각하지 않았으니까."

"아…… 죄송…… 합……."

다 죽어 가는 목소리로 우물우물 말하는데 사정없이 가로막혔다.

"그게 아니라니까. 네가 잘못한 것도 아니고 사과받고 싶지도 않아. 그냥 네 말을 계기로 이런저런 생각을 하게 됐다는 말이야."

선배의 걷는 속도가 빨라지는 바람에 나는 종종걸음을 걷게 됐다. 그것을 알아챈 선배가 걸음을 조금 늦췄다.

"열기구 수리를 시작할 무렵 부모님한테 이야기를 했어. 머지않아 하늘을 날 수 있을 것 같다고. 그랬더니 어머니가 그러더라. '엔제를 날게 해 주고 싶은 거구나' '엔제에게는 무리니까 대신 날아 주고 싶은 거구나' '넌 누나를 끔찍하게 아끼는 상냥한 동생이구나.'"

선배는 무슨 서류라도 읽듯이 어머니의 대사를 읊었다. 나는 뭐라고 장단을 맞춰야 할지 몰라서 그냥 말없이 듣기만 했다.

"난 부정하지 않았어. 어머니는 '날개를 주세요'나 '열기구를 타고 어디든'이라는 노래를 자주 불러. 초등학교 때 배웠지? 어머니는 분명 그런 노래들에 의미를 두고 있을 텐데, 아마도 걷지 못하는 엔제를 떠올리며…… 저 하늘을 자유로이 날게 해 주고 싶다고 기도하고 있을 거야. 그야말로 천사처럼. 하지만 현실적으로는 무리니까, 그래서 그런지 내가 날고 싶다는 말을 하면 꼭 이렇게 말해. '상냥한 동생이구나' 하고. 하지만 난……." 잠시 머뭇거리더니 선배는 결심한 듯 말을 이었다.

"난 내 뜻대로, 나를 위해 하늘을 날면 안 되는 걸까?"

너무도 절박하게 들리는 그 말투에 나는 한동안 대답을 할 수가 없었다.

"…… 당연히, 안 되지 않지요." 간신히 그렇게 대답한 다음 덧붙였다.

"선배는 왜 하늘을 날고 싶다고 생각했어요?"

엔제를 위한 것이 아닌 다른 이유를 알고 싶었다.

"…… 난 아마도…… 자유로워지고 싶었던 것 같아. 온갖 일들에서……." 그렇게 말한 다음 선배는 살짝 얼굴을 붉혔다. "진부하기 짝이 없는 이유네."

"그렇지 않아요."

내 대답도 그리 재치 있는 것이었다고는 할 수 없을 것이다.

주택가 한 구획 정도를 둘이 입을 꾹 다문 채 터덜터덜 걸었다. 이윽고 선배가 말했다.

"내가 엔제를 가장 먼저 생각하고 엔제가 살아가는 데 도움을 주는 것은 당연한 일이야. 하지만 그 말을 다른 사람한테 듣고 싶지는 않아…… 설령 친부모라고 해도."

나는 끄덕이며 가만히 생각했다.

그렇구나, 역시 엔제가 가장 우선이고, 그것은 당연한 일이고, 앞으로도 변함없이…….

가슴이 콕콕 쑤시듯 아팠다. 그 아픔에 호응하듯 사이토 선배가 얼굴을 찌푸렸다.

"난 스스로 아무것도 할 수 없다는 게 분해. 책임을 지지 못하는 게 분해. 내가 그저 중학생일 뿐이라는 게 분해. 부모님과 학교의 허락을 받지 못하면 아무것도 할 수 없다는 게 분하고. 그 문제가 해결되더라도 결국 호시카와 아저씨 품에서 칭얼대다가 기껏 로프에 묶인 채 풍선처럼 뜰 뿐이고. 그럴 거였으면 동아리 따위 만들 것도 없이 아무 유원지에나 가서 타면 그만인데, 그건 비행이 아니라……."

"날 수 있어요, 분명히." 나는 길어질 것 같은 이야기를 싹둑 잘라 줬다. "지금은 뜨는 것만으로도 괜찮지 않나요. 그만큼 하늘에 가까워지는 거니까. 고등학생이 되면 더 날 수 있을지도 모르고 대학생이 되면 분명 선배 소원처럼 비행도 할 수 있을 거예요. 어른이 되면 더 멀리 날 수 있어요, 틀림없어요."

사이토 선배는 또 빤히 나를 보더니 얼굴에 구멍 뚫리겠다 싶을 때쯤 입을 열었다.

"…… 사다 네가 그렇게 말하는 걸 보면, 정말 그럴지도."

그렇게 말하더니 선배는 싱긋이 웃었다.

"어이, 너희들, 이제 왔어?"

별안간 교문 옆에서 누가 우리를 불렀다.

"다치키 선생님." 깜짝 놀라 절로 목소리가 커졌다. "왜 그런 곳에서 잠복을 하고 계세요."

"저기, 교무실 들어가기 전에 말이야, 잠깐 회의할 게 있다고 해야 하나, 사전 계획을 좀 짜 놔야지."

사이토 선배는 무시하듯 흥, 하며 콧방귀를 뀌더니 "그럼 교실에서."

하고 냉큼 출입구 쪽으로 갔다. 그 등짝을 향해 다치키 선생님이 작은 목소리로 "아, 깜짝 놀랐네." 하고 중얼댔다.

"왜요?"

고개를 갸웃했더니 선생님은 나를 보며 히죽이 웃었다.

"아니, 그게 방금. 저 녀석이 웃는 모습 처음 봤거든."

"그래요?"

그렇게 대꾸한 다음 나는 속으로 덧붙였다.

―난, 봤는데.

거만하고 완고하고 괴짜인 하느님 부장과 만난 지 반 년 남짓 지났다. 물론 대부분은 소태라도 씹은 것 같은 표정만 짓고 좀처럼 웃지 않지만.

그래도 나는 꽤 봤는데.

5.

마침내 문화제 날이 찾아왔다.

각양각색의 문제들은 엉킨 매듭을 풀 듯, 끈질기게 마주해 하나하나 해결해 갔다. 뜻밖에도 출산 휴가를 마치고 돌아온 야지마 선생님이 이래저래 신경을 써 줬는데 당일에도 돕겠다고 자청했다. 우리 음악 수업을 담당하는 정도의 인연밖에 없는데. 그렇지 않아도 브라스밴드와 아기 일로 정신없이 바쁘시지 않으냐며 죄송해 하자 야지마 선생님은 방긋 웃으며 말했다.

"괜찮아. 꿈이 있는 아이들을 좋아하거든."

그 덕분인지 아니면 갑자기 마음이 바뀌었는지 다치키 선생님도 전혀 다른 사람이 되어 협력 태세에 돌입했다.

호시카와 아저씨는 말했다.

"어른이 움직이면 물론 사물은 움직이게 되지. 하지만 그 어른을 움직이게 만든 건 너희들이야."

호시카와 아저씨가 그런 말을 해 줄 정도로 우리가 잘해냈다고는 생각하지 않는다. 하지만 우리에게 베푸는 그 호의가 순수하게 기쁘고 고마웠다.

어른은 항상 아이들을 지배하고 제어하고 싶어 하는데, 이름을 붙이는 것이야말로 그 지배의 첫걸음이라고 들은 적이 있다. 읽기 힘들거나 독특하거나 지나치게 힘준 이름일수록 그 지배력이 강함을 나타내는 것이라고.

그 말대로 우리는 지배당하고 제어당하고 꼼짝없이 묶여 있다. 애정이라든가 안전이라든가, '너희들을 위한 것'이라는 말로. 하지만 언젠가는 호시카와 아저씨가 말한 대로 스스로 사물을 움직이게 만들 수 있으면 좋겠다고 생각한다. 어쩌면 그날은 그리 멀지 않을지도 모르겠다는 생각도 든다.

문화제 당일, 결행은 새벽 5시.

미안하지만 다른 학생들은 오지 못하게 했다. 물론 위험이 동반되는 일이기도 하고 물리적으로도 수습이 되지 않을 우려가 있었다. 하기는 뭐, 아직 밤이 채 가시지도 않은 그런 시각에 일부러 구경꾼 노릇을 하려고 나오는 호기심 많은 사람은 거의 없겠지만.

일기예보를 보니 맑게 갠 날씨에 바람도 온화함. 테이크 오프에는 안성맞춤인 조건이다. 혹시라도 당일 갑자기 강한 비바람이 불게 되면 가차 없이 중단된다.

같은 초등학교 출신 트리오인 주에리와 이라이자 그리고 나는 자전거 라이트를 까물까물 비추며 학교에 도착했다. 교문은 이미 열려 있었고 교정 옆에 호시카와 아저씨의 소형트럭이 세워져 있었다.

"추워, 졸려, 별도 떠 있네."

우리는 조잘조잘 떠들며 트럭에 다가갔다. 뒤에서 벨소리가 들리더니 자전거 두 대가 우리를 앞서갔다. 사이토 부장과 나카무라 부부장이었다.

"같이 왔네요, 웬일로."

무심코 그렇게 말하자 나카무라 선배가 익살스럽게 말했다.

"이렇게 깜깜하잖아. 변태나 치한이라도 나오면 무섭고."

다 같이 아하하, 하고 웃었다. 주에리만 "괜찮아요, 그런 것쯤, 선배라면 해치울 수 있어요." 하며 아주 진지하게 대꾸했다.

"음, 이제 규지랑……."

그렇게 말하며 둘러보는데 어둠 속에서 불쑥 사람 그림자가 튀어나왔다.

"아, 나, 와 있어."

약간 둥그런 그림자가 그렇게 대답했다.

"아, 규지, 안녕. 그럼 이제 루나루나만 오면 되나. 아침 일찍 아버지한테 데려다 달라고 할 거라던데……."

루나루나는 아직 보이지 않았다. 자기 세계가 확실한 애니까 늦잠이라도 자겠거니, 하고 속편하게 생각하고 있었다.

이어서 다치키 선생님이 졸린 얼굴로 스쿠터를 탄 채 등장했다. 차가 한 대 더 있었으면 했더니 야지마 선생님도 특별히 동참해 주기로 했다.

"아직 한 명이 안 온 것 같은데 시간이 아까우니까 준비 시작하자." 걸걸한 목소리로 호시카와 아저씨가 말하더니 남자들을 불러 모았네. 트럭 짐칸에서 짐을 끌어내렸다. 등나무로 만든 곤돌라에 구피가 수납된 자루, 가스통 몇 개. 자동차 불빛에 기대어 물건을 운동장으로 옮겼다. 곤돌라에 간단한 쇠장식을 달고 가스통을 안에 넣고 나면 구피를 제외한 모든 설치작업은 완료되는 모양이었다. 깜짝 놀랄 만큼 단순한 구조였다.

문득 보니 호시카와 아저씨는 헬륨 풍선을 얼레에 달고 하늘 높이 띄우고 있었다.

"뭐예요?" 하고 내가 묻자 아저씨는 하늘을 올려다본 채 "바람을 보는 거야. 조금 불긴 하지만 이 정도면 가능한 범위지. 자유비행에는 오히려 안성맞춤인 바람이야." 하고 대답했다.

사이토 선배도 기쁜 얼굴로 아득히 높은 곳에 있는 풍선을 바라보고 있었다.

"그럼 버너에 불 넣기 전에 조를 나누자. 이 곤돌라는 셋까지 탈 수 있는데 나는 조종으로 매번 타야 하고 현재 여섯 명이니 마침 잘됐네. 둘씩 가자. 루나 아가씨가 오면 누구 하나는 두 번 태워 주지."

"나, 구 짱이랑 타고 싶어."

옆에서 속닥속닥 주에리가 말했다.

"주주는 나카무라 선배랑 타는 거 아니야?"

"아니, 그럼 너무 긴장해서 쓰러져."

"나도 구 짱이랑 타고 싶은데." 옆에서 이라이자가 끼어들었다. "하지만 구 짱이야말로 누구 함께 타고 싶은 사람이 있지 않을까?"

"누, 누, 누구 말인데?"

내 목소리가 절로 높아졌다.

"어이, 거기, 여학생들." 호시카와 아저씨가 재미있다는 얼굴로 말했다. "가능한 한 전체 중량을 균일하게 잡고 싶으니까 남녀 한 쌍으로 갈 거야. 여기서 옥신각신할 시간은 없기 때문에 이 아저씨가 척 봐서 균형 잡히게 벌써 정해 뒀어. 불만 없지?"

"예……"

다들 입으로는 그렇게 대답하면서 속으로는 살짝 콩닥콩닥.

"가장 덩치 큰 나카무라랑, 가장 꼬맹이인 오모리."

신음하는 듯도 행복해 하는 듯도 한, 무척이나 복잡한 비명 소리가 들렸다.

"통통한 모치다랑 비쩍 마른 딸내미."

손가락으로 가리키자 "누가 비쩍 마른 딸내미인데." 하며 이라이자가 대꾸했다.

"그리고 남은 두 사람."

아저씨가 히죽이 웃으며 나를 봤다. 이거 혹시, 일부러 이러는 거? 일부러 이러는 거죠, 호시카와 아저씨.

드디어 송풍기를 써서 데운 공기를 구피 안에 흘려보내기 시작했다. 구피는 마치 생명이라도 불어넣은 것처럼 자꾸만 부풀어 오르고 뒤틀리며 몸을 일으켜 갔다. 버너가 생각보다 큰 소리를 내며 우리의 얼굴을 희미한 붉은 빛으로 비추었다.

이윽고 기구는 다소 느슨한 부분을 보이면서도 완벽하게 일어선다. 버너의 불길이 별무늬 구피를 붕 떠오르게 한다. 깜깜한 어둠 속에 떠오른 거대한 초롱불 같다. 동트기 전의 짙은 잿빛 하늘에 불현듯 출현한 은하수다.

환상적인 그 광경에 도취된 상태에서도 나는 언뜻 깨달았다.

"저기, 루 짱, 아직 안 오네."

옆에 있는 주에리에게 말했지만 들리지 않는 눈치였다. 심장에 손을 대고 입을 반쯤 벌린 채 오직 거대한 열기구만 바라보고 있었다. 그 뺨이 완전히 상기되어 있는 것은 버너의 열기 때문만은 아닐 것이다.

"자, 첫 번째 쌍, 얼른 타."

호시카와 아저씨가 지시를 했다. 사이토 선배가 약간 쉰 목소리로 말했다.

"가이세이, 가."

"알았어."

나카무라 선배는 선뜻 대답하더니 주에리에게 눈짓을 했다. 마치 로봇처럼 어색하게 주에리는 뒤를 따라갔다.

곤돌라에는 세 줄의 튼튼한 로프를 연결해 하나는 호시카와 아저씨의 소형트럭에, 또 하나는 가까운 나무에 단단히 동여매 두었다. 나머지 하나는 끝을 고리 형태로 만들어 야지마 선생님의 경차 타이어로 밟게 했다. 승용차의 경우 로프를 묶을 곳이 없어서 궁여지책으로 생각해 낸 것이었다.

우리는 모두 자전거용 헬멧을 쓰고 있었다. 호시카와 아저씨 왈, "뭐, 안심하기 위한 정도의 수준이지만 없는 것보다는 나아."라고 한다. 이라이자는 멋이 나지 않는다며 끝까지 반항하고 있었다.

두 사람이 곤돌라에 올라탔을 때, 호시카와 아저씨의 휴대전화가 울렸다.

"오오, 루나 아가씨. 뭐해? 어? 어쨌든 얼른 와, 금세 끝날 거야, 어허 참."

아저씨는 빠른 어조로 말하더니 휴대전화를 넣었다.

"루나루나, 어떻게 됐대요?"

나는 버너 소리에 지지 않게 큰소리로 물었다.

"아, 금방 온대. 무슨 소리인지 모르겠는데 감금이 어쩌고 탈출이 어쩌고 그러네. 그 애가 뭐 프린세스 텐코(일본의 여성 마술사. 엑스트라 등 배우 일을 하다 '탈출왕'이라는 별명이 있는 마술사 히키타 텐코의 제자가 되었고 그의 사망 후 2대 히키타 텐코로 이름을 물려받았다—옮긴이)라도 돼?"

무슨 소리지.

여차저차 하는 사이에도 버너는 기구 내부의 공기를 계속해서 데웠고 아무런 징조도 없이 별안간 곤돌라가 둥실 떠올랐다. 출렁하고 흔들리자 주에리가 가녀린 비명을 질렀다. 아, 맞다, 주에리, 원래 높은 곳 무서워했지.

"괜찮아, 응."

나카무라 선배가 주에리의 어깨를 꽉 움켜쥐자 비명 소리는 순식간에 사라졌다. 그대로 기구는 30미터 높이까지 떠올랐고 세 줄의 로프가 팽팽해졌다. 한동안 곤돌라는 공중에 머물렀고, 내려왔을 때 주에리의 얼굴은 아직도 꿈꾸는 듯한 표정이었다.

"먼저 내리면 안 돼. 한 사람 탄 다음에 한 사람이 내린다. 탄 다음 내리는 거야. 알겠지?"

그런 호시카와 아저씨의 말이 귀에 들어오는지 안 들어오는지, 주에리는 시키는 대로, 재촉하는 대로 아직도 꿈결 속을 헤매는 듯 움직였다.

이어서 이라이자와 규지가 하늘 높이 올라갔다.

"구 짱 어머니, 여기, 찍어요, 찍어."

하늘 위에서 이라이자가 큰 소리를 지르기에 무슨 일인가 싶어 돌아보니 뒤에서 우리 엄마가 디지털카메라로 한창 촬영 중이었다. 옆에서 아빠까지 비디오카메라를 들고 있었다. 게다가 그 옆에는 함께 왔는지 주에리의 부모님도 모여 있고 또 그 옆에는 규지의 부모님까지 엄청 흥분하고 계셨다.

이런, 이런, 어느새 왔냐고 놀라야 하나, 궁금한 걸 못 참는 사람들이 꽤 많다고 해야 하나…….

"생각보다 싱거웠다."

천연덕스럽게 말하는 이라이자와 교대해 마침내 내 차례가 되었다. 옆에서는 사이토 선배가 얌전한 얼굴로 크게 심호흡을 하고 있었다.

"어이, 미 짱, 여기 좀 봐, 좀 웃어, 둘이 좀 붙고……."

“……엄마, 시끄러워.”

냉정하게 뿌리치고 곤돌라는 두둥실 상승했다. 혹시 떨어지면 이것이 내 마지막 말이 되겠구나, 하는 시답잖은 생각을 하는 사이 순식간에 지면이 멀어지면서 지상의 사람들이 작아져 갔다.

“난다.”

선배와 내 목소리가 동시에 나왔다.

머리 위에는 불길이 타오르고, 쪽빛 바탕에 별무늬가 펼쳐져 있다. 기구에 타면 하늘이 안 보이는구나. 생각해 보면 당연한 일이지만 그래도 새로운 발견이다. 빙 둘러보는 지평은 익숙한 거리의 미니어처 크기다. 어둠 속에 가라앉은 집들의 지붕이 보인다. 학교 옥상과 풀장도 보인다. 사이사이 흩뿌린 빛 가루 같은 가로등 불빛이 보인다.

“난다. 날았다. 선배, 날았어. 호시카와 아저씨, 고맙습니다.”

나는 바보처럼 흥분해서 ‘기뻐’, ‘날았다’ 이 말만 반복하고 있었다. 사이토 선배는 얇은 입술을 꾹 다문 채 해 뜨는 방향만 멀거니 바라보고 있었다. 그리고 말했다.

“정말로, 날았다.”

그 말을 들으니 왠지 눈물이 나올 것 같았다. 그때 갑자기 선배가 오른손을 쓱 내밀었다. 너무 자연스러웠기 때문에 나도 모르게 그 손을 잡아 버렸다. 그러자 호시카와 아저씨가 들으란 듯 헛기침을 하며 말했다.

“아, 어쩌나, 내가 신부님 역이라도 해야 되나.”

뜨헉 하며 손을 내쳤을 때, 호시카와 아저씨의 휴대전화가 또 울렸다.

“지금 못 받아. 아가씨가 좀 받아 줘.”

하강을 위해 립라인 로프와 버너를 조작 중인 호시카와 아저씨의 가슴주머니에 들어 있던 전화기를 내가 대신 꺼내 들었다.

"구 짱? 구 짱이야?"

별안간 비명 같은 소리가 울려 퍼졌다.

"도와줘. 나 지금 매달려 있어."

"루나루나? 왜, 무슨 일이야?"

"실은 부모님이 열기구 타는 걸 반대해서 나를 방에 가둬 놓고 외출해 버렸어. 탈출하려고 했는데 지금 우리 집 베란다 바깥에 걸려서 매달려 있어."

루나루나는 숨쉬기 힘들 만큼 절박한 목소리로 재빨리 말했다. 게다가 그 내용은…….

"우리 집 베란다라니…… 너희 집, 21층이잖아."

나는 너무 놀라 고함을 지르고 말았다.

나중에 들은 이야기에 따르면 루나루나의 부모님은 처음부터 열기구를 크게 반대했다고 한다. 물론 루나루나의 과거를 생각하면 당연한 일인지도 몰랐다. 어떻게든 날 생각이었던 루나루나는 별수 없이 부모님의 동의서를 위조했고 당일 말없이 집을 빠져나올 계획을 세웠다. 문화제 날이 마침 대길일이라 부모님은 멀리 결혼식에 초대를 받은 상태였다. 결혼식 전날에 가서 그곳에 머물 예정이었기 때문에 아침에 살그머니 빠져나왔다가 돌아가면 들키지 않을 것이라고 만만하게 봤던 것이다(아버지한테 데려다 달라고 할 것이라는 말은 순 거짓말이고 사실은 택시를 탈 예정이었다고 한다). 그러나 미리 눈치를 챈 부모님이 루나루나를 집에 가

뒤 버렸다. 현관문에 방범을 목적으로 설치한 바깥 자물쇠가 있었던 것이다.

그렇다고 포기할 루나루나가 아니었다. 아래층에 얼굴을 아는 여자애가 있었다. 정말로 인사만 나누는 정도라 전화번호도 모르는 사이인 모양이었다. 그런데도 그 애 방 창문을 두드려서 바깥으로 나오게 할 계획을 세웠다. 혹시 이런 일이 있을지 몰라 갈고리가 달린 줄사다리를 마련해 뒀다고 한다(참 이해하기 힘든 부분이지만). 보통 누가 그런 생각을 해. 21층 베란다에서 줄사다리를 타고 20층으로 이동하다니. 설령 생각을 한다 해도 절대로 실행은 안 한다니까.

그러나 그것이 '고소태연증'인 루나루나의 무서운 부분이었다. 멋을 잔뜩 낸 다음 태연히 실행에 옮겨 버렸다.

그때 루나루나는 긴 별무늬 후드티에 데님 쇼트팬츠를 입고 다리에는 별모양의 징 장식이 달린 부츠를 신고 있었다. 호시카와 아저씨의 Milky Way호에 경의를 표한 코디네이션이라고 하는데, 그 징 부츠가 불행의 씨앗이었다. 기세 좋게 내려가는 사이 그 별모양 장식이 사다리 줄에 꽂혀서 완전히 걸려 버린 것이다. 어머나, 하는 사이 또 하나의 불행이 찾아왔다. 바람 때문에 후드티의 모자가 붕 날아오르면서, 발버둥 치는 것과 동시에 그 근처에 툭 튀어나온 쇠붙이에 걸려 버린 것이다. 둘 다 깊숙이 꽂힌 탓에 빼도 박도 못하게 되었다. 그러자 루나루나는 더욱 간 떨어지는 행동을 했다. 매달린 상태로 뿅, 하고 위로 뛰어오르는 동작을 한 것이다. 그렇게 하면 모자가 빠질 줄 알았다고 한다. 그러나 결과는 최악이었다. 빠진 것은, 줄사다리의 한쪽 갈고리였다.

그렇게 해서 루나루나는 줄사다리의 한쪽 갈고리와 모자가 걸린 작은 쇠붙이에 의지해 공중에 대롱대롱 매달린 상태가 되어 있다는 것이 현재 상황. 거미줄에 걸린 나비 꼴이다. 그리고 그곳의 높이는 지상 70미터. 큰 소리로 고함을 질러 봐도 방음유리 탓에 아무도 목소리를 듣지 못한다. 일요일 이른 아침이라 다들 쿨쿨 자고 있다. 그래서 낑낑대며 핸드백의 휴대전화를 꺼내고 재발신 버튼을 눌러 구조 요청을 한 것이다.

사태를 파악한 후, 선배와 아저씨에게 자초지종을 설명하며 나는 멀리 한 점을 응시했다. 아련히 밝아 오기 시작한 하늘을 동강내듯 서 있는 21층짜리 타워아파트가 보였다.

내 머리카락은 그쪽 방향으로 나부끼고 있다.

바람이 그쪽으로 불고 있다.

"…… 호시카와 아저씨, 루나루나를 구하러 가요."

눈을 부릅뜨는 호시카와 아저씨에게 나는 다시금 말했다.

"풍향도 좋으니 자유비행 가능하잖아요?"

"그래도 아가씨, 그건 억지야. 그보다 얼른 구조대에 전화하는 편이 나아."

"구조대에도 전화할 거예요. 하지만 그러면 늦을지도 몰라요. 이 시간이면 아래층 사람을 깨우는 데도 시간이 걸릴 거예요. 게다가 사다리차는 최고로 높아도 17층 정도까지밖에 안 간다고 사회과 견학 때 들었단 말이에요."

"어쨌든 우선 아래로 내려가자."

“선배는 내려주세요.”

멍하니 있는 사이토 선배에게 그렇게 말하자 “어?” 하며 고개를 갸웃했다.

“혹시 선배한테 무슨 일이 생기면 누가 엔제를 지켜요?”

빠른 어조로 말했다. 트램펄린 때 완강하게 말했잖아. 난 뛰지 않겠다고. 엔제를 위해 태어났으니까 큰 부상을 입거나 죽을 수는 없다고…… 그러니까 그건, 그런 말이잖아?

하느님 부장은 아주 기가 막힌다는 듯 나를 내려다보더니 말했다.

“…… 바보 아니야?”

“너 말이야, 마음은 알겠지만 말 좀 곱게 하면 안 되겠냐?” 선배를 나무라면서 호시카와 아저씨는 나를 봤다. “아가씨, 나한테는 무슨 일이 있어도 괜찮다는 건가, 그럼 안 되지.”

“죽어도 같이 죽고 살아도 같이 살고.”

“나한테 할 말이 아닌 거 같은데, 아가씨.”

한숨 쉬듯 호시카와 아저씨는 말했다.

“난 안 내려.”

절대 흔들림 없는 평소의 어조로 하느님 부장은 말했다.

“다치키 선생님, 예비 가스통 좀 가져다 주세요.”

목소리가 들릴 정도로 지면이 가까워지자 호시카와 아저씨가 아래쪽을 향해 외쳤다. 나도 목청껏 외쳤다.

“엄마, 휴대전화 좀 빌려 줘. 큰일 났어, 루나루나가 고층 아파트 베란다에서 떨어지려고 해.”

“왜, 무슨 소리야?”

영문도 모른 채 엄마가 다가왔다. 발치로 가벼운 충격이 느껴지면서 곤돌라가 착륙했다. 다치키 선생님 역시 영문도 모른 채 가스통을 가져다 주자 호시카와 아저씨가 받았다. 그 다음 소형트럭과 나무에 연결된 두 줄의 로프를 잽싸게 풀기 시작했다.

“야지마 선생님.” 사이토 선배가 낮게 울리는 목소리로 고함을 질렀다. “차를 빼 주세요. 얼른이요!”

“목숨이 달려 있어요, 제발.”

나도 찢어지는 목소리로 외쳤다. 심상찮은 기운을 느꼈는지 야지마 선생님이 얼른 차 쪽으로 갔다. 차가 움직임과 동시에 로프가 스르륵 빠져나와 지면을 스쳤다.

버너의 불길이 힘차게 솟구쳤다. 기구 내부의 공기가 자꾸만 뜨거워져 간다. 헬멧을 쓴 머리가 탈 것처럼 뜨겁다.

두 번째 테이크 오프.

사태를 파악하지 못한 채 수런거리는 사람들을 지상에 남겨두고 Milky Way호는 좀 전과는 비교도 안 될 만큼 높이 상승해 갔다. 선배가 바깥으로 늘어진 로프를 곤돌라 안으로 거둬들였다.

지면과 사람들이 멀어지고 곤돌라가 흘러간다.

“루 짱. 지금 도와주러 가고 있어.”

아직 통화 중 상태인 호시카와 아저씨의 전화에 대고 말을 한 다음 그걸 사이토 선배한테 맡기고 엄마의 휴대전화를 열었다. 119에 전화를 하는 것은 태어나서 처음 하는 경험이었다. 지금 일어난 일을 제대로 이해시키느라 무척 애를 먹었다. 당연했다. 중학교 1학년짜리 여자애가 당치도 않은 행동을 한 끝에 21층 높이 공중에 매달려 있다니 누가 믿겠어?

곧바로 출동하겠다고는 하는데 얼마나 걸릴까.

전화를 끊은 뒤 이번에는 아빠 휴대전화에 전화를 걸었다. 이번에도 설명하는 데 애를 많이 먹었다. 그러는 동안 어느새 루나루나가 사는 블루 스카이 타워 코앞까지 가 있었다.

그것 봐, 하늘을 나니까 정말 단숨에 왔잖아.

"지금부터가 문제야." 호시카와 아저씨가 심각한 어조로 말했다. "열기구는 기본적으로 상하 조종밖에 안 돼. 게다가 저런 높은 건물 주변은 고층빌딩 바람이라는 게 있어. 섣불리 다가갔다가는 휩쓸려서 위험해져."

"루나루나는 꼭대기 층에 있으니까. 고도를 높여서 로프를 늘어뜨리면 그래도 낫지 않겠어요?"

"말이야 쉽지……."

"이제 안 되겠어, 떨어질 것 같아……."

귀에 댄 휴대전화에서 힘없는 목소리가 들려왔다.

"힘내, 다 왔어."

"보인다!"

고층 건물을 뚫어져라 보던 선배가 날카롭게 외쳤다. 아닌 게 아니라 정면 한 모퉁이에 무언가가 매달려 있는 너무도 이질적인 장면이 보였다. 새하얀 벽이 순식간에 눈앞으로 다가왔다.

"루 짱!" 나는 목이 터져라 외쳤다. "이거 잡아!"

끝을 고리로 만든 로프를 던졌다. 긴 머리카락을 나부끼던 루나루나가 가느다란 목을 어렵사리 틀어 우리를 봤다. 바람의 방향이 조금 바뀌면서 날린 로프가 건물 벽면을 어루만지듯 나아갔다. 도중에 루나루나의 팔이 한껏 뻗어 오고⋯⋯.

"고리 부분을 잡아!"

그렇게 외친 직후 루나루나의 모습은 곤돌라의 사각지대로 들어가 전혀 보이지 않게 되었다.

바람이 조금 강해졌다.

곤돌라 아래쪽에서 비명 소리가 들렸다. 심장이 철렁 내려앉았다. 동시에 곤돌라가 몇 미터쯤 쭈루룩 내려갔다. 고꾸라질 것 같아서 등나무 가장자리를 꽉 붙들었다.

"줄사다리가 떨어졌어. 그리고 뭔가 반짝거리는 물체도⋯⋯ 휴대전화인가?"

묘하게 냉정한 목소리로 선배가 말했다.

"그럼 루나 아가씨는 건졌구나. 그래도 이대로 가다가는 몸이 벽에 부딪칠 거야. 얼른 올린다."

호시카와 아저씨가 버너 불을 세차게 지피자 곤돌라는 다시 슉슉 올라가기 시작했다.

"옥상에 내린다. 하드 랜딩이야."

긴장한 얼굴로 호시카와 아저씨가 말했다. 하늘이 꽤 밝아진 덕분에 옥상에 헬기 이착륙장이 있는 게 보였다. 그리고 로프 끝에 매달린 루나루나의 모습도 언뜻 보였다.

"이래봬도 내가 말이야, 대회에서 몇 번이나 우승을 한 몸이란 말이지. 너희들 단단히 붙잡아."

호시카와 아저씨가 외쳤다. 일생일대, 결사의 어프로치(열기구가 지상의 목표물에 접근하는 것―옮긴이)다.

먼저 루나루나의 부츠를 신은 발이 옥상의 콘크리트 바닥에 콩 하고 닿았다. 이어서 곤돌라가 콘크리트에 몇 번 바닥을 스치면서 반대편 난간 바로 앞, 가장자리에 아슬아슬하게 착지했다. 뛰어온 루나루나에게 "얼른 타!" 하고 호시카와 아저씨가 외쳤다. 버너는 꺼진 상태였지만 아직 횡 하고 날아오를 위험이 있었다. 곤돌라 안은 복닥복닥해졌고 호시카와 아저씨는 있는 힘껏 립라인을 오므라뜨려 기구 안의 열기를 내보냈다.

이윽고 구피는 시든 꽃처럼 풀썩 쓰러졌고 이제 절대로 날 수 없는 상태가 되었다. 호시카와 아저씨가 휴, 하고 내쉰 안도의 숨소리가 우리한테까지 전달되었다. 루나루나는 나한테 풀썩 안겼다.

"…… 구 짱, 나, 무서웠어."

오열을 하며 루나루나가 말하기에 나는 끄덕였다.

"응."

"태어나서 처음으로 높은 곳이…… 죽는 게 무섭다고 느꼈어."

"응, 정말 잘 견뎠어."

그렇게 말하며 나는 계속 루나루나의 등을 살살 어루만져 주었다.

6.

그 뒤 우리는 달려온 소방대원이며 관계자들한테서 호되게 야단을 맞았다. 주에리까지 "루 짱이 한 짓도 터무니없지만 구 짱이랑 나머지 사람들이 한 짓도 충분히 터무니없어." 하며 잔뜩 화를 냈다. "그래도 무사해서 정말 다행이야." 하며 모두 한목소리로 말해 줬다.

"난 또, 둘이 사랑의 도피라도 하는 줄 알았네." 하며 놀린 이라이자 역시 그랬다.

나중에 회수한 줄사다리의 한쪽 갈고리는 무리한 하중으로 변형되어 있었다(휴대전화는 당연히 박살이 나 있었다). 줄사다리는 장난감 수준의 소형 물건이었다고 한다. 그리고 모자가 걸린 쇠붙이의 정체는 화분을 안쪽에 걸기 위한 철사였는데 이것은 보기 좋게 부러져 있었다.

다시 말해서 소방대원을 기다리고 있었다면 이미 늦었다는 소리다.

호시카와 아저씨는 말했다.

"…… 와, 순간적으로 발휘되는 탄력이라는 게, 새삼 무서운 거라는 걸 알았네. 똑같은 짓을 한 번 더 하라고 하면 성공시킬 자신 없어."

동이 완전히 튼 타워아파트 옥상에서 새삼 그 높이와 착륙의 어려움을 깨닫고 새파랗게 질렸다고 한다.

사이토 선배의 경우엔, 예정된 계류비행이 별안간 바로 자신이 바라던 자유비행으로 바뀌는 바람에 기분이 아주 좋았다고 한다. 나는 '전무후무'하다고 평가받은 파란만장한 활동보고서를 제출했다. 그리고 다행스럽게도 비행클럽 자체에는 딱히 아무런 징벌도 없었다. 사건과

299

관련해서는 루나루나의 부모님이 최선을 다해 줬다고 들었다. 물론 우리 부모님과 다치키 선생님, 야지마 선생님도.

호시카와 아저씨는 "Milky Way호도 이제 다됐어. 기껏해야 내년 문화제에서 한 번 정도 계류비행이 가능할 거야. 자유비행은 이제 제발 참아 줘." 하고 말했다. 그래서 비행클럽도 이제 신규 부원 모집은 하지 않기로 했다.

다음 해 2월 초순, 사이토 선배가 말했다.

"다음 부장은 사다가 해 줬으면 해, 앞으로 잘 부탁해. 예산확보 열심히 하고. 기대하고 있을 테니까."

하나도 안 기쁘거든요, 하고 생각하면서도 나는 받아들였다. 어떡해, 별수 없잖아.

"그런데, 좀 물어보고 싶은 게 있는데."

선배는 내친김이라는 듯 말했다.

"예."

"우리, 사귀는 거야?"

순간, 나는 버너처럼 얼굴에서 불을 뿜었다.

"…… 갑자기 왜, 그런 말을 하세요?"

그러자 선배는 진지한 얼굴로 말했다.

"아니, 왠지 요즘 들어 그런 말을 하는 사람이 많더라고…… 그래서 혹시 그렇다면 좋겠다 싶어서."

꽤 오랫동안, 나는 그저 입만 뻐끔뻐끔하고 있었다.

그다음 어떻게 되었는지는 물론 비밀이다. 한 가지 말할 수 있는 것은, 하느님 부장은 그 뒤로도 쭉 변함없이 거만하고 완고하고 못 말리는 괴짜였다는 사실이다. 그리고 구 짱, 즉 내 고생은 쭉 이어졌던 것이었던 것이었던 것이다.

무진장 쾌활한 청춘물이 쓰고 싶었습니다. 그것도 중학생이 하늘을 나는 이야기가.

정말로 느닷없는, 난데없는 충동이었습니다. 이유는 정확히 모릅니다. 어떻게 나는지도 모르는, 방법조차 명확하지 않은 상태에서 이야기는 스스로 '날고 싶다, 날고 싶다' 하고 재잘댔던 것입니다. 마치 본문에 등장하는 누군가처럼.

이야기가 비상하기 위해서 많은 분들의 도움을 받은 점, 다시 한 번 고맙다는 인사를 드립니다. 그중에서도 NPO 법인 열기구 운영기구와 일본기구연맹은 갑작스러운 문의에도 불구하고 무척 친절하고, 기구를 사랑하는 마음으로 성실한 대답을 해 주셨습니다. 진심으로 고맙습니다. 정말 많은 힘이 되었습니다.

열기구를 묘사한 부분에 이상한 점이 있다면(분명 많을 것이라 생각합니다만), 그것은 모두 저자인 제 책임이라는 것도 혹시 몰라 덧붙여 둡니다.

사족이기는 합니다만, 이 작품의 연재에 앞서 '오야마 벌룬 페스타'를 구경했다는 사실도 고백해 두겠습니다. 미묘한 날씨 탓에 실시할 수 있을지 불분명한 상태에서 체험탑승 접수처에 달라붙어 있었던 두 명의 여성을 관계자 여러분들은 이미 까맣게 잊으셨겠지요. 그때 의욕에 넘쳐 맨앞에 서 있던 두 사람은 저와 담당편집자였습니다. 결국 느지막이 개시되었다가 곧바로 중단되었지만 저희 두 사람의 의욕은 틀림없는 보상을 받았습니다. 전날 밤에 있었던 벌룬 나이트 글로 역시 환상적이고 웅장했습니다. 그 기억은 강가의 밤 추위와 함께 지금까지도 생생하게 남아 있습니다. 그때 둘이서 먹은 풀빵의 팥이 따끈따끈하고 맛있었다는 것도. H님, 높은 곳을 무서워하신다는 사실은 꿈에도 모른 채 하늘까지 함께 날게 해서 죄송합니다. '바보와 연기는 높은 곳을 좋아한다'는 말처럼, 저는 요만치도 눈치 채지 못한 채 그저 혼자 즐기고 있었습니다…….

아무쪼록 이 책을 읽으시는 분들이 조금이라도 즐겁게 읽으시기를. 어쩐지 참 갑갑하고 폐쇄적인 느낌이 드는 요즘, 읽으신 분들의 마음이 조금이라도 가볍고 밝아지시기를 바랍니다.

수많은 '고마움'과 '소망'을 담아
가노 도모코

소년 소녀 비행클럽

펴낸날	초판 1쇄 2011년 3월 23일

지은이　**가노 도모코**
옮긴이　**김소영**
펴낸이　**심만수**
펴낸곳　**(주)살림출판사**
출판등록　**1989년 11월 1일 제9－210호**

경기도 파주시 교하읍 문발리 파주출판도시 522-1
전화　**031)955-1350**　　팩스　**031)955-1355**
기획 · 편집　**031)955-1399**
http://www.sallimbooks.com
book@sallimbooks.com

ISBN　978-89-522-1551-2　　43830

※ 값은 뒤표지에 있습니다.
※ 잘못 만들어진 책은 구입하신 서점에서 바꾸어 드립니다.

책임편집　**최은하**